Home Is
Where the
Heart Is

此心安處是吾鄉

紐約華文作家協會文集

鄭啟恭
石文珊 —— 主編
黎庭月

主編序
我寫我城，文學原鄉

石文珊

　　繼 2022 年夏天，紐約華文作家協會出版第四冊文集《行過幽谷——紐約記疫》後，第五冊的徵稿隔年夏天開始了。經歷疫情三年的衝擊，紐約挺了過來，逐漸重啟，脫下口罩，握手擁抱，返回工作場域、課堂作坊、餐飲食堂、賣場店鋪、博物館、音樂廳、社交聚會，補償被禁足的時光；人們出發旅遊，比過去更積極，跑得更遠更歡。瘟疫的陰霾抹滅，一切似乎回歸正常了。然而，再也回不去疫情前的正常；我們經歷恐懼和哀痛，重生的解懷歡慶背後有罔罔的不安——災難將捲土重來？那些不幸的罹難者，似乎還未好好悼念。走進好市多，仍下意識在口袋搜尋著口罩。面對路上來人，不由自主的避開，保持距離……陰影難以解除。

　　療癒和省思是需要的。劫後餘生，我們更意識到個人的命運與紐約緊密聯繫，都會的大歷史與個人的小歷史，交織成為一段不可磨滅的記憶。過去二十多年中，紐約人經歷了 911、東北大停電、珊迪颶風，然後是 COVID-19 瘟疫等，不管你從哪裡來到這裡定居，都感到與這裡息息相關，共危共勉。奇異的是，經過患難與共，我們感到真正屬於這裡，一種深耕的自豪和欣慰。第五冊文集就是這樣出發的，文友們回顧來到這裡安家落戶，生根發芽，開枝散葉，曾經的夢想和奮鬥，點點滴滴匯集成與這個城市共生共享的回顧。

　　蘇東坡著名的詞句「此心安處是吾鄉」是這部文集的主題。

許多人對這句詞的重點看法不一。有人認為「鄉」是最重要的一個字，因為華人向來安土重遷，不輕易離鄉背井，如果必須離開，總是心懷故里，那血緣的來處。有人認為「安」才是核心主旨，安定感、安穩的生活、安居樂業，是得以在異鄉安身立命的條件。更有人認為「心」才是真正的關鍵──心的調整與適應，開放與變通，韌性與堅忍，使移民成為居民，從飄流達到彼岸。白居易亦有詩云：「無論海角與天涯，大抵心安即是家」。古人強調的「心安」乃扎根異鄉的積極態度，在今天這個全球化的世界，「心安」同時意味著取得一種認同感和歸屬感，把新鄉過得更勝原鄉。

在海外以中文寫作的道路常是孤獨而小眾的，然而它也是一種與母語的故鄉連結、表述新鄉土的一個強而有力的工具。在創作中，家鄉的輪廓越來越清晰，個人的歷史印記也益發鮮明。這也是紐約華文作家協會年度出版文集的一項執念──藉著書寫描繪我們共同的文學原鄉。

本冊文集共蒐集到四十三篇作品，分成六輯，呈現六種安居紐約的視角。散文是一種非常適合反思、回憶和抒情的自敘文體，在相對簡短的篇幅裡呈現生活的原質況味，作者也藉著自身的文氣、聲腔、感性，塑造個人的風格和印記。同時，這些文章淺白自然，觸角多元，趣味廣泛，可以說是捕捉「時代思潮的快照」，當這些作品一一歸入了六種主題，感覺它們互相輝映、彼此對話，融會成一道「此心安處是吾鄉」的 21 世紀特殊風景。容我簡略的介紹這些佳作。

第一輯是「文心寄情翰墨香」，包括了七篇文章，表達在紐約以書寫、研讀華文文學，找到心靈故鄉和志同道合的友伴。如首篇趙淑敏教授所寫，在精彩熱烈的華文文學討論會上尋回了自己的身分，終於在新鄉得到「續命的生命之氧」，從一個隱居落寞的異鄉人終於「遊魂回家了」。在後來的十餘年，淑敏教授一直是紐約

作協最受愛戴的文藝導師，給予文友許多優秀的提點和啟發。陳九早年來美，暢遊在中英文轉譯之間，對文化碰撞產生的複意和誤讀深有體會，而基於「中文表達的衝動正源於表達英文的不充分」，他用母語直書詩歌、散文、小說，斐然成章，完成了「異鄉逆旅的回眸」。梅振才多年來以投稿華人報紙副刊、與友儕合辦雜誌、成立詩詞學會、出版詩集等，樂遊其中，名副其實的「文心安處是吾鄉」。邱辛曄更別有深意；在中文書充斥的法拉盛圖書館裡，感悟到「青山（祖國）就是漢字，漢字就是故鄉」，華裔移民藉著讀、寫中文，不絕如縷地維繫著一份文化認同。鄭啟恭、趙洛薇也各從策展、結社、書法裡窺見藝術交流之精妙及深趣，寄託了多少文化鄉情。鄭衣音寫兒子成為英文小說作家，足見文學創作是不論語境、國界、世代的美學衝動。

　　第二輯是「回首遙望來時路」，收集了七篇風采獨特的散文，描述了從不同環境、緣由、時段，來到紐約定居的故事。趙淑俠大姐定居瑞士多年，又長住曼哈頓，911後選中法拉盛──世界最大的唐人街──為暮年安居處。雖然它環境「封閉、髒亂，治安不是最好」，她卻甘之如飴，因為對她這一個「背負著那麼重中華文化包袱」的華文創作者，它提供了豐富的文化資源，乃一方淨土，給她最大的認同感。歷史洪流的見證者和報導者曾慧燕，寫出自己跌宕起伏的早年身世，因緣際會來到紐約，最後在此安頓身心，雖非桃花源，但執念「哪裡有自由，那裡便是我最後的歸宿」，發人深省。海雲是說故事好手，巧筆詳述在青蔥年華與一位紐約大亨的傳奇結緣，仁心俠情，一樁人間佳話。南希和賀婉青各以小說家之筆，細說了初到美國與本地人家的交誼，那種被接納、鼓勵的恩遇，如春雨潤物，柔軟無聲，卻能量強大，讓她們的下一站人生底氣十足。蕭康民與蕭黛西夫婦的文章可看成是一套雙篇，兩人在紐約皇后區安居五十載，始於艱苦奮鬥，終於退休樂活──「你能立

足紐約，也必可在世界任何地方達到目標」！

　　第三輯是「藝術勝景覓歸屬」，收錄了七篇散文。王渝的四則小文，以一個老紐約的眼光速寫曼哈頓的公共空間，畫龍點睛，禪機盎然，教人想去那些地方釀一釀在地的氛圍。顧月華的〈重生〉描述失去另一半後的華麗轉身，以彩筆揮灑出曼妙的大自然世界，並與他人結緣、共情。梓櫻、陳均怡描述紐約的藝術和生活資源，前者描述一天裡在城中的觀感，紐約的丰采從不令人失望；後者詠贊都會的多元精華和物質利便，在這繽紛寶地安居樂業，自在徜徉。她們的書寫提醒了紐約人善用資源，以藝文佐餐日常生活。湯蔚也以巧筆細述移民以旗袍工藝打造生機，成為唐人街一道繽紛婉約的風景。

　　第四輯是「日久新鄉成故里」，共有八篇描述個人在紐約落地生根的散文。應帆以雙線敘述，一邊紀錄來紐約求學、工作、定居的歷史，一邊引述多種定義，辯證「紐約客」的標準身分，趣味橫生，兩條論述線結尾時得到了融合，謙稱自己是「半個紐約客」。李秀臻憶兒時故鄉基隆的雨季，轉而描述新鄉富而好禮的生活，藉著科技無遠弗屆的聯繫外地相知，思鄉已有不同的涵義。李玉鳳寫猶太鄰居的友善互動，守望相助，街坊之情，歷歷生動。彭國全也詳細描述他在布魯克林安家的街區，流露出詩人詠贊自己珍愛的寶地。麥子、王芳枝和黃天英都將美國與中、臺、越的國情、想法和處事方式做出對照，提出獨特而有趣的觀察。唐簡以小說家之筆，紀錄一段異邦友誼，白描一戶美國人家從小康安樂走向了沒落四散，細節和氣氛有如美國畫家安德魯・魏斯的畫作，如此精準、安靜而帶著一種悲愴的色調。

　　第五輯「親近自然悅共鳴」收錄了6篇書寫紐約的自然景物，表現大自然裡有人類最原始的故鄉。劉墉的〈七里香〉短文配合繪畫，是優美的詠物思鄉之作。黎庭月寫紐約的樹木，有博物學者的

淵博洞見，也有人類學家的比較觀察；所謂「樹挪死，人挪活」，大樹遷徙可能不易存活，但遊子走出鄉土，來到更寬廣的世界，從大自然中跨域繁衍的大樹身上找到共感之情。李曄寫夫妻在紐約長島成為有巢氏，房舍與院落裡都有親手打造的印記，與周繞的大自然一起吐納生息，刻畫出一個桃花源！臺灣校園民歌的創作先驅周興立，坐在哈德遜河濱公園裡，見蜂蝶起舞，譜下蝴蝶的禮讚之歌，懷想母親，吟唱詩意夢幻人生。霏飛和阮克強這對神仙眷侶，前者白描中央公園裡出名的鴛鴦美眷，後者寫詩詠讚自然、季節和土地，以攝影捕捉家居附近野生動物一瞬間的靈動身姿，令人悠然神往。

　　第六輯「紐約故事多傳奇」收錄了八篇「都會傳奇」，展示大蘋果的人生百態，無奇不有，卻都在人性理解中。紐約居，開車大不易；陳漱意將吃罰單的經驗描述得逸趣橫生，處變不驚的心態，令人學會一日禪；悠然寫紐約人被偷車的奇聞軼事，令人駭笑。吳麗瓊回憶夜裡被黑槍指頭、打劫行搶的經歷，真是紐約闇夜最大的夢魘！張鴻運忠實紀錄擔任大陪審團員，體現美國司法制度對人權和社會正義的保障。曾為護理師的蘇彩菁回憶911恐攻當日趕赴現場支援，面對一片焦土殘骸，不由得與同事相擁而泣；如今「歸零地」已化身為繁華亮麗的地標，提示紐約人打不倒的韌勁。趙汝鐸紀錄疫情囚困的那個四月，深感生命的脆弱、精神的苦悶，但對萬物滋長的殷切盼望，散發人類求生頑強的本性。宣樹錚教授的〈翡翠〉把一個欺詐的故事寫成傳奇，淳厚道地的白描，精妙的懸念，道德的餘光內斂。西諺說：所有閃閃發光的不都是金子；彷彿是紐約讓金玉敗絮的真相分明，它考驗你的耐力和純度——不管是人還是珠寶。

　　這本文集的誕生，首先要感謝會長鄭啟恭和全體會員的贊助。同時，臺北秀威資訊第四度為我們量身打造出版和行銷，其專業和

品管都是我們深深信賴的。最後,作協的前會長李秀臻和資深作家趙淑敏教授擔任本書編輯的顧問,悉心指導;現今會長張鴻運、副會長陳漱意、財務長吳麗瓊等,加入行列為文集嚴謹校對,在此一併致謝!

會長序

鄭啟恭

　　首先我要感謝兩位「紐約華文作家協會」的前會長，周勻之與李秀臻，為本會開創並奠定了會員文集的基礎。2018 年，在周會長任內，我們很興奮地出版了第一本文集《紐約風情》。在繼任會長李秀臻的領導下，我們又接二連三的推出了《情與美的絃音》、《人生的加味》和《行過幽谷──紐約記疫》三本文集。

　　經過三年多來新冠肺炎的肆虐，我們很遺憾失去了幾位備受尊敬與愛戴的會友。他們的文章，已留在我們的文集中，成了恆久的紀念。

　　「紐約華文作家協會」是「北美華文作家協會」24 個分會之一，涵蓋了美國東部地區的紐約、紐澤西及康州。

　　回首 1991 年 5 月 4 日。一些居住在美國及加拿大，熱愛中華文學的作家們，聚集在紐約法拉盛華僑文教中心，舉行「北美洲華文作家協會」的成立大會。當時只有少數區域的分會代表參與，經過 33 年的發展，美、加地區，如今已有 24 個分會了。大家懷著在海外為華文文學努力耕耘的一股熱情；相互切磋，融洽相處，真正達到以文會友，以友輔仁，冀有更高的創作境界。

　　「北美洲華文作家協會」是總部設在臺北的「世界華文作家協會」下屬的全球七大洲分會組織之一，也是北美洲各地華文作家協會、寫作協會、書友會、文友社的總會。

　　在新冠肺炎疫情尚未展開之前，北美洲各分會皆各自就地安排會裡的活動。2020 年初疫情開始延燒，為了避疫，各分會舉辦的

現場活動大多以影片雲端會議的方式取代。電訊系統無遠弗屆，各分會積極邀請各方賢才，提供文學、藝術、歷史、旅遊、醫藥等各類知識講座，以雲端視訊來推廣傳播。各個分會的活動情報，皆由總會祕書處轉發給所有的分會，再由分會的負責人轉發給該會的會員們，資源共享，受益匪淺。即使足不出戶，亦能知天下事。

　　迎接 2024 新的一年到來，讓我們揮別疫情，期待大家抒寫安家紐約的生活境遇。自告別家鄉，來到大紐約區生活的華人，又要重新適應不同文化的衝擊，相信會有不同的經歷和感悟可與大家分享。

　　在此，也要特別感謝石文珊教授，及資深編輯黎庭月老師，兩位在百忙之中審稿、編輯、校對的辛勞。也謝謝會員們的踴躍投稿，並感謝名作家劉墉老師的賜稿。

　　作協的文集為會員們提供了一個溫暖的家園，在這一片園地中，願大家一起努力耕耘，一起成長，一起豐收。

目次

003　主編序　我寫我城,文學原鄉／石文珊
009　會長序／鄭啟恭

輯一、文心寄情翰墨香

016　趙淑敏　定居紐約
022　陳　九　中文表達,我的異鄉回眸
030　梅振才　文心安處是吾鄉
037　邱辛曄　紐約客思三札
045　鄭啟恭　相聚在紐約
052　趙洛薇　從兩位紐約大書法家談起
057　鄭衣音　龍龍的龍年

輯二、回首遙望來時路

064　趙淑俠　自己選擇的新鄉
069　曾慧燕　心泰身安是歸處
075　海　雲　我的美國貴人
084　南　希　雨中曲
089　賀婉青　我住在康州時

092　蕭康民　山高豈礙白雲飛
100　蕭黛西　安居紐約半世紀

輯三、藝術勝境覓歸屬

106　王　渝　在紐約碰上的緣分
111　顧月華　重生
117　周勻之　大蘋果之戀
122　梓　櫻　紐約處處皆文化
131　陳均怡　紐約，我五彩繽紛的他鄉
136　石文珊　金衣貴婦在紐約
143　湯　蔚　歲月沉香話旗袍

輯四、日久新鄉成故里

148　應　帆　半個紐約客
155　李秀臻　濕意中秋
162　李玉鳳　我的猶太鄰居
170　唐　簡　山姆走了，去洛杉磯
178　麥　子　旅美四十年雜感
182　王芳枝　當東方遇見西方，請微笑以對
190　黃天英　「讚美」新鄉勝原鄉
195　彭國全　我安居的地方

輯五、親近自然悅共鳴

- 202　劉　墉　七里香
- 205　黎庭月　如紐約的樹
- 211　李　曄　自己的家園
- 217　周興立　蝴蝶夢
- 223　霏　飛　網紅鴛鴦
- 227　阮克強　有些時候

輯六、紐約故事多傳奇

- 236　宣樹錚　翡翠
- 243　陳漱意　吃一張罰單
- 249　張鴻運　大陪審團見聞
- 256　蘇彩菁　緬懷911
- 260　悠　然　車內沒有收音機及其他
- 266　趙汝鐸　四月的紐約
- 271　吳麗瓊　搶／槍
- 275　巫本添　覺而後知其夢

此心安處是吾鄉
014

文心寄情
翰墨香

輯一、

趙淑敏

作者簡介

　　原臺灣東吳大學教授。15歲試筆投稿報刊,1962年正式以寫作為兼職副業。在臺曾被選任婦女寫作協會、專欄作家協會、文藝協會等文學會社常務理事、理事,服文學義務職逾二十載。於學術專書論文外,寫散文、小說、劇本,以筆名「魯艾」闢專欄多處十數年。1979年以《心海的迴航》獲中興文藝獎散文獎、1986年以《松花江的浪》獲文藝協會小說獎,1988年再獲國家文藝獎。作品有小說集《歸根》、《惊夢》等,及散文集《在紐約的角落》、《終站之前》等共26書。

定居紐約

　　在「來來來，來臺大；去去去，去美國」的浪潮裡，我不曾動心；流行優秀學生儘早放洋爭取更好的前程，不優秀的也拚死拚活到國外以覓取更好的生活環境的時代，考過臺中女中高中榜首還算成績出色的我，則心如止水選擇認命做留守的女兒。不僅因為父親曾出言強調過「誰出去你也不能出去，總得有一個顧家的」。其實我很識相，不必老爸提醒，當嚴父的精神拐棍，不光是被要求與命令的結果，我這麼好用，這麼聽話，這麼早就能體會到人間疾苦，再加眼見父母的身心雙重負荷的沉重，不但是環境的促使，命運的明示，也是我思量過的現實必然，讓我打定主意不隨潮流，認命走那留給我的僅存的路。生就的性格，知曉不管怎樣的花花世界，壯麗的遠景再誘人，不可能屬於我時，便認命地只取屬於我那一瓢飲，不再迷惘困惑。

　　否則於大專聯考制度實施前末科考生的我，不會在各校分別招考也錄取臺大法律系司法組，父親初次給予我自由選擇的機會，實際很期盼我走法科的路子繼承他的衣缽時，我卻毫不猶豫選擇了同時也榜示已蒙正取了的師大（雖知後面有為數不少在等待出缺機會的備取生）；起初的兩年校名還是師院呢，我都沒猶豫。全公費還供食宿太誘人，可以免錢讀大學讓我心安。我用「哈！我總算有機會叛逆一回」來安慰我那點兒潛在的憾念。還在臺灣要強調實行「克難運動」的時期，父親雖號稱為「國會議員」但屬絕對清廉之輩，收入擔負全家大小的生計、八個孩子的教育孳養真已不堪負荷，是為手足排行尷尬的老二，自小就有先天下之憂而憂毛病的我，怎肯只為自己那點「似乎非分」的感覺打算，增父親之煩憂和

困難。所以那時在我的人生字典裡完全不曾出現過「留學深造」一詞。

從全家驚魂甫定，落足臺中，到避難地變成難以割捨的至愛鄉土，再違初衷順幼妹的顧我「安全」的情意，已超越一人吃飽全家不餓再無仰事俯畜責任的我，飄洋過海尋一份「不必關心」的放鬆自在棲身於紐約，細數留在臺灣的日子，已整整跨越過 53 年，尋求個人更廣闊發展的好年華早已過了。幸虧有一份認命的豁達，沒在一個愛比較的社會中長大，找到我自己的生命生活的價值觀。我常常慶幸，除了基本的衣食住行，我賴以生存的知性人生，是從氣氛恬淡的臺中小城開始的。

全家一路亡命浮海到臺，以高價頂下十八疊榻榻米的日式小屋供全家安憩驚魂，未落下一個，還添人進口，這是靠我父親高瞻遠矚的先見之明得到的幸運。於是我懵裡懵懂做了插班生，懵裡懵懂混到一張初中畢業文憑，更懵裡懵懂連一本參考書也沒有就上了考場，意外地成為高中錄取的榜首。但這是噩夢開始，由於很不在意那個有似意外撿來的紅榜第一，便得罪了那些用功苦讀的好學生；由於沒有對那些由平津上海名校遷移過來的她們自傲的光榮背景有感，付以特殊的崇拜與認同，便玩不到一起去。幸而那雖有著顯赫家世，且有著極端率性不黨不群，被取了個綽號叫「小瘋子」的蓓麗，倒跟我成了死黨，她家書多，我們在一起玩看書比討論電影明星多，這自然是因她的姑姑是新起的名作家張漱菡有關。真的，在見到張漱菡以前我全不知作家是怎麼回事；知道了，沒有蓓麗的唆使、鼓動與逼迫我不會走入「創作」的行列。當時我想的是既為死黨，當然須有一樣共同的東西為友情的基礎。她確定了我們的方向，集知驅情我手寫我心。

那是一個重要的開始，長大以後我選擇生活大環境，除了寄身的工作，有一個可供寫作發表的地境，是最先決的思考；即或什

麼活兒都沒得做以寄性，我還可以筆耕啊。回想起來，我永遠感謝張蓓麗。因心有所寄，又有那環境，才能安心釘在那片鄉土五十餘載。除了我的教學生涯能讓我安心靜守，就是自由創作的好景。而今還能賴以讓我安心慢慢老去的，也就是蓓麗催引出的興趣與精神力量。

不能忘，加起來不滿 30 歲的兩人，她和我的第一篇「作品」都發表在 1950 年 1 月的臺中《民聲日報》副刊，我先她後，哪一天我沒記住。所以儘管歲月已經遠去，她後來又有了新的死黨我們沒再往還，多年來，我還常常思念她，一如我永遠牽掛那處供我揮灑的鄉土。

走入大學，準備從這裡步向廣闊世界，不過還不懂怎樣規畫自己的未來，僅是依著自然發展循著一己既定的路徑前行；只告訴、鼓勵自己，即使沒有大路還有小路可供我率性奔跑，那也是一條生路；縱使早早認命選擇了一個叫家的甲殼扣在背上，但至少那甲殼全屬於我，甲殼內我可以指揮一切，還有一個堅實的肩膀可以傍倚休息，多麼好？！不管任性囂張還是矯情撒賴都由著我！呵！終於輪到全家我最大，可以我說了算！那「大叔」級的教授，除了要扛起他自己的一份志業，盡家主的責任，還要輔導幫助求知甚渴的我繼續讀書做學問。冷顏顧問，熱情辯諍，並做學術與文學作品的超級校對，在這樣一個安恬的小世界，選擇就此度讀書人寒素的靜好歲月再無他求。扎根在山明水秀的大學村裡，過著心懷天下冷眼看世界並不閉塞的小日子。我對自己說：「就是這裡了，我植根的家。」

縱使主觀思維下曖昧的山村歲月，予人的感受，終不如在臺中女中防空洞頂做山頂洞人，搶讀課堂以外新冊，狂妄臧否人物那樣瀟灑放肆的瘋樂之趣，畢竟那已是 fade out 的少年十五六時的狂熱不必留戀；而心喜終於進步到有眾多報刊大門軒敞迎待，等你

「賜」稿的好景到來,自此不再感受人群中的寂寞,縱無所謂的閨蜜,要文友有文友,要歌友有歌友,要諍友有諍友;親情、愛情、友情都不缺。對於某些心高的人這太小兒科了,是不滿足的;對於我,夠了!這些足可拭淨心中所有憾欠的斑塊,驅走難以避免的心魔,鏟去厭倦的疤痕。暗忖,這樣過下去就挺好。所以……所以從不曾幻想有一日會捨棄那裡,更飄過大洋落戶於紐約市井之中。

說人算不如天算,太土了,但人玩不過命運是真的,不該死的人一夕倒下,向老天爭苟延,終是抗不過命數,完整的家就此放射式地解體,終又回到原點。全自由散淡度日,獨炊獨食,獨來獨往也是一種上上境界。完全可以忍受「門前是非多」的身分帶來的煩惱,但卻甩不脫深夜電話輕佻惡擾的噁心,迭遭破壞門鈴、線路、電源警示可隨時入侵的威脅。這叫什麼日子?淨土已不再淨,逃開罷。

困境中有人願以生命相許庇護,應歡顏接受抑或杜門遁逃?終是逃不脫也不願逃甘作深情的俘虜,太需要倚著什麼靠靠放鬆休息了!但無幾時情濃的桎梏變作了無形的枷鎖,以愛為名就可對人身與精神絕對佔有嗎?不知何時便觸犯了忌諱,引發自虐式情緒反彈,鋸磨人的忍受耐力。每稿必審的制度且溯及前世形成家庭文字獄,批鬥審調令人無所適從。報上登出了一張集會照片,忽然有了大發現,瞬間變顏:「這個人怎麼偏又坐在你旁邊?」我怎麼知道?!審啊問啊,又一場自虐式的批鬥展開。

找一個題目,說為愛走天涯,為自己驅走戀戀不捨的猶豫,多麼浪漫的好詞!且可避開當地的麻煩,但其中有多少的無可奈何。離了那片人親土親卻變了味多人識我我識多人,會引發個人煩惱的故土,好吧!到紐約過人縫中隱居的小日子。我棄人,人棄我,過最單調無識無趣無味無色彩淡白日子;生命仍在,生氣已無;不是死了,而是廢了,離了臺灣,紅塵中多了一名喪失生機的廢人。

充滿寵溺也充滿折磨的十年過去了，好夢惡夢都埋葬入老松樹下的草地，我必須又活回自由，但是新型的自由人卻也是讓心神無所寄的遊魂。我強調的恬淡知性生活再也撿不回來，光靠油鹽柴米醬醋茶養命怎麼活？

　　圖書館的書友活動是解凍復甦後的缺口，漸漸由小群融入大群。2002年12月8日紐約華文作協一場錢鍾書的小說《圍城》大型討論會，終於又將我招回到有人可以對話的世界，他們請了夏志清、趙淑俠、湯晏評介，竟招我來主持，有人終於又記起在臺灣時常被拔出來那名頗有彈力的女先鋒效命。我終於又有機會拿起提調全場，可恢復特別喜歡照顧蓄意坐在角落同僑中有緣人的工具麥克風。會後竟有一些不知名的「朋友」圍上來興奮進言，說這是紐約歷來最「有趣」的一場文人切磋的討論會，似乎我不再是外人，這才是我可以脫下面罩，自然地現身的境地。也感到終於「落地」遊魂回家了。

　　如此，以後我習慣、敢說2002年開始在此定居。我又有了生人氣，還魂人世了。之前，不是嗎，只有「他們」沒有「我們」總像候鳥一樣，心情的孤寂令人不知所安，讓我要常常飛回「故土」取暖。蘸足了生命的激情之後，再回到究竟還是有似無人存在的嘈雜卻孤寂的世界。

　　就是這樣的，慢慢地，放膽探出頭去，小心地吸一口，再吸一口生靈的氣息，可以續命的生命之氧，終於又找到我可以跟人笑，向人怨自在安生的小天地，紐約不再是令某些人茫無所從的精神的沙漠。

大修改原載於《香港文學》432期之〈回魂〉後半文字、
顯主題意識，為新篇新作

陳 九

作者簡介

　　畢業於中國人民大學工程系,美國俄亥俄大學國際事務系,及紐約石溪大學信息管理系,碩士學位。出版小說選《挫指柔》、《卡達菲魔箱》、《紐約有個田翠蓮》,散文集《紐約第三隻眼》、《野草瘋長》,及詩選《漂泊有時很美》、《窗外是海》等20餘種。作品獲第14屆百花文學獎、第4屆《長江文藝》完美文學獎、第4屆中山文學獎及第4屆三毛散文獎。

中文表達，我的異鄉回眸

偶爾談及寫作體會時，往往形容自己是「第三隻眼」，以第三者角度觀察海內外文化現象。或者像清教徒，沒太多功利追求，只因有話想說有感而發，才義無反顧寫下去。不過也有人問，為什麼非用中文表達？

對呀，為什麼呢？

1

30多年前來美留學，一個主觀願望就是把英語說好，越好越好，天真地以為只要英語過關表達絕不是問題。為此我竭盡全力，聽力室的「牢底」險些被我坐穿，因為國內學的英語這邊沒人懂，只有把聽力提高才能改進發音，否則淨鬧笑話。那天女老師帶我們留學生看電影《侏羅紀公園》，恐龍這個詞 Dinosaurs 我覺得眼生，就按讀音規則，第二音節重讀，「歹拿掃斯」。話音未落女老師笑得前仰後合，什麼「歹拿掃斯」，是「呆呢掃斯」！她一笑別人也笑，把我臊得。還有一次剛出公寓門遇到查理教授，他招呼我，你住在這兒？我覺得聽懂了，連忙把地址告訴他，請他來玩。公寓是 Apartment，我突然想起另一個詞 Suite（套房），發音是「似衛特」，如果說「似衛特」也能懂，結果我把 Suite 與 Suit（西裝）搞混，後者發音是「素特」，我說我住在「素特」裡。查理教授滿臉狐疑，你確定住「素特」裡？確定確定，我的「素特」歡迎您。

時間長了英語能力自然有所改善，聽課考試做論文沒太大問

題，感覺越來越自如。我跟荷蘭來的馬克住一屋，他爸是海牙法庭的法官，他講英語口音很重，但詞彙量大，連馬路用語都知道，給我不少啟發。荷蘭人善飲，一到週末我們就去酒吧喝酒，跟周圍人插科打諢，原來美國人也講黃段子，口味重得無法形容。不過我也幫過馬克，那天他在買二手車，馬上要付款，我正好路過說等一下。打開化油器一看，很多黑色積碳，馬上判斷是某氣缸的油環磨損，嚴重燒機油。我耐心解釋，服得他手舞足蹈，說走，咱喝酒去！

後來馬克買了輛 79 年的富豪，他還是喜歡歐洲車。我們四處兜風，到湖邊裸泳，去阿巴拉契亞山裡會私酒販子，跟農場主的女兒學騎馬，這小丫頭惡搞我，她給馬克的馬有鞍子，我的沒有，說這樣更舒服。我哪懂，看她一掐就出水兒的樣子毫不懷疑。結果不一會兒屁股就被磨破，汗水一浸痛得我喲，泡洋妞兒千萬不能以貌取人！

不久馬克交了女友，我也有門，英語交流突破校園局限，進入生動的生活，表達也隨之豐富起來，甚至俗文俚語和所謂髒話都春風撲面，再矜持的女人也難免本色呈現。我被人家帶起節奏，撲朔迷離得有些不真實，像看翻譯片，看到一半自己進去演，臺詞不熟疲於應對。比如週末烤肉，知道 BBQ 是烤肉，真烤起來一大堆細節，工具、香料、火候，特別是那些五花八門的香料，中國的草藥西方的香料，香料是西方人的命，為此不惜發動「香料戰爭」，從麻六甲打到澳門，如不親身感受是很難察覺的。還有對力量的推崇無處不在，我們把鑰匙鎖在屋裡，鄰居路過說小事一樁，轉身一把將大門撞開，鎖也壞了。詩人木心說，「你鎖了，人家就懂了」。這邊是「你鎖了，一撞就開了」。俄亥俄河谷的嘉年華上有砸汽車比賽，兩條漢子掄大錘，比誰先把眼前的車砸扁。還有隨性而為的習慣，開心就是硬道理，做什麼都可能也都不奇怪，讓我豁然領悟

天地人倫的分量，突感自己是異類，表達反倒更不好拿捏了。

　　按說隨英語能力的進步，表達應該更輕鬆才對。我起初認為完全可能將表達的充分性從漢語平移到英語上，更換的只是語言，實際並非如此。英語說不好時交流的是基本需求，聽課啊，購物啊，別人之所以會聽，因為人的基本需求是相似的。一旦交流日漸充分，表達肯定會向情感和價值觀深入，交流也就成為文化的碰撞，並捲入社會歷史的認知，複雜性隨之加大，大到男歡女愛也無法平衡。比如對家庭的看法，中國傳統的父母子女關係對我來說很自然，我經常給母親打電話，不時收到家中的郵包，還以此作為人間溫情，好心與對方分享。意外的是，日子一久竟憑空生出詫異的質問：我跟你交往還是跟你父母？你是你，還是你父母駐俄亥俄辦事處主任？問得我啞口無言。

2

　　有這樣一種印象，美國人說事情往往比較簡練，三句話結束。同件事我可能會從春秋五霸到戰國七雄，最後才到點上。開始以為是詞彙量不夠大，有這個問題，但不全是。對當年我們這批留學生而言，來美前已有人生閱歷，比如我自己，參加過成昆鐵路的建設、駐馬店特大水災搶險、第一屆高考、經濟改革，及思想解放運動。我的存在是社會經歷和家庭影響的物化，當我30歲那年像野草一樣漂泊至此，不可能把前30年完全歸零，很自然會在交往中展示已有的知識積累和生命價值，並以獨立的眼光審視美國社會。遺憾的是，這裡的人對你前30年沒興趣，特別是就業以後，我在主流職場打拚30年，無論英文多努力，你的表達風格，包括邏輯、舉例和幽默，如果與職場的期待不合，就很難一帆風順。有人說美國職場的中國人幹不過印度人，問題就在文化差異上。換

句話說，你的英文表達即便足夠充分，但因文化差異也難以盡情盡興，很多觀念情感無法兌換，對方不會真感興趣，你知道他在應付你，他也知道你講的並不重要。你雖然需要表達，但對方並不需要傾聽。

關於「為何用中文表達」的問題我與著名學者董鼎山先生有過交流。他早年畢業於上海聖約翰大學，曾參加抗日地下組織，做過《申報》記者，27 歲赴美讀研，又在美國做過《時代週刊》專欄主筆，紐約市立大學教授，並和他的瑞典裔夫人生活了一輩子。外人看來，他已完全美國化，英文能力遠在絕大多數本土美國人之上。就這樣一位傑出的美籍華裔學者，依然積極參與祖國在改革開放初期的思想解放運動，用中文撰寫了 30 餘冊書籍，向中國介紹美國社會，影響了一大批改開以後成長起來的中國知識精英。2015 年董先生以 92 歲高齡仙逝於紐約。

在與他近 30 年交往中，董先生堅持說中文，我太太上海人，他倆碰面還非要講上海話，董先生的老派上海話語速較慢，節奏感更強。我們每次去看他，除了給董夫人蓓琪帶一個黑森林蛋糕，我太太必給董先生做幾款本幫菜帶去，烤麩、龍井蝦仁、百葉結燒肉，都是他的最愛。有幾次與董先生微醺，興致上來他要我唱京劇《勸千歲》，還指明馬派，說其他門派唱的那句「那劉備本是中山靖王的後」，被馬派省去「中山」二字，更加順口。回憶當年在上海參加抵抗運動，他和弟弟董樂山躲在樓梯下的隔間裡，從木板縫隙看到憲兵的皮靴踏過樓板，發出咣咣的響聲。謝晉元團守衛蘇州河四行倉庫，夜間可以看到對射的子彈流星雨般呼嘯往返。我問他為何不把這些生動畫面用英文寫給美國讀者？董先生莞爾一笑說，「伊嘞勿感興趣，莫啥意思」。耐人尋味的是，每次看望董先生，董夫人蓓琪總是先和我們寒暄片刻便隨即離開，她離開時的幾句話意味深長，董，現在是中文時間，你盡興說中文吃中餐吧，be happy（開心喇）。

　　面對董先生的睿智和董夫人的善解人意，我無法想像因為來此讀書生活就得把前以往的俠肝義膽熱血情懷都不算數，這不可能，在表達問題上我和董先生是相通的。我有個石溪大學同學，那時經常一起查資料做功課，還跑到傑佛遜港看鋼管舞。幾年前在曼哈頓與之巧遇，我像當年一樣用中文招呼他，你跑哪去了哥們兒？有趣的是，他用英文回答我，對不起先生，我不會說中文，然後轉身離去。我尊重他的選擇，漂泊生涯最無奈的就是見怪不怪，人性比想像的要離奇得多。野草他鄉諸事難料，想怎樣表達是個人私事，大家保持著真正的「社交距離」，誰也不必非要對歷史文化負責。然而，或許是前世的的宿命，當有些人情願洗心革面淡化自身文化背景時，我們卻老馬知途，選擇了一路走來的繼承與恪守，而且這樣的華人是絕大多數，他們未必都當作家，但不妨共用同樣的文化情感。

3

　　可以說，中文表達的衝動正源於英文表達的不充分。對我而言，當英文表達難以盡興，缺乏共鳴時，中文表達便脫口而出。表達是剛需，是硬道理，此處不表達自有表達處。人文情感是經歷的積累，是一條連續曲線，包括過去和現在，祖國和他鄉，像晚霞一樣豐富絢爛，像河水一樣潺潺流淌，根本無需額外的動機。

　　記得 30 年前開始寫詩時，最初我是把在俄亥俄寫的英文詩翻成中文。當時紐約的「海外華文作家筆會」經常舉辦中文詩歌朗誦會，該組織由董鼎山、夏志清、唐德剛、鄭愁予等人發起，董先生任會長，他們都是英文能力超強的學者，卻在中文表達方面傾注了深厚情感，我也從這裡開始與董先生及其他名士們的多年交往。承

蒙他們的感召，當年紐約中文文壇可說是雲蒸霞蔚，我的中文寫作應運而生，無比幸運。我們沉浸在創作的快樂裡，也分享著朗誦的歡悅。「紐約詩會」那時影響很大，有人甚至乘飛機從外州趕來參加，地點就選在當年胡適和杜威教授共同創辦的「華美協進社」，曼哈頓東 65 街，也是梅蘭芳、老舍光臨過的那間小禮堂。董鼎山、夏志清、唐德剛、王鼎鈞、鄭愁予、趙淑俠、王渝等各界名流都來參與，那是中國文化在紐約的一樁盛事，也是詩歌經典被網路「絕殺」前的迴光返照，我們承蒙天顧，難得共用了一段珍貴的「唐宋遺風」。

　　從此便一發不可收拾，從詩歌到散文再到小說，中文寫作完全成為我的生活方式。在幾乎所有屬於我的時間裡，悄悄把自己變成故事中的角色，乘著想像的翅膀自由翱翔，把從小到大的種種感受沉浸在情感裡，再撒尿和泥一樣重組，一個光屁股小男孩在殘陽如訴的絢爛中純淨地玩耍。別用漂泊的恭卑暗淡我生命的意義，莫以逼仄的文化氛圍刺傷我的自尊，讓一切孤零零的感覺滾開，把所有讚美和輕蔑置之度外。我像一個徘徊的幽靈，因有話要說，才為滿足情感而極盡表達。你可以認為這是對外部世界的某種逃避，一種內斂自省的苦渡，清風明月的獨白，是無邊無際的安靜與放手，或為保持內心平衡，不被平庸的居家生活逼得去偷情，而給自己創造的宗教。我是一部蒸汽機車，所有煤炭都已填進爐膛，就這一鍋了，一槽爛，能燒多久燒多久，能跑多遠跑多遠，把所有滾燙的世俗拋開，天地悠悠長風板蕩，讓我的多情與豐富在內心開花結果，然後綻放。

　　回想當年留學海外的初衷，其實就希望出來轉轉，「世界這麼大，我想去看看」，沒料到會走這麼遠，這麼久，以至到英語都不足以撫慰靈魂的地步。多年來我對中文表達的一貫追求，就像異鄉逆旅的回眸，是想抵消野草漂泊的孤獨寂寞，還是為傾聽遠在天邊

的山河呼喚呢？
　　我說不清。

　　　　　　　　出自作者散文集《野草瘋長》（2020）後記

梅振才

作者簡介

著名華僑作家和詩人。廣東臺山人,畢業於北京大學。1981年移居美國。現任或曾任中華詩詞學會顧問,全球漢詩總會會長、名譽會長,紐約詩詞學會、紐約詩畫琴棋會會長,北京大學海外校友總會會長,東南大學、海南大學客座教授。編著有《百年情景詩詞選析》、《文革詩詞鈎沉》、《文革詩詞評注》(與李樹喜合著)《詩詞格律讀本》、《蘭亭序集字詩書集》、《梅振才詩集》等多種詩詞文學專著。

文心安處是吾鄉

1981年5月，臨出國前寫了一首詩：「欣逢改革國門開，習習西風撲面來。我亦隨潮洋插隊，先僑背影後人追。」當時腦海中的「先僑背影」，只是像祖父那樣，默默勞作以求致富。誰知來到三藩市的「天使島」後，見到先僑們當年刻在囚房牆上的詩篇，令我震撼不已。隨著先僑的腳步，中華文化也在彼岸扎下根來。來到紐約，更感受到濃郁的華文氣氛後，當初的苦悶、徬徨情緒也逐漸消失了。心安之餘，我的筆也跟著動起來。轉眼間旅居紐約已42年，文心安處是吾鄉！

華文報刊結文緣

作為一個文學愛好者，在紐約街頭見到不少華文書報，如《世界日報》、《星島日報》、《華僑日報》、《明報》等，使我萬分驚喜。此外，還見到幾間專售中文書籍的書店，最大一間是「東方書店」。公餘閱讀新聞和文藝作品，可解鄉愁。後來技癢，也為了消遣時間，撰寫了一些散文投稿，竟然被這幾家報紙錄用，稿費還算不菲。

我的好朋友麥子，同是臺山一中校友，是位著名記者和作家，1987年介紹我認識了《華僑日報》的副刊主編王渝女士，她的詩文如清風明月，蘊藉優雅，也是我學習的典範。她鼓勵我繼續努力，創作更多好作品。在她的鼓勵之下，寫了幾篇較長的散文回憶錄，得到她和讀者們的好評，更被中國大陸一些大報刊所轉載。後來《華僑日報》改名《僑報》，設有一個「紐約客閒話」散文專

欄，我是特約作者之一，我的欄目名為「一剪梅」，撰寫的多是老僑和華埠的掌故，也頗受歡迎。此外，《今周刊》、《綜合新聞》兩種周刊，也有我的文藝專欄，前者多是詩詞賞析，後者多是時事趣談。

光是投稿，似乎還不夠過癮，麥子、鄺小姐（報刊編輯，祖籍廣東臺山，來自臺灣）和我，在 1987 年辦了一份名為《潮流》的文藝雜誌，我們堅持要以辦得「高雅、有料、可讀」為宗旨，這份雜誌得到諸多名家投稿支持。我們不登廣告，但照付稿費，辦了兩年，倒不虧本，算是幸事，我們只是作為業餘消遣。而紐約有本《彼岸》雜誌，文章很有分量，印刷也很精美，但辦了幾年，虧損巨大，老闆只好黯然停辦。怪不得紐約流傳一句「名言」：「如果你想害一個人，就叫他去辦一份中文刊物！」

北大筆會逸事多

文藝社團最能集結文學同好。我參與策劃的第一個文藝社團是「美國北大筆會」，成立於 1993 年，首任會長是姚學吾教授，後任是宣樹錚教授，副會長是我和田曉菲，顧問是唐德剛教授。除了經常切磋寫作技藝之外，我們還不時組織「北大筆會詩歌朗誦會」，在「華美協進社」和各大圖書館舉行。頗有名氣，吸引了大批聽眾。

姚學吾教授，在北大時就是我的老師，精通俄英兩語，歌喉和文筆也很好。和我同時來美，著有《我欲乘風歸去》等詩文集。他曾在「北大筆會」朗讀他的詩作〈長相思·憶燕園〉，迎來掌聲不絕。

宣樹錚教授，原蘇州大學中文系主任，文筆極佳，曾任前面提到的《彼岸》雜誌主編，雖然宣教授編輯水平極高，但因雜誌社經

營不善,終於停辦。非戰之罪!

說起才女田曉菲,13歲考入北大。16歲時寫了一篇散文〈十三歲的際遇〉,被選入國內中學課本,名傾天下。後來赴美留學,27歲拿到博士學位,35歲成為正教授,兩項都破了哈佛大學歷史紀錄。

唐德剛顧問,歷史學家,著作等身。去世後,他的文集尚缺他的詩歌部分,令人遺憾,於是我和王渝老師合編了一冊《唐德剛詩詞鈔》。王渝老師和我寫序,她談唐的新詩,題目是〈溫馨、幽默又充滿歷史感〉;我談唐的舊體詩詞,題目是〈何妨餘事作詩人〉。

通過唐德剛教授,認識了董鼎山和夏志清教授,人們稱之為「紐約文壇三老」。我愛去董、夏兩老家請益和聊天。夏老很讚賞我的詩,其寓所一進門最顯眼處,掛著一幅我在「杏花樓」祝賀他90大壽的詩匾:

重描新史耀千秋,激濁揚清志已酬。
妙語由來驚四座,十年再醉杏花樓。

詩詞學會集同好

我是一個詩詞愛好者,但是來到美國後忙於賺錢糊口,少操詩筆。直到2001年9月11日,目睹了震驚世界的「雙子星」大廈被炸倒下的慘景,翌日便寫下一首〈水調歌頭・中秋雙星恨〉,發表在紐約的報刊上。不久,又寫了一組〈臨江仙・「九一一」華裔悲壯曲〉,在中美合辦的詩歌比賽中獲大獎。從此,我的詩詞才被紐約詩壇知悉和重視,也結交了很多詩人。

2003年,我被選為紐約詩詞學會、紐約詩畫琴棋會會長,和

兩會同仁肩負起在海外弘揚中華傳統文化的重任。紐約詩詞學會成立之時，我寫了一闋〈鷓鴣天〉以賀：

> 彼岸相逢自有緣，騷人興會豈無端？
> 唐風宋韻源流遠，海角天涯薪火傳。
> 吟舊句，賞新篇；聯詩把酒賀羊年。
> 殷勤揮灑生花筆，藝苑奇葩百代妍。

沒有料到，2021年《中華詩詞》雜誌社編的《當代詩詞史》的「詩詞例舉」中，選了127位詩家的作品，我這首詞也忝列其中。

紐約詩詞學會成立那天，突然發現《世界日報》發表了一篇著名作家王鼎鈞的文章〈詩不孤〉，為詩會鳴鼓助威。文中有言：「現在有詩翁詞長出面，組織一個大型詩會，表現了對中國文學趣味的貪戀，對於中國文化傳統的堅持，遠適異國，衣冠飄零，即使『抱殘寧缺』，也令人感動……」

詩詞創作的隊伍不斷在紐約擴大。十年前，我們又辦了一個「詩詞講座」，每週一堂課，風雨不改，為詩詞欣賞和創作提供一個平臺。很幸運，我們的努力得到眾多詩家和社團的支持，詩詞創作不斷推向高潮。如今，紐約已成為海外詩詞創作的重鎮。

躋身作協受益深

紐約華文作家協會成立多年，擁有眾多名作家，都是我的好老師，經王渝老師介紹，我也有幸加入。受良好氛圍薰陶，使我受益匪淺！

對我的幫助和鼓勵，首先想到是著名作家趙淑俠大姐。我的第一部編著作品《百年情景詩選析》（北京大學出版社），完稿後呈

送趙大姐校正並賜序。她很快就寫好一篇序言〈留住百年風華〉，非常精彩，辭情極佳。其序結語云：「梅先生對詩詞文學的使命感、熱情、毅力，都令我欽佩。作為一個文學工作者，古典文學的愛好者，更感謝他為我們留下了詩詞藝術的百年風華。」

作協的作家，多以新詩、散文、小說為主，然亦有舊體詩詞寫得很好的，如王鼎鈞、姚立民先生。我特別喜歡請教他們，並與之唱和。如我有首七律〈呈王鼎鈞先生〉：

六十年來江海馳，故園風物總堪思。
人生四卷滄桑史，文苑千篇錦繡詞。
濁世難逢君磊落，清心常念主恩慈。
相攜夢約明湖月，一掬甘泉一首詩。

鼎公立馬和詩一首〈答梅振才先生〉，又快又好，令我折服：

話到蒼涼難為詩，山長水遠感不支。
漢關秦月囊無句，北馬南船地作棋。
落盡繁華看獨木，結成春繭得新絲。
人身那比呢喃燕，君問歸期未有期。

最近四年，協會連續出版了四本會員文集，每卷都有特定的主題，我分別寫了四篇文章：〈梅花綻處是吾家〉、〈憶美學家朱光潛先生〉、〈詩味人生路〉、〈宅家避疫好編書〉，有幸入選。去年的新書發表會報導，是作家蘇彩菁寫的，文中提到我：「梅先生勤奮好學，治學嚴謹的精神令人佩服，也是我們學習的榜樣。」自知斤兩，聞褒有愧！

我在北大修的是外語，並非中文，只是一個文學愛好者。沒

有想到，在他鄉異邦寫了幾本詩詞文學著作，被人稱為「詩人和作家」。一路走來，感謝眾多師友的陪伴、指點和幫助。還感恩有一個賢內助，她撐起了家庭和公司的大部分事務，並理解和支持我的文學愛好。要安心寫作，經濟基礎十分重要。來美國後拚搏事業，衣食住行倒也無憂。麥子愛調侃我：「一手揸算盤，一手揸筆桿！」行文至此，似覺意猶未盡，試仿蘇軾〈定風波〉詞意，謅打油詩一首，以寄餘緒：

> 中華雅韻遠傳揚，彼岸猶聞翰墨香。
> 遊子棲身宜擇木，文心安處是吾鄉。

2023年9月於紐約

邱辛曄

作者簡介

字冰寒,80年代畢業於復旦大學中文系。留學美國,獲得碩士學位,涉及東亞研究、世界現代史、圖書館與信息等專業。擔任法拉盛圖書館副館長多年,曾獲得美國國會、紐約市議會、紐約市主計長嘉獎。是法拉盛詩歌節執行委員、紐約海外華文作家筆會副會長。撰寫、合寫、主編各類著作包括《顧雅明傳》、《法拉盛傳》、《法拉盛故事》、《詩夜星遊集》、《解語落花》、《深洞》、《紐約不眨眼睛》、《矯正人類行為的地球課》、《圈裡圈外——我的微信朋友圈 2021-2013》等。散文獲26屆漢新文學獎散文組第一名。

紐約客思三札

歲末的燈火

　　2022年的冬天和往年並無別樣。才一陣冷氣團自北極南侵，也恰如去歲的凜冽之氣，只不過人在當下，耳聞目見，無非關於冷的消息，便忘記了曾經的酷冬。人類是不長記性的，我如何能例外呢？但我還是出門了，且作步行。身著紅色外套，一件毛衣也是紅色的，藏在內中。感覺因此暖和從容。環顧四周，小洋樓個個被彩燈打扮出各異的線條，可惜天尚大白著，線條不免萎頓，也積蓄著夜間或將煥發的精神。美國的節日真多啊，鬼節橘色幢幢，聖誕五顏六色。但總統節、勞工節和國慶節倒無此燈火之習俗。而國慶的焰火，亦絕不在感恩節聖誕節綻放的。不知誰定的規矩。我走出好幾個街口了，太平世界啊！

　　那晦澀年代還不足百年吧，一個屋子點著15瓦（稱支光）燈泡，三家共用的廚房只一盞經濟燈，繞著特殊線圈的變壓器，燈光輸出才三瓦。節約省錢並非吝嗇，實在是不容鄰居分得少得奄奄一息的燈火。但也燒不出好菜了。一年四季總變不出菜色，炒雞毛菜煎指寬帶魚小黃魚煲雞殼鴨骨頭，雞蛋分大戶小戶。我家七口外婆父母四個姐妹兄弟，多一斤雞蛋。過年憑票買來冰蛋，化成蛋糊糊，我好耐心，一把圓勺，做出了一個個蛋餃。春節比元旦更具儀式感，蓋因配給的菜多，包括一托年糕一斤花生加什錦糖果。能做出一桌菜餚了，好手藝靠著三支光的燈，也能顯顯節日才有的身手。外面除了鞭炮的火光，有沒有掛燈，記憶模糊不清。歲末倒沒

有壓抑，因為人人懷著新年的喜悅。實際上新也新不到哪裡，吃到平時想不到的忘了去年滋味的菜，穿得一雙新蚌殼棉鞋（打了膠皮底），一身灰藍色新衣，我很開心了。母親是紡織廠擋車工收入好（幸虧公私合營前資本家給猛漲工資），歲末略能置辦。外婆不是逃亡地主婆，父親除了開會仍是開會，沒有被批鬥因為是工廠學徒出身的大學生和幹部。但我總希望國慶節的彩燈掛在春節才合宜。那兩頭卡住壓彎緊張得作拱背狀的竹竿，花花綠綠了，不是更配得上春節嗎？

那年國慶節，家裡只有父親和我（其他人哪去了？），上海10月便是深秋了，10月1日晚上的房間裡生出一陣淒涼。父親突然開口，我們出去看燈。上了街，街道並無彩燈懸掛。左轉，約500米，是一所中學，門上壓著一根張力必定十足的竹竿，其實剖作了半邊，啊，掛著彩燈！兩人看著，沒有說話。兩三分鐘過去啦，父親道：好了，回家吧。那年我十來歲，這大門上恰是八年後我畢業拿著大學錄取通知書奔出的橫梁。1980這一年，眼前、心中，盡是燈彩。天色忽明忽暗，雲頭擋著冬天微弱的陽光，我於街頭彳亍，少年的寂寞和無聊，父親嚴肅苦澀的臉，在過了花甲之歲的我心上輪替。上海街頭霓虹閃爍的某年，父親老了（去世的時候其實他才中年）。和我自己約了，待送走歲末，這沒有王朝的新冠三年，去曼哈頓五大道看以華美著稱的燈飾，可我實在不確定爆炸般輝煌的紐約彩燈能否驅走我心深處上海70年代疏疏落落亮著卻更加淒寒的燈火。

瞬間

我經手中文書頗多，這些書屬於普通讀者閱讀興趣的範圍。若和美國大學東亞圖書館所藏比較，自然是專業書籍少，冷門偏門

的類別也不納入。因為我做的是公共圖書館，社區人口的關係，中文書籍就有了較大的覆蓋面。海外華人的第一代尤其關心是否能閱讀而且大量、自由接觸到中文書，這和他們（更恰當的表述是「我們」）的身分感、對故國的牽掛有關。手上正好有岳南先生所著一套三部《南渡》、《北歸》、《離別》（臺灣時報文化出版）。第三部中記載了胡適先生於國共內戰後滯留美國的心境。胡適1949年4月抵達紐約，此後中國大陸局勢已定，他不得不在美國做寓公，自感身分尷尬，而做了兩年普林斯頓大學葛思德東方圖書館館長，臨走又是一次尷尬。因此，1952年11月應邀回臺灣，在臺大演講中，胡適說了這麼一段話：

> 在民國38年，我感到抬不起頭，說不出話。我曾對家人說：「不要以為胡適之在吃自己的飯。」我們家鄉有句俗話：「留得青山在，不怕沒柴燒！」以我幾十年的經驗，我感到青山就是國家。國家倒楣的時候，等於青山不在；青山不在的時候，就是吃自己的飯，說自己的話，都不是容易的事情。我在國外這幾年，正是國家倒楣的時候，我充滿了悲痛的心情，更體驗到青山真正是我們的國家。

這段話的重點是「青山就是國家」。胡適先生的個人經歷、遭遇，和國家的倒楣，是這句話的註解。「亡國之臣」的心情，為國家悲、為自己哀，是烏鵲繞樹三匝，無樹可依的悲哀，何況胡適曾經是一頭雄鷹！青山就是國家，確實更要感動許多人。多少年過去了。海外華人不止千萬，僅美國就超過500萬。他們的青山經歷了春華秋實，夏暑冬寒，青山就是國家這句話，還在許多第一代海外華人的心中，即使不是青山，也是一棵可依的大樹。然而即使是偉大的學者胡適之，也不能發明永恆的真理。我們心中還有「國破山

河在」的詩句。國，哪裡有青山那樣穩定，甚至比不上一棵大樹。百年之國，說破就破了，山何曾傾廢，河亦未竭源改道。現下有一句時髦的話，「人民就是江山」。若青山約同於江山，則邏輯置換，人民就是國家。可總感彆扭。身處以「民」主標榜的美國，我尚不敢確定這句話的內涵之真，何況他國？再推論下去，似乎更為荒誕，因為唯有美國之移民是移進來（英語 immigrants），而在那國家（青山），卻是移出去（emigrants）。

一個個人在關鍵時刻的去從、命運，自有複雜的，甚至說不清道不明的原因，而決定既可能是長程的，也不乏相對極短暫的時間，或者一個瞬間。而此瞬間的形式實際上包含著一個人長期積累的素質和考量。岳南先生的這套宏著，三千餘頁，記錄了無數瞬間，是個人史和國家史。那些南渡、北歸的大師，那些決裂的時刻，就是從一地移向另一地，從一種不確定流向另一種不確定的決策和過程。三千頁裡有在海外和臺灣落腳、掙扎、復興的民國大師，也有在中國大陸被批鬥、摧殘，乃至違心、變節的大師和門生。

32 年前，我和很多普通中國人一樣，離開了生養之地。那時候還沒有「潤」這樣含量巨大卻有趣味的字來為走遠的「散步」定位。國家的變故，固然是一個原因，但並非直接者：逼仄的廚房，在六家爐頭的擁擠中快要爆炸了。即使未知未來如何，一步踏出去，也許有一個新空間。這就是那一代人移民的開端。30 年前，再奇幻的想像力，也不會預見，如今我在紐約為中文書圍繞，並向無數華人傳送更多的漢字閱讀！1950 年代胡適之「青山就是國家」的斷論，似乎向「青山就是漢字，漢字就是故鄉」過渡，漢字不改，百姓依舊。在漢字、在中文書籍中，我們漸能心安理得，平靜地在認同所選擇的移民之地生活。偶爾，更能重回那決策的瞬間，悄然自許。

神思

　　木心先生《魚麗之宴》一書，收錄答《聯合文學》編者問。這篇問答和木心的其他作品，同期刊登於創刊號，為「文學魯賓遜」作註。登臺、亮相、開嗓，不可謂不麗。回憶早年塗抹新詩，木心謂：「枕邊放著鉛筆，睡也快睡著了，句子一閃一閃，黑暗中摸著筆，在牆上畫，早晨一醒便搜看，歪歪斜斜，總算沒逃掉。」大凡寫作者，多有此類經驗，或愛好。他在睡夢和清醒之間，常有一個通道，好像靈魂的光輝，非得在此迷糊、混沌之際，才是最好的自己。夢中落筆千言可惜難以一一記錄，無法盡留；白日在書桌前揮筆疾書，自然是出產的高峰，卻也不免是思路枯寂、江郎才盡的時間。因此，那道靈魂之光，就得了便宜，是神思和筆落的良緣。

　　早上翻閱微信朋友圈，散文家張宗子來了一段，和文友傾吐甘苦，正是此中光景：「早晨醒來，想起作詩，幾十行詩瞬間連貫而出，匆忙間記不下來，拿過一本書（《惶然錄》，開本大，空白多），在空白頁上記下三個主要意思。傍晚無事，乃補寫此詩，首尾兩段的意思還記得，中間忘了，另寫一段補足，題為〈歌德在1832年的談話〉。」似乎醒比夢的比例大，但思路應該是在開眼之前，否則哪裡來的此匆匆之想呢？腦子比筆快，是一個好現象。

　　作者神思之來，各有妙方。如木心、宗子式的，介乎將醒未醒，方醒尚夢的這類，奇則奇矣，卻是作者神思的特例。我以為，神思還是具有常例的格式，是一個作者十分清醒下的巧運智慧和構思佈局。前幾天，和詩人、藝術家嚴力一起出行。車到他家門口，嚴力下樓，遞給我一個聯邦特快的大信封，說：「這個送給你。」我打開一看，是塑料薄膜封好的稿紙，寫得密密的。嚴力告知，是他的三篇短篇小說的手稿，「是原稿，沒有副本了。」我接在

手中，不免受之而驚。嚴力在8、90年代寫過很多小說，大多發表了。而時間也算久遠，很多書絕版了，何況單篇作品。前兩年，我和嚴力一起，整理了部分作品重新出版，再度在圖書市場流通。亞馬遜網上一鍵即可購買到。我想，沒有副本，是說，當年投稿美國、臺灣和香港的短篇小說的原稿，當了無痕跡矣。嚴力的小說和他的詩、藝術品一樣，是先鋒派風格。小說的構思常極為奇妙，尤其結尾，多神來之筆。謎底藏到最後幾行解開，而謎面牽引著讀者，卻不露聲色。譽其為「中國的歐亨利」，正因以此。記得木心說，中國古小說的作者，常常看低讀者，早早抖露了包袱，卻一往無前，繼續演繹，非要讀者看完，印證作者的結論。這是第二層小看了讀者。經典的《三言二拍》，確實在此套路中做文章，把小說看作娛樂小道。好比按照規則做詩的格律詩，不過是換了套路的外相。我想，寫這類小說的作者是不太需要神思妙想的。古白話小說家養就了的讀者，逐漸也無了期待，閱讀的荷爾蒙懶惰了，即使知道了結局不過就是古彩戲法一塊布下的花樣，也還是熅熅的讀下去，如受了麻醉一般。而這正是作為藝術的小說最忌諱的。要猜出嚴力的小說的謎底，正有著買樂透中獎的難度。作者的神思，盡在讀到最後幾行字的出其不意。

不過，寫小說既是說故事，也不止於此道。如同詩和藝術，小說家的境界，或者其作品的境界，是在不知不覺中表達一個觀念，一種思想。神奇的構思，驚豔的結局，是一道美食，本身有高尚的存在理由和價值，而人體需要的營養，隨著品嚐和下嚥，在腸胃蠕動中，自然獲得了。沒有營養的美食，正如缺乏思想的小說，而好的小說家是藝術家更是思想者。所謂思想者，不必是有著哲學體系的偉人，也非一頂冠冕。但得有人格，有獨立思考的勇氣，加上閱讀和生活帶來的智慧，方足可當此名。作為思想者的作者，是一個傳遞火炬的人：無遠弗屆的讀者，或感悟於思想的火花，或欽佩其

人格的力量,以顯和隱的方式,繼續作品的生命。一人之神思,乃化為眾生之神思;一時間的靈感,得通過無數的眼睛,沉澱、再沉澱。

　　思想,是最出其不意的神思。

鄭啟恭

作者簡介

　　曾就學於中國文化大學新聞系、紐約時裝學院。為體驗各種生活而嘗試過不同的職業，退出職場前是紐約市政府環保局公務員。愛好寫作、繪畫、攝影、音樂、舞蹈、戲劇等。

相聚在紐約

2009 年暑假,臺北私立強恕中學祝劍韜老師(也是學姊),再度來到美國紐約探親度假,此間校友們又相約於 JC 自助餐廳集聚。屈指一算,上回見面,已是六年前的事了。也就在這同一家餐廳,匯集了各屆校友,完成了首度的校友團聚。

時光回溯到 2003 年夏,旅居日本的同窗侯飛月來紐約舉辦畫展。飛月自小就喜愛繪畫,也很有天分,她在國立藝術專科畢業展的作品獲榮譽留校,目前仍珍藏在學校的美術博物館中。藝專畢業,她又前往法國,在國立巴黎藝術學院深造。然而飛月隨夫移居日本後,一直難以適應政治家族的生活,她的藝術生命也逐漸的頹廢。與我同在紐約的老同學舞蹈家崔蓉蓉,及加拿大多倫多的劉延江,都經常鼓勵她重新振作施展才華,同時也積極地為她安排在美、加兩地舉辦畫展,以激勵她重拾畫筆,及早再回到她理想的人生軌道。

當時我已在紐約忙碌生活了多年,與多數同學早已失去聯繫。但我相信在紐約這大蘋果裡,絕對有許多強恕人,或許也會有侯飛月的舊識,如果能藉此機會聯絡上,再續前緣,一起來欣賞老友的美術展覽,給她加油打氣,豈不是美事一樁?

有了這樣的念頭,我隨即給《世界日報》的社區熱線發出一則消息。希望強恕校友們在某日,某時,前往 JC 自助餐廳相聚、相識、同樂。歡迎並祝賀校友畫家,同時也是日本山武市市長夫人侯飛月的畫展成功。

消息見報後,接到許多來電,有的訝異:「怎麼從未聽說有強恕中學校友會的組織?」有的好奇:「是哪一屆校友主辦的?」也

有的問：「畢業很早，年紀很大了，也可以來參加嗎？」有人還想知道有沒有他認識的人報名……。通過電話的交談，與素昧平生的校友們，聊起在強恕唸書時的往事，既遙遠又熟悉。尤其提起那位無人不知，無人不曉，綽號「北西北」的教官，即刻縮短了彼此的距離。

沒想到，首次校友聚會那天，JC 自助餐廳竟出現了 40 餘位不同年齡層的強恕人。他們有些正好由臺灣、日本、香港、加州等地來紐約度假，也有專程從多倫多、芝加哥、馬里蘭州趕來共襄盛舉，真是有緣千里一線牽。

多年未曾再見，今日人事已非，與近在眼前的老同學相見不相識也很正常。為了讓大家重新互相認識，便鼓勵每位校友提供一段過去式的自我介紹，以勾起回憶。我還寫了一首打油詩如下：

強恕校友大會串
男女老少聚一堂
吃喝玩樂本在行
重溫舊夢時不晚
今日談笑無忌諱
各自心中請準備
五花八門無所謂
細數當年你總會
時光倒回同沉醉
青春滋味又再歸
萬里結緣極珍貴
唯有真情在心內
幸福快樂自相隨

在此餐聚中，師生意外的相認；失散同窗再度重逢；甚至還有人發現原來小學時也曾經是同班同學；興奮之情自不待言，大家又驚又喜地共度了一段美妙的時光。

隔日，報上刊出我們的團體照，標題為「老同學　喜相逢」。每張面孔都洋溢著內心的愉悅，雖然有年齡上的差距，卻無代溝，彷如大家庭中的兄弟姊妹。

數月之後，在街上巧遇張令瑜校友（前紐約職業局局長），她問起何時辦下一場活動？我實告並無長遠的計劃。她認為大家那麼興致高昂，若不繼續下去實在可惜了。也有幾位校友來電表示，很期待能再參加聚會。我也能體會，在國外生活緊張忙碌，總有苦悶孤寂的時候，若能參與一個有歸屬感的團體，通過與人的互動，不但可以紓解精神上的空虛與壓力，生活上也會增添不少樂趣，絕對有益於身心的健康。

在張令瑜的協助下，我聯絡上幾位曾出席首次聚餐的熱心校友幫忙轉發邀請通知，歡迎參與商討籌組事宜。通知信上我這樣寫著……當我們不再年輕，記憶裡卻是青春的往昔。少年的歡樂時光雖已遠去，舊夢的重溫，盡在華髮裡。期盼各屆校友共襄盛舉，但願久別重逢的美好時刻，不會唯獨缺了你。

於是，有沈國珠學姐自薦負責財務，林建國學長說可幫忙登記，樂美堯負責聯絡……。自此，我以校友會召集人的身分，絞盡腦汁開始了我的任務。

舉辦活動，由策劃、安排、聯絡、通知、宣傳，幾乎可說是全包的一條龍服務。為充實活動內涵，除聚餐聯誼外，還安排創業有成的校友，與大家分享成功經驗，舉辦懷舊壁報展覽、卡拉 OK 歌會、中國電影欣賞、秋遊賞楓、健康講座等。雖然經費很有限，但每次活動都讓人覺得值回票價，大家都很開心，因此參與活動的狀況都很熱烈。

每逢新年等重要節日，舉辦的慶祝會也特別隆重。駐紐約經濟文化辦事處處長夏立言大使、季韻聲副處長都曾蒞臨參與。李昌鈺博士與當時《世界日報》社長李厚維兩位學長，亦曾在校友聚會中分享當年鮮為人知的強恕經驗。

2006年，在百人參與的新年餐會上，大家期盼有個正式組織，使這個團體能夠更加茁壯。在全體校友贊同下，隨即正式成立「美東強恕中學校友會」。經推舉，產生了樂美堯、朱留弟兩位副會長，及幾位理事，我則同意暫時擔任過渡期的會長一職。會中並一致通過每屆任期為兩年。

同年9月，已在上海定居的第13屆校友們正籌劃主辦在上海的「四海同心」團聚，當時樂美堯為該屆校友美東區的聯絡人，在他又兼任紐約校友會副會長後，便熱心積極地鼓吹紐約校友們也參與上海的團聚。

為進行此計劃，特別在喜來登飯店舉辦一場「校友創業成功經驗座談」，邀請在長江三峽已擁有八艘維多利亞郵輪的紐約校友畢東江，介紹「長江三峽上，維多利亞的昨日、今日與明日」。

長江三峽之美，我曾遊歷過，也很鼓勵校友們於有生之年暢遊三峽。既然這次要組團去上海，不如加上續遊長江，於是校友會決定一石二鳥。

首次辦理海外旅遊，牽涉的人、事、物比較複雜。許多細節及意想不到的狀況也多，但卻是個十分難得的考驗。在大家分頭招兵買馬下，來自世界各地的強恕人，在上海集合時人數竟已過百。

旅途上，大家都很盡興，遊山玩水，參觀文物景點等，是個很值得回味的美好旅程。

2008年初，剛舉辦完一場熱鬧的新年晚會不久，突然傳來噩耗，副會長樂美堯不幸遭遇車禍喪生。過去每一場校友會的活動，他總要驅車約四小時由馬里蘭州趕來參加（因他的同班同學大多數

住在紐約），沒想到那新年晚會竟成了見到他的最後一夜。

同年歲末，我重提兩年前的協議，促重新改選。經過幾年的相處，大家都有了共識。在公開的票選下，由後來擔任法拉盛商會會長的朱留弟接棒為新任會長，還有總幹事海根壽、財務負責沈國珠、及兩位副會長陳培娟、汪美玲與七位理事，共12人。

我很高興終於能卸下擔子。新上任的會長朱留弟與總幹事海根壽，當場慷慨的各捐出一筆款給校友會作為基金。有了這筆經費，以後辦活動就能為校友們提供更好的服務了。

紐約強恕中學校友會的成立，實是無心插柳，誰也沒料到會有這樣的結果。這種子，生了根發了芽，繼續開花結果，想必也是大家所樂見的。

友誼的力量真是不容小覷，如今已有畫廊與飛月接洽合作。她興奮地開始了她的第二春。

實話說，倘若時光能倒流，我仍會選擇回到強恕中學的日子裡再活一次。論及母校，校友們無一不感懷當時鈕長耀校長的高瞻遠矚，曾為栽培學子而聘任至今仍令人懷念的優質教師。

令我印象深刻的陳映真老師，是一位臺灣鄉土作家，擅長小說、散文、隨筆，尤以文藝理論著稱，他還是《人間雜誌》的創辦人。

強恕中學學長、學姊，為回饋母校，在師範大學畢業後，多選擇返回強恕中學任教，如張北海老師。張老師於1972年移居紐約，在聯合國任職翻譯與審校。退休後，傾注六年心血寫成一部小說《俠隱》。2018年姜文導演買下該版權，拍成電影《邪不壓正》。

學姊朱秀娟，雖已是成功的企業家，仍熱愛寫作，其代表作《女強人》獲1979年臺灣文協小說創作獎。這部作品改編的同名廣播劇在中央人民廣播電臺播出後，受到兩岸聽眾一致好評。

我的同窗蔣勳，受強恕校風薰陶及陳映真老師影響，成為目前臺灣知名的詩人、作家、畫家、美學大師⋯⋯，曾任聯合文學社社長之職。

　　由於我曾在校刊上發表了幾篇文章，而被提拔為校刊總編輯，開始有了與社會媒體人接觸的機會，遂受聘為各報「學府風光」專欄提供校園花絮。

　　強恕校園內的精采自不待言，在當時社會風氣仍十分保守的年代，強恕的前衛校風常招人詬病，並被貼上太保、太妹中學的標籤。但是沒有人在意，各人仍朝著自己所喜愛的路走去，後來大多成了各行各業的精英。猶記得一位滿頭銀髮的退休教師姜志濤曾提過「強恕」校名的深意：「強恕，強恕，不強人為之恕，不恕己則為之強。」

　　老師們寬容的教導，對正在成長中、努力學習如何活出自己的少年、少女所給予適當的理解與尊重，能讓我們在校園中享受自由自在的空氣，使短暫的青春不致留白，至今仍回味無窮。

趙洛薇

作者簡介

　　美國 Licensed acupuncturist 針灸醫師，懸壺紐約。曾任美國醫慈會理事醫師，為《美佛慧訊》撰寫保健知識。曾寫些童言童語、兒歌、詩歌、散文發表於《世界日報》的〈兒童版〉、〈家園版〉、〈世界周刊〉、華美族藝文文學、紐約華文作家協會文集、文薈報紙刊物、北美華文作家協會電子報、海風詩社、法拉盛詩歌節等。

從兩位紐約大書法家談起

100+77

　　那天在咖啡店，一位老人漫步進來。個頭不高，銀髮紋絲不亂，買杯咖啡落坐。呀，那是書法大師丁兆麟先生！我忙隔桌向他打招呼，他問我是誰。我走到他面前恭敬的在餐紙上寫上名字，他笑了，笑得像小孩般清純。我為之一怔，怯生生的說：「您今年是100歲了？」他說：「是。」我關心的問：「誰陪著您來？」他答：「就我自己。」我左右顧盼，真的，連根拐杖都沒有。又問「您最近還寫字嗎？」「還寫。」他說。

　　近看他目明，身板硬朗，悠悠百年的生活磨鍊，在他身上並沒留下明顯痕跡。此時我不知用什麼來表示我的崇敬和讚美，由衷的向他豎起拇指，他也向我豎起大拇指做為回答。我滿心歡喜的向他道了別。

　　與丁老並不熟悉，倒是與師母曾是文薈同窗好友，雖然年齡相差，我們卻一見如故，從而知道他倆有五個兒女、九個孫兒，節日聚在一起歡樂一堂，好幸福的一大家子。之後又在丁老百歲祝壽會上看到丁老的墨寶。

　　同年10月，丁兆麟與周唐軒兩位大師在紐約法拉盛華僑文教中心合辦「人瑞古稀」書法聯展。丁老寫的書法是正、行、隸、篆四體都有，筆峰蒼勁有力，其勢剛柔自然，筆斷意連，篆書筆下有行書的意境，而隸書落筆卻有篆書的氛圍，細細觀看，筆下竟有畫境在字裡行間，看著令人心領神會，如臨其境。他這一手好字真非

一朝一夕的功夫啊！5歲開始寫字，畢生95年如一日專注習字，方呈現出今天瀟灑流暢、魅力無窮的墨寶。那堅韌持久的毅力為晚輩樹立了學習好榜樣。

　　有人問丁老的長壽祕訣，說是天天寫字，生活簡單，清心寡欲，心態平衡，安然自得。每天散步，飲食以素為主，肉食為輔，持之以恆。練就成眾人夢寐以求健康長壽的百歲老人。

　　周唐軒老師6歲習書法至今，斷斷續續已有71年之久，他寫下的楷書，行雲流水如一位雍容華貴的美人，更有長袖善舞飄逸空靈之姿，優美而生動自然。還用自創的「蟲書」寫法，把英文用毛筆書寫如蟲，新穎而獨特的書法，令人賞心悅目，讚嘆不已。

　　一橫一豎，一撇一捺，方寸之內，筆墨之間，會有一首首樂章，一幅幅群山碧水，在那高山流水之間蕩漾縈迴，令人會心而笑，令人留戀忘返。幾十年的堅持不懈，終會達到那豐盛深邃的書法精神世界。

　　猶記那日觀展後，走在街上，內心充滿了感動。都說字如其人，令人難以置信的是，揮灑自如，隨心所欲，流瀉出來的墨寶，竟是100歲和77歲的一雙耆老。又知兩位多年來不遺餘力，在美國紐約法拉盛地區華人和老人中心教授書法。如今桃紅柳綠，碩果纍纍，為法拉盛多元文化教育事業奉獻了一份力量。二老孜孜不倦，做事堅持如一的精神力量源遠流長。

　　匆匆幾年，再回首，今年兩位耆宿雖已高壽107與84，可算是紐約書法界老壽星。他們依然心明眼亮，精神矍鑠。更難能可貴的是他們在人生道上依舊走得健康安逸、豁達豐富。回想自己習字多年，今天打魚明天曬網，寫寫停停，如今依然一手破字。然而，幸運的是，我已能領悟書法給予人思想上的啟迪和精神上的享受。就像讀一本好書，令人拍案叫好、幡然醒悟。

　　一方宣紙，飄飄墨香，一筆一畫安撫人心，恬淡忘憂。書法，

正如清澈見底之泉水，令人心曠神怡……（編按：丁兆麟老先生已經在2020年去世。）

幻想成真

  光陰拉回40多年前一個午休時刻，幾個同事聚在一起，有一搭沒一搭的閒聊。突然有人看著我冒出一句：「你心裡還另有一個角落。」在那個年頭即使不做虧心事，白天敲門也驚心，這話確實令我誠惶誠恐，忐忑不安。認真看他的表情，方知道說的是玩笑話，我方如釋重負。但是，這句話一直留在心底。

  那時正值愛做夢的年齡，常會浮想聯翩。有天正在開會，我的魂兒出竅，望著窗外飄逸的浮雲心裡充滿遐想：「那兒有無垠的大海，天與水連接，燦爛的陽光照在湛藍的海面上，柔和的風吹起微波，遠處戲嬉的海鷗展翅跳躍，我坐在沙灘上，極目眺望海天一線的遠方……大自然恬靜明朗，沒有一絲烏雲。」我曾用筆將它畫在紙上，不敢寫字，還常回顧流連，這也是我安頓內心的故鄉。我私下揣想，這就是那個「角落」了。

  當我來到紐約，第一眼看到藍天碧海，多少年的幻影變成了真真切切的大海，波濤如千軍萬馬滾滾而來喧嘩之聲如雷貫耳，這是我那幻想裡所沒有的。我忘情地，忘情地伸出雙臂發自肺腑的呼喊：「啊！大海！」這聲吶喊，心頭豁然開朗，瞬間血流貫通全身，全心身的放鬆了。多年渴望見到的大海，心底似曾相識的大海！它比想像中更蔚藍，更浩瀚，此時淚如決堤，滾滾而下，自己猶如滄海一粟，跌落在一望無際的沙灘，久久凝視著海。那遼闊無垠的大海吸引著我，給我的世界增添了無比力量。我用眼睛貪婪記住大海，就連天邊那朵朵彩霞也一起記住。

  此起彼落的海鷗當空穿梭，聲聲歡叫，喚我回到千頭萬緒的現

實裡。

　　和沙灘平行的是木條步道。經年累月受海風霧水洗刷而泛白，伸向遠方，走在上面咚！咚！咚的給人感覺扎實、安全。約有一小時路程，好像是一條長得總也走不完的路。稀稀疏疏同行的人，有穿泳衣的男女，散步的老人，嬉戲的小孩，大家都純粹是為了在這條甲板路上走走。迎面吹來海味的風，天是那麼貼近，雲好像飄在伸手搆得著的頭頂。人們走著看著，沉浸在興奮與歡樂中，留下一些話語，串串笑聲散落在海灘上。

　　右邊一片草地，綠意盎然，天邊掛著絢麗多姿的晚霞，遼曠中沒有一點聲響，靜謐地連時光也停止了流動，霧水打濕了我的頭髮，我心裡卻升起莫名的幸福。

　　傍晚成群結隊的大雁落在這兒棲息。我趴在欄柵上遠遠地望著牠們團隊，想像牠們清晨列隊往天南地北飛翔，風雨寒暑裡尋食，為生存而辛勞。在暮靄降臨歸來時，相互噓寒問暖，有同伴、愛侶和兒女，晚風送來咕！咕咕咕！夜晚彼此依偎，遮風擋雨互送溫暖。祥和的畫面令人由衷感動——有什麼生活是如此寧靜簡單、自由真實的呢。

　　紐約有浩瀚美麗的海岸，和予人洗滌身心的大海，再不用刻意去想像它、揣摩畫它，隨時可以造訪它。

　　記得那時正患敏感性咳嗽，遍服止咳藥還是咳，去到海邊那天，回家後再也沒有咳嗽。海風治癒了我，大海袪除了我多年的鬱憂，是我身心的益師良醫，給我力量。我自由自在地生活在這個有美麗海岸的紐約市，積極為生活添上色彩。

鄭衣音

作者簡介

　　浙江紹興人,1950年生於臺灣,政治大學西洋語文學系畢業,定居紐約,2017年自美國聯邦社會安全局退休。

龍龍的龍年

　　2023 年 10 月 18 日一大早，迫不及待地跟龍龍碰面，因為他說有好東西要給媽媽。遠遠的就看到他，還是像小時候一樣，一副悠然自得，面有喜色的等著媽媽。一下車，他笑咪咪地迎上來，一手摟著我，一手塞給我一本封面精美的新書。他說昨晚他的出版社，在第一時間用快遞送來的限量初版。這是專門印給重要的同行，做為邀約有聲望的作者寫推薦序文用的，作者本人也只收到八本。所以，這個拿在手裡踏踏實實的成果，他也要在第一時間跟妻子和爸媽分享。我愛不釋手，想趕快回家開始閱讀。他一再說：這是一本小說（意思是要我們不要對號入座）。故事的主軸是講述，主角在多采多姿的紐約市出生成長的際遇，並回憶在那個年代被普普文化洗禮的驚喜，以及感受中西多元玄妙的碰撞⋯⋯

　　1976 年 1 月 31 日是農曆年的大年初一。當年在紐約市皇后區森林小丘，有位鼎鼎大名的李婦產科醫生，接生過好多好多亞裔小寶貝，每 12 年就盼望接個龍娃娃。我何其有幸，預產期居然非常接近。李醫生興奮地大張旗鼓，知會了數家紐約市的中外報社，要大家準備好迎接她的龍寶寶！果真給她盼到了，我們母子當然都上了報！放大的照片，在她的候診室及辦公桌上明顯地展示著，而我們也算是跟親朋好友報了喜，皆大歡喜不已！啊，一晃眼就 48 年了，泛黃的剪報，依然保存良好。

　　龍龍從小就是個心胸開朗的樂天派，連嬰兒時期都很少很少哭鬧，一路都比同齡的小朋友長得高大⋯⋯胖些。唯有當大人無惡意且帶有點親暱的說：「啊喲，胖嘟嘟的好可愛唷！」、「哇！好靚個肥仔！」、「儂看看，肥篤篤的小寧！」這下子，他可覺得受委

屈囉,嘟嘟嚷嚷的鬧個小脾氣。我得多次地跟他說,在我們的文化習俗裡,是稱讚小孩兒可愛有福氣。對這個說法,他總不理解也不解氣,只是在小小的心靈世界,對中西文化開始有懸念了!

龍龍在青少年期,個頭依然超出一般洋孩子⋯⋯有過之而無不及!在紐約市史岱文森高中就讀時,美式足球校隊裡,6呎2的Abraham Chang是唯一的亞裔面孔。校內跟隊友練習是一回事,一旦出外比賽,馬上被體型旗鼓相當的對手盯上,那可免不了受到兇猛攻擊,場場挨整,傷痕累累。場外加油的媽媽真是心驚膽跳!唉,滿滿的驕傲終被椎心的心疼打敗!兒子知道,從小他的任何選擇都是被尊重的,沒有強制的要求,沒有硬性的規劃。因此,這次經過理性的交談後,是他自己決定就打完這季,提早結束在學生生涯中打過美式足球的高光時刻。對一個在美國出生的他,這是個多麼有難度的妥協啊!嗯,只是為了免得媽媽擔心。後來他告訴我,他當晚的日記是:我的決定是因為作為華人小孩對媽媽的「孝順」(英文拼音)。

龍龍的小兒科劉醫生,後來居然成了相隔廿多年的校友,Tufts大學的醫學院相當不錯。龍龍小時候只有到必得打預防針或疫苗時,才去診所報到。每次每次劉醫生都向他灌輸將來去做個骨科醫生的想法。在進大學前,得去診所拿從小到大的醫療資料,她還是叮嚀又叮嚀⋯⋯要選骨科啊!原來,做個骨科醫師需要體格壯、力氣大的人。她多年執業以來,打針看病拉拔大的小孩中,學醫的不少,但龍龍才是她的上選人材。大二那年他去了英國做交換學生,真正的接觸了西方文化,也體驗了歐洲自由開放的氛圍。一回家,立刻去跟外公說:「我知道了!我真正喜歡的還是文字,喜歡文字的真實和浪漫。不學醫也不唸法了,我改變主意,主修文學!我要用文字寫寫東西!」外公龍心大悅,雙手握著愛孫的手說:「好好享受文字帶給你的欣喜及海闊天空的想像。可惜啊,沒有教你認識

中國字，那才是真正的……絕美！」（為此我內疚良久！）他果真用實力露了一手，一篇非常亮眼的新詩獲得了大學校際比賽第一名。多年以後，還被加州某校區收錄在高中英文教科書裡。目錄裡還包括有 Emily Dickinson、Robert Frost、William Shakespeare……哇，Abraham Chang 亦在其中！走筆到此，回想一下，非常清晰地記得他小學一年級的老師。在第一次的家長會，她就非常認真的告訴我：「Abe 有寫作的天分，要他繼續不停地寫。昨天郊遊的報告，別的小朋友頂多寫一頁，Abe 交給我一份滿滿十頁的遊記故事！」（我保留了，可能還在閣樓的盒子裡。）

　　龍龍五、六歲開始寫的日記本，雜記簿子是整箱整箱裝著的。用的是只有他自己看得懂的字體，記錄著他獨特又豐富的點點滴滴。信手拈來，感性滿滿，填了詞譜了曲，自彈電子琴、電子吉他、古典吉他、打鼓配樂，自唱、自資、自製作，出了兩張碟片。大學畢業從波士頓回來，選了去地靈人傑的紐約大學修碩士學位，主攻寫作。曼哈頓的校區四周，充斥著紐約市特有的人文氣息。他如魚得水，一邊上課一邊當助教、一邊上酒吧一邊抱著吉他唱自己的歌、一邊看百老匯一邊聽林肯中心歌劇、一邊逛博物館一邊遛中央公園、一邊去麥迪生廣場看球賽一邊買下一場的演唱會……生活精彩豐滿自由自在！直到 2000 年踏入第一份正式的工作──出版機構。至今任職於各大出版社，職位節節上升，職務則忙碌不堪。一年復一年為人作嫁，自家有作者出書，當然是該高興的，但也為自己有料而無用武之地而焦慮。轉機的來臨，也算是玄妙吧？疫情期間在家上班，雖然工作分量依舊，但省了上下班的往返時間，這是多麼難得的奢侈時光，真該好好的利用利用！摯友的提醒、妻子的鼓勵、媽媽的敲邊鼓……他動筆了！一觸即發，多年來積藏在腦子裡心靈裡的故事，清晰又迫不及待的滾滾而出。他寫一篇到了一個段落，妻子 Erica 就出聲的唸給他自己聽一遍。Erica 越唸越驚

喜,她馬上覺得這會是一本很棒的好書。她把龍龍正在寫書的事,透露給她參加多年的讀書會老友,老友立刻介紹了一位有分量的著作經紀人。緊接著後來的迅速發展,快得不可思議!各出版社的同行給予真誠的好評,認定且推薦這將是 2024 年的重磅好書!

888 LOVE AND THE DIVINE BURDEN OF NUMBERS, a novel by ABRAHAM CHANG

(我被告之不可逕自翻譯成中文,有關版權合同)

2024 年 5 月 7 日龍龍的新書全美發行!

2024 年 10 月 12 日也是龍龍和 Erica 結婚十週年紀念日!

祝龍龍和 Erica 健康快樂,平安幸福!

2024 是龍龍的龍年!

此心安處是吾鄉
062

輯二、

回首遙望
來時路

趙淑俠

作者簡介

　　生於北平。1949年隨父母到臺灣,1960年赴歐洲,原任美術設計師,1970年代開始專業寫作。著長短篇小說和散文作品四十種,計500萬字。其中長篇小說《賽金花》及《落第》拍成電視連續劇。1980年獲臺灣中國文藝協會小說創作獎,1991年獲中山文藝小說創作獎。2008年獲世界華文作家協會終身成就獎。1991年在法國巴黎創辦「歐洲華文作家協會」。2002到2006年成為「海外華文女作家協會」副會長、會長。目前為世界華文作家協會榮譽副會長。出版三本德語著作。中國大陸於1983年開始出版趙淑俠作品,受到好評。並受聘為人民大學、浙江大學、華中師範大學、南昌大學、黑龍江大學、鄭州大學等院校的客座教授。

自己選擇的新鄉

　　到紐約已經 20 年。初住曼哈頓，離世貿中心不遠。九一一恐怖事件時親睹雙子星大廈倒塌，令我產生一種難以形容的悲哀情緒，覺得人心真的變成了鐵石，世間博愛已得了萎縮症，生命的意義看來如此蒼白。在鬱結沉悶縈迴不去的日子裡，我接受了家人的建議，決心搬離曼哈頓，到皇后區的法拉盛來居住。靠朋友的幫忙，在一幢大廈裡找到住處。新居地處社區中心，鬧中取靜，離郵局、銀行、醫生、超市都近，生活很快上了軌道，我便順理成章的成為法拉盛的居民。

　　法拉盛是個移民世界。族群包括韓裔、印度裔、巴基斯坦裔等等，相比之下以華裔的比例數最大。這個社區無疑是亞裔移民的最愛。走在市中心的緬街上，舉目皆是黑髮黃膚的老中，正港的美國白人在這兒是少數民族。

　　法拉盛常被稱做「紐約市第二個華埠」，或「紐約小臺北」，對照西岸加州的「小臺北」蒙特利公園市。這樣的美稱當然與法拉盛的華裔人口特多相關，另個沒有擺上檯面的理由，可能是認為和「華埠」或「小臺北」一樣，是美國主流社會之外的「國中國」。這個「國中國」代表甚麼？也許有點封閉、髒亂，治安不是最好，生活水平亦非最高之類的意思。

　　我雖已出國 40 餘年，但面對美國一百數十年華人移民的歷史來說，只能算個新移民。初來時總被問起：在瑞士那麼清潔美麗的國度住過幾十年，到法拉盛這個又髒又亂的地方住得慣嗎？我的回答是：「很慣，這兒是我自己選擇的新鄉。」聽的人常常好奇的瞪大了眼，顯然不知我看中了法拉盛的哪一點。

常聽到的一句話是：法拉盛不像紐約。的確，在電影和相片上的紐約，是像第五大道或公園大道那樣，路面寬廣名店櫛比，一棟棟的高樓直入雲霄，號稱世界第一大都會，似乎不該像法拉盛這樣，看上去倒像中國的哪個小城。

　　近年來中國大陸的新移民每天在增加，一個對美國毫無瞭解的中國人，不遠萬里的飄洋過海而來，只因有一個色彩繽紛的美國夢。夢是朦朧又虛幻的，要變成實實在在的擁有，需要付出代價。這些華裔新移民為了追求更好的明天，並不畏懼吃苦。事實上他們帶來資金、才能，和不畏艱辛的精神，對社區，甚至對美國經濟的振興發展都有貢獻。使法拉盛這個看起來不太像美國的社區，充滿著向前衝刺的活力和美麗憧憬。他們正在主宰著僑社結構的改變。

　　我移民來此的初衷，經過的心路過程和他們並不一樣。但有一點是絕對相同的，就是要尋找一方淨土，給自己選擇一個願意認同的新鄉。

　　人的一生總在尋找。有人要物質，有人要精神，有的兩者都要，或兩者不要，只想找回原始的自己。我想我是屬於最後的一種。回想過往，彷彿一直都在努力配合外在環境，總在為別人活，真正的自己早就不知去向了。其實人很需要為自己活一活。

　　歐洲有王室、貴族，和豐富的歷史與文化，講究生活品質和情調。在那個環境裡，我曾很投入的過日子，過著比「小資」要講究些的生活。

　　曾有 20 餘年的時間，我全心全意的為丈夫孩子而活，烹飪、理家、採買、剪果樹，堪稱十項全能主婦。寫文章總在夜深人靜以後，那彷彿是正常生活外沒用的閒事。那時應酬多，交往的朋友多是有頭有臉的西方人，他們真誠待我，我也赤心對他們，情調很是歐化。我曾歡喜華美服飾，講究儀表，下午外出穿套裝，參加晚宴必著小禮服，鞋子和手提包要配套，注意優雅姿態。我便那樣過著

「在家擦地板，外出是貴婦」的日子。眾人的羨慕和讚美頗讓我感到瞬間榮華，其實骨子裡永遠有種難以排遣的寂寞情緒。

人怕寂寞，亦怕孤獨。總得找出它的根源出在哪兒。我終於找出了：出在嚴重的自我失落和文化上的鄉愁。一個人格獨立，背負著那麼重中華文化包袱的人，沒辦法過一輩子騙自己的生活。於是我決心尋找另個立足地，最後找到紐約，找到法拉盛，為自己選擇了一個新的故鄉。

在這兒我好像很自由，愛怎麼活就怎麼活。我穿球鞋，牛仔布的衣褲，布包斜掛肩膀，太陽太大時還戴一頂遮陽帽，像許多法拉盛的居民那樣，匆匆的走在街上。因生平著重風度和姿態，譬如走路時不可低著腦袋，眼光要平視前方。但現在一出大門就低頭，兩眼盯著地面，法拉盛的人行道上並不平坦如鏡面，一腳踩到坑裡可不是玩的。我的親戚，就因沒注意到麵碗大小的一個坑，扭了腳脖子竟至骨裂，上了六個星期的石膏。

法拉盛緬街上的圖書館是我的最愛，藏書雖不能算最全，但常常可以找到想看的一本。借回家來，懶懶的靠在沙發裡，任著自己七零八碎的去肢解書中人物的靈魂，領會書裡所要表現的意圖和所具有的現實意義，優遊其中樂趣無窮。書中的「黃金屋」和「顏如玉」我早已毫無興趣。閱讀過程的快樂才是最美好的享受。

也許因往昔太勞累，現在便特別喜好悠閒，凡是費心費力的事都不想做。不買股票，不想發財，聽古典音樂、看書、上網，偶然寫寫，採買灑掃的伺候自己。兩個妹妹住在附近，動輒三姐妹一起吃吃聊聊。兒女工作都忙，但也都沒忘記這個越來越老的媽媽。可我不靠他們，生活絕對獨立。我有一群友人，看來君子之交淡如水，其實皆是可信賴的良朋。總之，我就在法拉盛過著與世無爭的淡素日子。

我不否認法拉盛有不足之處，但對像我這樣的一個人來說，便

覺得她的優點遠遠的超過了那些髒亂嘈雜之類的缺點。我最大的感受是，在法拉盛這個不大不小的社區裡，可以享受一切西方式的自由，也能享受到一切西方式的物質文明，難得的是仍可保有相當部分的中華文明。而且社區內文化生活豐富，對一個用中國文字從事創作的人而言，失落感可以降到最低。

　　孔夫子說「六十而耳順，七十而從心所欲，不踰矩。」我想他說的「順」和「矩」，不是叫六、七十歲的老人要守規範，禁錮本性。相反的，他是要經過漫長紅塵路，看遍人間悲歡離合，走入黃昏日暮，具有足夠反思能力、深沉智慧的夕陽人物們，能拿捏合度的解放心靈，找回自我，拒絕憂傷，不生閒氣，活得自在。

　　我正在自己選擇的新鄉裡，試著朝這個方向邁進。

曾慧燕

作者簡介

資深媒體人。自1980年起至2017年底,先後任職港臺和北美七家大報共38年,發表近3000萬字報導,為海峽兩岸三地採訪過最多名流政要的華人記者。多篇文章收錄在《中國當代新聞文學選》等書籍,並入選《香港滄桑——紀念香港回歸10周年——香港著名女記者曾慧燕》等。獲獎無數:1983年獲「香港最佳記者」、「最佳特寫作者」、「最佳一般性新聞寫作」大獎;1984年「香港十大傑出青年」;1985年獲「世界十大傑出青年」;2006年入選「全球百位華人公共知識分子」;2017年獲美國「跨文化傳媒貢獻獎」;2023年獲美國時代華人傑出風雲人物「文化傳媒功勳獎」等。重要著作包括:《外流人材列傳》、《在北京的日日夜夜——中英談判我見我聞》、《一蓑煙雨》、《中國大陸學潮實錄》等。

心泰身安是歸處

　　人的一生中，有些日子難以忘懷。1979 年 1 月 10 日，我跨過深圳羅湖橋，那是我命運的轉捩點。

　　在那腥風血雨的年代，我這個「黑五類」的子女，除了背負個人不幸命運，還背負時代橫加在我身上的沉重枷鎖。早在襁褓中，我便開始苦痛充溢的人生，生活使我早熟，也使我過早失去歡樂和青春。

　　儘管我命運多舛，曾經一度，我幼稚地以為「他鄉雖好，終非吾土」，立志要為共產主義事業奮鬥終身。當在香港的生母敦促我申請赴港和她團聚及繼承財產時，我居然不為所動。可是，事實粉碎了我夢幻般的理想。

　　在當權者眼中，我只是一個「黑五類」子女，受盡歧視欺凌。當我明白故鄉沒有可傍依的山水，有的只是無窮無盡的人為鬥爭，有的只是莫可名狀的歧視和冷遇；當我醒悟到「我愛祖國，祖國愛我嗎？」生活在令人窒息的環境中，我是一個多餘的人，不能上大學，不獲分配工作，所謂「做牛也沒車拉」。青春在無所事事中虛耗，才華在倏逝光陰中消磨。我的靈魂深處染上沉痾，一度對一切生存的東西均感厭倦。但在當時環境下，苦痛眼淚只能往心底深處流。「知音少，彈斷琵琶有誰知」？

　　後來我終於幡然猛醒，毅然決然遠走他鄉，浪跡天涯。經過五年多堅持不懈的努力，我衝破重重阻難，帶著一顆受傷的心和被欺騙的感情到了香港。但要恢復一個有血有肉的自我，是多麼不容易，心靈的創傷又怎能彌補！

　　可是，儘管故鄉留給我的記憶只有苦難和屈辱，是我的「傷

心地」，但畢竟是與我生命血肉相連的地方。我到了香港好多年，仍然「思鄉不堪愁」，經常夢裡不知身是客，多少個晚上，那遠隔的家山，那塊我曾經生活了 22 年的土地，使我懷著無限的悲傷和愁思，數不清枕衽上布滿的幾許淚痕，憶不盡夢寐中的多少愁緒。於是，我寫下「關山難越，誰悲失路之人；萍水相逢，盡是他鄉之客」的泣血之作。

抵港之初，我是一個沒有學歷文憑背景的「大陸妹」，生來沒有玫瑰花，要想逆襲人生似乎是「不可能的任務」，但我決心「扼住命運的咽喉」，一往無前，萬難不屈。

我最初當電子廠女工，接著考入報社當校對，再被挖角做記者。不到三年，我奪得 1983 年「香港最佳記者」、「最佳特寫作者」、「最佳一般性新聞寫作」三項大獎，打破歷屆得獎紀錄；1984 年當選「香港十大傑出青年」，為中國大陸新移民首位得獎者；1985 年當選「世界十大傑出青年」，為香港首位新聞從業員獲此殊榮。因此，一位專欄作家撰文說：「1980 年代中期的曾慧燕，在香港代表了一個傳奇。」

感謝香港，讓我建立自尊，重拾自信，也給我奮發向上的機會。讓我在短短六年間，在新聞界打了無數美好的仗，也是我人生的高光時刻。

儘管在外人眼中，我已「功成名就」，但在心中仍未能與過去告別，總覺得自己成了無根的植物，根植何處，無所適從。「居常思土兮心內傷，願為黃鵠兮歸故鄉」。那些年，我寫了不少傷春悲秋、思親懷鄉之作，字裡行間跳躍著我的「家情國情心中情」，後來收錄在我的散文集《一蓑煙雨》書中，包括「我的中國心」、「思鄉不堪愁」、「日暮鄉關何處是」、「我的故鄉在遠方」、「天涯何處是吾家」、「誰不說俺家鄉好」及「無限傷心家國恨」等。

有一年大年初二，港星利智（李連杰之妻）為了表示對我在她出道之初的出手相助之情，邀請我在港島維多利亞港一家餐廳共晉晚餐，觀賞絢麗奪目的煙火秀。

面對窗外美麗的夜色，唐朝崔顥《黃鶴樓》詩句「日暮鄉關何處是，煙波江上使人愁」掠過腦際，勾起我無限鄉愁，一時百感交雜，情不自禁淚如雨下，衝入洗手間哭得稀哩嘩啦。

原以為我會在香港安身立命，且打算以「東方之珠」為「第二家鄉」。歷史有偶然也有必然。1989年那個特殊事件，改變了我後半生的命運。我如一葉浮萍，漂向那遙遠的大西洋。臺灣聯合報美加新聞中心向我招手，儘管「離鄉愈遠愁愈濃」，但一股強烈的使命感作祟，我加入聯合報系。最初以為只是暫時工作，但隨著美加讀者給我的滿足感及結婚生子，最終卻是「望斷天涯路」。

所謂安家才能樂業，由於我一直想回報給了我第二生命的香港，天涯遊子，鳥倦思歸，未曾想過在紐約安家落戶。

可是，人算不如天算。1996年1月，房東通知我準備搬家，因為他打算賣掉房子，當時兒子他爸不在身邊，我為兒子請了保姆，每月扣除各項開支，並無積蓄。但保姆鼓勵我買下房子，就不用為搬家發愁，並表示願意借我1萬美元付首期款；另一位鄰居也主動表示借我2萬美元，說好一年後歸還。

我當時服務的臺灣聯合報，對駐外記者十分優渥，首次購屋可以無息貸款1萬8000美元，分五年從薪資中扣除攤還。但申請需時，遠水救不了近火。兒子保姆和一位鄰居主動借錢給我，解了燃眉之急，終生銘感！

1996年適值紐約房地產低潮，我住的連棟屋（Townhouse），房東當年在地產高峰期，以19萬5000元購入。1996年初，房市低潮，市場價跌至16萬5000元。由於我是現任房客，房東免了房屋空置數月上市求售的損失，以及省了付地產經紀傭金的費用，他以

15萬5000元出售房屋給我，算來他虧了4萬元。

我住的區域是後來被稱為「美國華人首都」的紐約皇后區法拉盛（Flushing），雖然不如皇后區貝賽（Bayside）和長島大頸（Great Neck），擁有頂尖學區，但衣食住行十分方便，交通四通八達，不但靠近長島高速公路，緬街（Main St）上的公車24小時行駛，往來曼哈頓華埠的華人小巴揮手即停，餐館林立，南北風味一應俱全，附近還有華人超市等，所以這區房屋一直是「皇帝女唔憂嫁」。即使是在2008年全球金融風暴危機之際，美國房市一片哀嚎，我們區的房屋仍不斷有房地產經紀往信箱塞傳單，詢問是否要賣屋。

我們這個街區，原本只有兩三戶華人，隨著白人一家家遷出，華人一家家搬入，幾乎成為華人天下，附近一帶華裔居民越來越多，「中國村」隱然成形。

如今我在紐約已經整整生活34年，成為名副其實的「老華僑」，15年房屋貸款也早已還清。現在我的房子市值96萬美元，算來差不多增值80萬，我辛勤工作幾十年，也積攢不了這一大筆錢！

這些年來，很多朋友都問我一個問題：未來在什麼地方終老天年？說實話，我一直舉棋不定，內心充滿矛盾。這些年來尋尋覓覓，發現世間並無真正的樂土。縱觀滾滾紅塵，處處烽煙，世界雖大，並無一塊安定的綠洲，任何社會都有其不足之處，只能自我安慰，「心泰身安是歸處，故鄉何獨是長安」。

早年我〈將進酒〉一文中，曾經「幻想過在一風景絕佳之處，壘石為門，拔茅為席，掛一幅丹青畫，插幾枝得意花。青松石上，棋敲而琴彈；紅雨花前，茶香而酒美」，又「邀得三五知己，駕一葉扁舟，舉匏樽以相屬」，然後在酒酣耳熱之際，「指點江山，激揚文字」。這便是我心目中的「桃花源」。

如今我已年逾花甲，這個夢想仍未實現。但比較確定的是，從

「他鄉雖好,終非吾土」,到目前逐漸接受「處處無家處處家」,這個轉變的過程,便是「大抵海角與天涯,此心安處便是家。」

  2021 年 7 月 1 日,我含淚寫了〈回不去的香港今夜,長歌當哭〉一文,「今夕為何夕,他鄉說故鄉。」我終於確定:哪裡有自由,那裡便是我最後的歸宿。

海 雲

作者簡介

　　本名戴寧，江蘇南京人。內華達大學酒店管理學士，加州州立大學企業金融管理碩士。現為海外文軒作家協會主席，是海外文軒文學組織的創建人。曾任職旅遊業、酒店管理、矽谷高科技公司，現專職創作。

　　作品《生命的迴旋》獲中國散文作家論壇徵文大賽一等獎；《金色的天堂》獲美國漢新文學獎散文類第一名；長篇小說《冰雹》獲得第三屆海內外華語文學創作筆會最佳影視獎；長篇小說《金陵公子》獲2017年臺灣僑聯會文藝創作獎小說類第一名。長篇小說《歸去來兮》被改編成電視連續劇劇本；短篇小說《父子的信》、《母女日記》被翻譯成英文，收集在第十四和十五屆英文短篇小說國際會議的文集中；2017年長篇小說《金陵公子》和中短篇小說集《自在飛花輕似夢》在中國出版。

我的美國貴人

紐約的長島，有一棟四面被樹林環繞的白色殖民地獨立屋，在豪宅滿島的長島富人區，那棟房子也不算太亮眼，只有走過那長長的穿林而過的私家車道，才能體會那不顯山露水的貴族氣，無聲地告訴每個駛往這棟宅子的人，那是一個低調卻又很難得的極私密的住房。那棟房子與我沒有關係，可那棟房子的主人，卻是我這一生最早遇見的人生中的貴人。

聽我話說從前。

上個世紀 80 年代中，做英語口譯的我有幸帶領一個來自美國的旅遊小團，只有六個人，老翻譯告訴我這是個豪華團，他們要去遊三峽，那一年我剛 20 歲，第一次獨立帶這樣的豪華團，對於「豪華」其實並沒有太多的認識。那時我正準備出國留學，考了托福、申請了大學，只是還缺一點手續沒完成，其中一個手續就是申請的大學要求的美國擔保人簽字的擔保書。

父親已寫信給在臺灣的伯父，希望伯父能援手相助，但那時中國大陸與臺灣的通信都需要經過香港轉，一個來回就是好幾個月。我處在焦急的等待中……

從北京國際機場接了六位美國來的客人，北京遊玩之後去了西安，然後很快就乘飛機抵達武漢，從武漢上船了之後，才有點明白豪華的意思！一艘遊船服務人員 200 多位，卻只有兩個美國來的團，我這個團六位客人，還有一個團只有五位客人。也就是說 200 多人服務這 11 位客人。

我的六位團員中，其中兩位來自德克薩斯州，50 歲左右的姐妹倆，都是農莊主，到處亂買東西，好像不要錢一樣，看什麼都

好，憨厚純樸友好。一位來自波士頓年逾80的老太太貝蒂，從沒結過婚，旅程中我和她做伴最多，飛機和小船，座位基本上都是我和她並排坐，我們倆建立了深厚的友誼。還有三位，據他們自己說都是表兄妹，一位叫蘇珊，來自英國倫敦，一位叫南希，來自紐約，兩個人都差不多60歲上下，蘇珊穩重端莊，南希時尚俏皮。還有一位70多歲老先生，他說他的名字叫阿爾弗萊德，常被他的兩位表妹調侃，是個幽默的美國老頭兒。我一個20歲的女孩子跟著六個老先生老太太後面，被他們玩笑：「黛妃呀，跟著我們這些老朽多沒勁兒呀，要麼去找個王子真的做黛妃，要麼去大學讀書！」我本姓戴，介紹自己的時候，便會玩笑性質地說可以叫我「DAI」，音與黛妃的愛稱是一樣的，所以他們就戲稱我為黛妃。我說我讀了大學了，正申請去美國深造呢！阿爾弗萊德先生認真地對我說：「到美國需要幫助儘管找我！」他身邊的兩位表妹都對我擠眼睛，說：「妳一定要去找他，他沒有解決不了的問題！」我也就當大家講笑而已。

一路遊玩，一路我和他們六位都相處愉快，旅行的最後一站是上海。那時我有位大學的好友在上海的賓館裡任職。跟好友談起我申請美國大學的事情，那時還缺個擔保人，她腦子轉得比我快：你團裡找個人擔保還不是輕而易舉的事情？我說那怎麼行，那是違反外事紀律的！哈哈，那個年代腦筋還比較禁錮。但幸虧她提醒，問問又何妨？我就想起阿爾弗萊德對我說他可以幫任何忙的說法，那晚在上海酒店裡，就撥了個電話到他的房間，我開門見山地問：「你能做我的美國擔保人嗎？」他立刻說：「Of course!（當然了！）」接著他就問我需要他做什麼，我說學校有份擔保書需要擔保人簽字，他讓我拿過去他房間，他馬上可以簽字。就那樣，我的好友等在我的房間裡，五分鐘而已，我就拿到了老先生的親筆簽字的擔保書。

送他們六位去虹橋機場的路上，他們把各自的家庭地址給我，每個人的家庭地址都是門牌號碼加街道名再是城市或城鎮和州的名字，唯有他給我的地址沒有門牌號碼，我說你這地址怎麼不一樣，沒有號碼呢？郵遞員能送到你家嗎？你聖誕節收不到我的卡可別怪我哦！他的兩個表妹又在旁邊開玩笑似地說：「你什麼都不用寫，就寫他的名字，他也能收得到的！」

送走了六位美國客人，回去我就開始著手辦護照和簽證，簽證時還需要美國擔保人的稅單，我又寫信給他，他很快寄來了前一年的稅單複印件，看著上面並不令人吃驚的年收入和職業一欄填寫的職業賽手，似乎一切都沒太大的新奇。

我一直以為他的兩位表妹喜歡講笑或者開玩笑，直到我進了美國領事館簽證，才知道老先生是鼎鼎有名的。

簽證官看我送進去的材料，問旁邊的另一個簽證官：「這是那個範德比爾特先生嗎？」另一位簽證官看了看材料，說：「應該是他！」，然後兩個人同時看向我：「你是如何認識範德比爾特先生的？」我把做他們翻譯的事情大概說了一下，他們聽得津津有味的，然後就「啪啪啪」幾個圖章，告訴我簽到證了，可以去美國了！我那時才知道那個名字原來滿有威力的。

我順利地拿到簽證，在開學前一個多月來到夏威夷。隻身一人前往世界上最浪漫的地方，其實那會兒一點兒都不浪漫，心裡滿是忐忑，因為囊中羞澀，身上只有一百多美金。想利用那開學前的一個月打工賺錢。我很幸運，很快找到工作並賺到幾百塊錢。

一個月後，開學了，我手裡的幾百塊錢交掉房租再買點食物，就所剩無幾了。我讀的是私立的大學，一個學期的學費就是兩千多美金，怎麼辦？黔驢技窮之際，就發了兩封信，一份給比我早一年去了加拿大留學的表哥，一封給了擔保人阿爾弗萊德。信很短也很明瞭，意思就是我沒錢付兩千塊的學費，因為手裡只有兩百塊錢。

我不好意思直接說要借錢，完全一副我就這慘樣，你們看著辦吧的嘴臉。

很快，阿爾弗萊德就寄來了四千多塊錢，說是給我一年的學費，收到錢我慚愧也感動，他什麼都沒說，就一張支票，好像早已等著我這齣似的，也沒說要我還。沒過兩天，我親愛的表哥也把他省吃儉用省下來的獎學金全部寄給了我，也有兩千多塊，我從一個只有兩百多塊的窮光蛋一下子變成擁有近七千塊錢的小富婆了！那個年月，七千美金換算成人民幣，一下子我就成了「萬元戶」了！

做了幾分鐘的小富婆，我就決定把四千塊錢的美金給阿爾弗萊德寄回去，因為論親密感，還是從小一起長大的表哥比較親近，用他的錢我比較心安。退錢回去的時候我提到我的表哥給我寄來了學費，解決了我的燃眉之急，謝謝他出手相救，我衷心感謝。一年後，我打工存了兩千多塊，把表哥的錢也還了。

以後，每年的聖誕節前後，幾乎都會給阿爾弗萊德打電話問候，祝他聖誕快樂！但他在東部的紐約，我在太平洋中的夏威夷，後來雖然轉學到內華達，還是屬於西部，離他十萬八千里，所以一直也就是節日電話問候而已。

上大學期間，我有一個美國的室友，他喜歡看一檔子電視節目叫 Family Feud，有點類似百科測驗題，兩個家庭對壘搶答題。我受影響也喜歡上這個節目，有一天，節目裡的一題問答題是：請說出美國歷史上最富有的四大家族，我才知道範德比爾特家族與肯尼迪家族和另外兩個家族並列為美國歷史上最富有的家族！我告訴我的室友我的美國擔保人就是那個叫範德比爾特的人，他驚訝得張大嘴巴說不出話來，半天才曉得問我：「那妳幹嘛還在這裡讀書？」我說：「我之所以能在這裡讀書，是因為他做了我的擔保人，但是，他再富有再大的名氣，跟我又有什麼相干呢？」我的室友感嘆我是個「good girl!（好女孩）」，惹得我哈哈大笑！

大學畢業工作了，我申請到一張 American Express 的信用卡，信用卡公司給我兩張九十九塊美金的便宜機票，可以飛美國境內的任何地方，我就買了兩張機票，與當時我的男朋友一起第一次從舊金山飛往紐約去遊玩。

　　在紐約的其中一天，我想前往探望在紐約長島的阿爾弗萊德，朋友開車送我們去我提供的範德畢爾特家族在長島的家址，他也納悶：怎麼沒有門牌號碼呢？

　　車子開在那條沒有門牌號碼的路上，我們才明白，那是一條兩邊都是樹木的林蔭私家道，完全沒有任何人家，那條道路一直開到底，就是他家的住宅。

　　房子很大，但是很冷清，老先生一個人出來迎接我們，他的兒女有住在加州的有住紐約市的，沒有人跟他在一起，平常他一個人住，還有就是傭人。

　　我開玩笑地對他說：「你怎麼不告訴我你那麼有名呢？好像所有的美國人都知道你！」他哈哈大笑，指著他家家庭圖書館牆上的一幅油畫說：「我不出名的，是他出名！」那是他的曾祖父！

　　他的名字是 Alfred Gwynne Vanderbilt II。1991 年的那天，我在他家的書房完成了我的心願：當面謝過老先生我的美國擔保人！我再回到加州，工作、結婚、生子，一路忙碌，忙著忙著歲月就過去了，等有一天再想起，給老先生打電話，電話沒人接了。我也就再沒打過去。

　　兒子長到十二、三歲，有一天他的課本翻開來攤在桌上，我隨便看了一眼，竟然看到一段有關阿爾弗萊德的介紹，還有一張他的照片。我愣在那裡半天，跟兒子提起我最初來到這個國家前的那段奇遇，兒子上網搜索更多有關範德比爾特家族的情況，告訴我：「媽媽，妳知不知道，他去世了！」我趕緊去看那些報導，報導中的最後一段話是：He died November 12, 1999 at his home in Mill Neck,

New York, after attending the morning racehorse workouts.（1999 年 11 月 12 日，出席過早晨的賽馬訓練之後，在他紐約穆勒內客的家中離世。）

我久久地坐在電腦前，不語，腦中都是我與他在一起有限的記憶！人生原來如此短暫，在你還沒意識到之前，緣分一閃就過去了！

隨著住在美國的年月越久，尤其是自從搬到美東來居住之後，越加看到和意識到範德比爾特家族在美國歷史和經濟上的地位，對我曾經認識過的範德比爾特先生本人，就更加多了一份尊敬。一個有著如此顯赫家庭的人，是如此的謙和和平易近人，也許這就是所謂的世襲貴族和暴發戶的區別！他骨子裡的高貴，只要你接近他，就能感覺到，但是他自己卻不會因此而炫耀，因為他的高貴是在血液中的，自己完全忽略了或者說毫不自知。

每次帶著親朋訪友去遊玩紐約，必看之地之一：紐約中央火車站，站在大廳裡，我就會想到範德比爾特家族的輝煌，擁有這座舉世聞名的地標的家族中的那位繼承人的溫暖的笑容就會浮現在我的腦海裡……

幾年前，讀高中的兒子要考大學，我向他推薦範德比爾特大學，他早已聽過我說的與範德比爾特先生認識的那段往事，兒子開玩笑地對我說：「媽媽，我如果把這個故事寫進我申請大學的論文中去，會不會有幫助？」我笑笑沒說什麼。

不過，他雖是講笑，他的申請大學論文，並沒有提到這件事，但是所有的頂尖大學，這所大學卻是第一個給他寄錄取通知書的。他們還給他寄來了買來回機票的錢，讓他去看學校，他雖也很喜歡這所大學，但最終還是放棄了這所學校，而去了他認為更加合適的大學。我心裡倒是覺得有點兒可惜，收到大學錄取通知書的那一刻，我還覺得是範德比爾特先生冥冥之中的庇護和祝福，不過，很

快就想開了，每個人都有自己的福分，沒有必要用我的想法去設計孩子的將來。

兒子就讀的布朗大學開車 40 分鐘，是一個名叫新港的海邊小鎮，那裡曾經很多有錢人沿著海岸邊建造了一座座巨大的別墅，面朝大海，景色迷人。有一座叫「The Breakers」的巨宅，就在海邊棧道的旁邊，它綠色的巨大的草坪曾經是範德比爾特家庭開戶外 Party 的好場所，而那棟面海的大宅子，也曾經是範德比爾特家族的另一個家園。

我們全家在送兒子回學校的一個早秋的正午，隨著遊人走進這所宅子裡參觀，海風輕柔地吹著，陽光忽明忽暗地照著，站在二樓的觀景臺上，看著面前藍天白雲和湛藍色的大海，不禁感嘆：美好的時光總是太匆匆！

人總易懷舊，近來沈浸在回憶的思緒中，很想用一種方式來表達我心中的追思，就在一個雲層交疊的午後，開車穿過曼哈頓，過了兩座橋，來到 Staten Island 的瑪瑞慰安墓園，那天正巧也是美國的勞工節，曼哈頓到處人擠人，墓園裡倒是特別的清靜，幾乎看不到一個人，我站在墓園的辦公室門口察看地圖，一輛墓園保安的車子駛了過來，聽我說要去看範德比爾特的墓地，對我說：「你們進不去的！只有他家人每年固定的時候才能進去！」當然，我已知道，我只想看看那扇大鐵門。

我在通往範德比爾特家族的墓園大鐵門前默默地禱告：範德比爾特先生，謝謝老天安排我與你的這份短暫的緣分，謝謝你曾經給我的幫助，願你在天之靈平安快樂！

範德比爾特家族簡介：

範德比爾特家族最早來自於荷蘭，科尼利厄斯・範德比爾特在 19 世紀的美國建立了航運和鐵路王國，成為世界上最富有的人。1877 年，範德比爾特捐贈 100 萬美元用於在納什維爾設立範德比爾特大學。他死後將他的大部分的巨大財富給了他的長子：威廉・亨利・範德比爾特。威廉・亨利用短短八年時間把範德比爾特家族的財富增長了一倍。範德比爾特家族的後人在其他領域也很有建樹。比如：小阿爾弗雷德・範德比爾特成為著名的育馬和賽馬手、哈羅德・斯特林・範德比爾特成為著名的運動員、威廉・亨利・範德比爾特是羅德島的州長、格洛麗亞・範德比爾特是一位著名的藝術家、設計師和作家；她的兒子安德森・庫珀，是 CNN 著名的新聞主持人和記者。

南　希

作者簡介

著有長篇小說《娥眉月》、《足尖旋轉》。文學作品發表於《人民日報》、《北京日報》、《北京晚報》、《長江文藝》、《長城》、《陝西文學》、《莽原》、《文綜》、《香港文學》、《世界日報》、《僑報》、《漢新月刊》等報刊雜誌。曾獲多種文學獎，如「華美族移民文學獎」小說獎第一名；美國「漢新文學獎」小說獎第一名；美國「漢新文學獎」散文獎第一名；長篇小說《足尖旋轉》榮獲「第二屆世界華人文學獎」小說獎等。現為紐約華文女作家協會會長。

雨中曲

多年前我剛到美國時,落腳在一個南方小鎮,至今難忘的是小鎮上一些善良的普通人。

那是在一個夏天,早上醒來,聽到的第一個聲音就是雨聲。雨淅淅瀝瀝地下不停。不知疲倦的雨,只是一股勁兒地下,人的心情都有點疲倦厭煩了。我的心事就像雨水一樣,沿著河溝水坑、房簷屋角,盡情流淌。小城平時乾旱,下雨就成澇。地方政府要靠居民投票決定市政建設,居民們不願為修路捐錢,所以這裡的路沒有排水設施。暴雨時路上積水成河,濁流滾滾向前。積水擋住了我的車,我不得不停下來。不遠處的教堂旁邊有一個空曠的停車場,我把車子停在那裡,然後被教堂的鐘聲吸引。

走進教堂,感到了一種聖潔肅穆的安靜氣氛。前廳有一個長條案,擺著一座四四方方的歐式老鐘,一搖一擺,像被雨聲催眠了似的,走得更慢更輕了。旁邊幾疊紅紅綠綠的紙。條案的另一頭,坐著一個女人,穿著南方女人常穿的花布連衣裙,正在打字。

我可以幫到妳什麼嗎?她和藹地問,遞過來一個簿冊,上面有來客的電話和來訪要點。我不能說我是來躲雨的。我接過她遞過來的一隻筆,鬼使神差地寫下了我最真實的心裡話──「我要學英語」。

就這樣,我見到了貝絲,我的第一個英語老師。她體態微胖,大約六、七十歲,白皮膚,略施薄粉,穿著南方式樣的碎花裙子。她不愛說話,甚至不苟言笑,這使我有點手足無措。

我跟隨她走進一間屋。她肥胖的身子費力地擠進了一張帶靠背的小椅子裡,我也坐在了另一張椅子上,又站起來,取出我的錄音

機，並且尋找電插頭，我爬到一張矮桌下面，終於找到電插頭。貝絲也來幫我，忙了半天，課還沒開始，我倆已經折騰出微汗了。

我們彼此相視一笑。

看得出來，她比我還緊張。

好吧，我們開始吧。貝絲說。

一切看起來還不錯。

我萬萬沒有想到，她接下來第二句話竟是，我教妳什麼呢？

她說她不是謙虛，她真的不會教學生。

她解釋說，我並不是老師，我只是一個家庭婦女，沒上班，也沒有教過學生，我只是教會派來的「英語輔導員」。

真正的尷尬來了。我們兩個都有點騎虎難下。

我愣在了那裡，環視四周，我發現這間房間很怪，有點像《白雪公主和七個小矮人》裡的房間，所有的桌椅都很矮，原來這是教會的兒童活動室。我隨手抽出一本小書架上的圖書，封面上有一隻小白兔，我遞給她說，妳就教我這本書吧！

她感激地看了我一眼，我心裡也暗暗鬆了一口氣。

我成了她的「陪練」。等到45分種後，下課了。

那些改革開放後的80後、90後的一代，趕上了社會上流行起來的一股「英語熱」，從小學開始學英語，幸運地乘上了能夠學習英語的這一班列車，所以他們能把握機會，讓自己更具競爭性。而我們這一代人，由於歷史的原因，讀的是俄語和日語，當時我沒計劃出國也沒想學英語，直到出了國，成了「陪讀」，倉促中來不及準備，就一頭扎進打工賺錢養家的重壓勞動中。教育的先天不足，使我們這一代在出國潮中的競爭力就很差。

那時我沒有錢讀書，又不會英語，只能白天打工，晚上在圖書館讀書，因為圖書館裡有書有明亮的燈光，更重要的是有空調。我有時讀得累了，趴在桌子上睡著了，甚至閉館後被鎖在了裡面出

不來。我一週兩次跟著貝絲學英語，學了好幾個月，還是什麼都不懂。可我不好意思放棄，於是就跟她「泡」，想把她泡走，可她看上去很篤定，似乎不知道我的「謀劃」。後來她說，我知道妳不會，一個字也聽不懂，但我也沒辦法，我只有把妳扔進水裡——讓妳在英語裡面游泳。我聽了苦笑不得。

她海水一樣湛藍的眼睛看著我說，妳不要怕，大人不如小孩子進步快，就是因為不好意思張口。妳要多說多練，而我的作用說白了就是「陪練」。學英語主要靠妳自己，就像摔角運動員，他的教練不一定比他更好，但一定是讓他不要倒下那個人。

我聽了心裡一熱，一股暖流湧上來，鼻子酸酸的。她確實是不讓我倒下的那個人。

有一次，貝絲突然問我將來有什麼打算？她沒用「理想」這個大詞。我能有什麼打算呢？我嘴裡動了一動，一個字也沒敢說出來。我心裡想，我的英語就是幼兒園水平啊。但貝絲很篤定地說，妳應該有理想，並去實現它。

又過了幾個月，貝絲突然說，我不能再教妳了，妳知道的，我哪裡是什麼老師？我的水平已經教不了妳了。妳應該去讀真正的大學。

就這樣，一開始我帶著忐忑的心情，遇到了一個不會教書的老師，到後來她的認真激起了我的認真。她鼓勵我有個目標，潛心一志完成自己想做的事。後來我上了成人教育班，又上了大學辦的英語函授班。最後我到了紐約，讀完了大學，最終成為了一名服裝設計師。有些人之所以不斷成長，絕對是有一種堅持下去的力量。背後的努力與積累是必須的，而因緣際會推他一把、給他力量的人，也是非常重要的。我很幸運，在純樸的南方小鎮，在人生低谷中，身邊出現了像貝絲這樣純樸善良的美國人。

我要去紐約讀書了，我跟貝絲結緣是在雨天，告別的那天，也

在下雨。我們沉默著，靜靜地喝著飲料，靜靜地賞雨。窗外庭院深深，草木欣欣向榮。貝絲在我的飲料裡加了冰塊和一球冰淇淋。她不喝飲料，只在白水裡加了冰塊和一片綠檸檬。冰塊在水裡發出快樂的滋滋聲，與屋簷掉下雨滴的滴噠聲融為一體。小雨隱隱約約地飄落，綿綿密密，微細至無聲，有一種看似無形的力量。貝絲的性格就如水一樣靜默醇厚。「上善若水，水善利萬物而不爭」。水，為至善至柔，與人無爭卻又容納萬物；水，看似綿綿密密，微則無聲，巨則洶湧。

忽然，一陣大雨驟降，好似嘩啦一聲，向著我的心坎上傾瀉了下來。

賀婉青

作者簡介

臺北出生，美國企管碩士，曾任臺灣的房地產版記者、大學講師，隨夫婿移居美國後，自新聞界轉進藝文界，作品散見於《世界日報》、《聯合報》副刊。由聯合文學出版的小說《三個月亮》獲2021年僑聯會華文著述獎文藝小說類首獎。亦曾獲美國的漢新文學獎、臺灣行政院的桐花文學獎、吳濁流文學獎、僑聯會華文著述獎新聞寫作報導獎。《聯合報》繽紛版專欄作家《TO'GO旅遊雜誌》紐約特派。現居密西根，書寫中長期關注婦幼及移民的議題，近年擔任「獅母」帶領密西根舞獅隊學生義工團體在社區做舞獅文化推廣及教學，促進多元文化在不同社區、族裔的交流，希望提升亞裔跟主流社會的連結，提高亞裔的聲量及權益。

我住在康州時

　　拜別相依為命的外婆，我從家門的小坡走下來，想起小時候牽外婆的手，尾隨外婆、外公登象山眺遠，跟上跟下、氣喘吁吁的歲月，而今，外公仙逝，放手不識字的外婆獨居，翻山越嶺渡海到美國求學，會是好的決定嗎？我回頭向外婆揮手，她眼神落在我後方的汽車，示意我看路：「兩年不算久，我等妳。」

　　我帶著外婆獨自過活的勇氣，飛到紐約再落腳康州，開始學生生活，為了快速融入美國生活，我搬入寄宿家庭。

　　從隔代教養的家搬到有三個弟弟，一個媽媽的大家庭，氣旋在空間不停竄動，高效率的媽媽喬西將三個三、四、五歲小男孩帶進帶出，像是史努比結隊的摯友群，不間斷的歡笑盈喜於耳，親情是音符，高低錯落，打破在臺灣我習以為常的祖孫寧靜。

　　爸爸康納德是商船的大副，三週在船上，三週在家裡。我跟喬西一起參加孩子的才藝秀、游泳課，協力幫孩子換正式衣服上場表演，一起為孩子加油，嘶喊到終點線；我的加入補位了爸爸的缺席，我剎那明白，不是只有離婚的家庭是不完整的，爸媽因工作分離，也不能天天完整。

　　我在美國重組家庭的新環境中學習成長，不只是校園課業，還有生活態度。往昔臺北都會生活推著我跟時間賽跑，當下只記得呼吸，腦子早跨越時空跑到明日。喬西是一個樂觀、充滿正能量的媽媽，三個小男孩瑣事煩雜、狀況多，她卻極具耐心，不催不趕，一刀一筆陪他們刻肥皂畫，做功課。孩子在愛的包圍下，小手拿銳利的雕刻刀在肥皂上轉彎，毫不畏懼，時有割傷，不皺眉、不抱怨，拿個 OK 繃貼起來繼續刻，我看到媽媽無條件的支持，對孩子的信

任、放手,讓孩子大膽嘗試。

我也從喬西無條件的母愛,慢慢滋長了安全感及自信,從害怕說英文,只用與人擦身而過慣用的制式問候「你好嗎?」的簡單美語,慢慢深入到客廳跟他們一起無目標的玩耍、一起看電視卡通、一起聊天說美語,成為了家庭一分子,男孩們總喜歡吱吱喳喳地把我包圍在中間。

我注意到老大好用智取將電視遙控權永遠握在手上,老二則惱於無能為力被擺弄而氣哭,老么看著老大跟老二永無止境的爭吵,而安靜的順服,這是一個弱肉強食的小社會。以前的我活在前方,眼裡總是遠方的海市蜃樓,眼下的事,反而看不見,現在學習喬西一家活在當下、慢活的文化,體會小弟弟內心的酸甜苦辣,適時介入濟弱排解,理解俗語「哪有那麼多『美國時間』?」美國時間是一種尊重,不催人說重點,誠懇地聽他人慢慢說話,感受對方的喜怒哀樂,不管是醫生看診、或排長隊等店員結帳都一樣,沒有社會階級、高低貧富之分。

從這個充滿愛的家庭裡,我重新過童年,孤單寂寞的童年匱乏,因和喬西共同照顧三個活潑可愛的弟弟,而充實圓滿了。

回到臺灣,我改變以往求高效率的身心緊繃狀態到凡事柔軟隨緣;外婆從以前怕出門,到隨鄰長組織的鄉親團,結伴去北海岸、北投泡溫泉、賞桐花旅行等,變得獨立自信了。我對未來的擔心多慮了,外婆擁抱了變化,我們都進步了。

我理解到「隨心所居」——家不只是住所,是一個可以休息、積蓄能量、重新出發的地方,它不拘於形式,可以是移動的,就座落在自己的內心深處。

後來落腳密西根,我部分的心遺留在康州喬西的家,即使我的三個弟弟長得比我還高出幾個頭、也慢慢成家立業,團聚時,他們還是 20 幾年前的模樣,喬西會砌一壺熱茶,男孩吱吱喳喳,把我圍在中間,慢慢閒話家常。

蕭康民

作者簡介

　　江蘇金壇人,1940年生於貴州遵義。臺灣國立政治大學新聞系畢業,美奧克拉荷馬大學大眾傳播碩士。曾任中華電視公司新聞部編導,大成報總經理。1973年婚後再返紐約,加入長兄「夏威夷凱餐飲集團」。退休後於2007年參加紐約文薈教室和紐約華文作家協會。平日喜愛文藝,旅遊和淘寶。

山高豈礙白雲飛

序言

　　人的命運,往往和時代變遷有所關聯。自中山先生創建民國以後,中國一直處在戰亂烽火之中,未能稍息。北伐,抗戰剛畢,共產黨又舉兵南下,1949 年後,大陸相繼淪陷,家父軍職隨政府遷臺,我們三兄弟幸能入學,當時我才九歲,在臺成長。1964 年政大新聞系畢業。站在人生十字路口,徬徨思量,該何去何從?當時留美風潮崛起,我想這會是最好的發展途徑了。我學文科,難有獎學金,英文也勉強,必會面對一條艱苦漫長道路,正是明知山有虎,偏向虎山行。

揚帆

　　1960 年大哥臺大畢業後,隨何應欽將軍「世界道德重整團」歷遊歐美一年多,即隨留學浪潮,先行坐貨輪赴美,是開路先鋒,他摸石過河,吃盡苦頭,困而知之,終在紐約安定下來。

　　我服完兵役後,決定放棄已錄取的新聞研究所,來美國讀書,身上只帶著 90 元美金,毅然踏上征程。父母為我買好飛機和灰狗巴士的長途票,我先抵洛杉磯稍停數日,就趕著上巴士,東行 4000 哩,途上首先經過賭城 Las Vegas,只覺五彩繽紛,遊客如雲,叮噹響聲此起彼落,好不誘人,那時連一毛錢一罐的可樂都捨不得喝,枉說「拉把了」。後經鹽湖城,到芝加哥,為消除勞累,忍痛

花了 4 塊錢，住在 YMCA 一晚，然後就直奔紐約找大哥去。他住百老匯大道84街，是我來美第一個落腳處。

那時在 Flushing Meadows Corona Park 的世界博覽會已近尾聲，大哥有個朋友名叫袁頭，他有個店位，賣簡單中國餐給遊客，我去幫忙幾天，想不到這竟是我來美第一份零工。他提供的菜式很簡單，都是用編號的拼盤，包括雜碎菜加炒飯和春捲，用紙盤上桌，一份 2 塊錢左右，小費多是 25 分，跑進跑出，一天下來可賺 20、30 元，對我而言已心滿意足，得來不費很大功夫。畢竟只是臨時工，兩個多星期，展期結束，我也到了向密州大（East Lansing）報到時刻。

密州大校園很美，但在冬季，風雪凜冽，對從亞熱帶來的學生而言，著實苦不堪言。我住在校外的學生宿舍，是 20 幾人的小聯合國，大家輪值買菜做飯。我買了輛舊自行車代步，雪路冰凍，好幾次摔得四腳朝天，那種苦楚和淚水，只能往肚裡流。幸好時間不長，3 個月英文班結束，就趕著向紐約跑。

囍臨門和錦江

囍臨門是一家老式的廣東餐館，座落在百老匯大道 94 街，是我第一家正式上工的地方。100 多個位子，生意清淡，經理 David 丁，是個文雅的讀書人，任勞任怨兼管裡外，另外就只兩個 waiter，除我做晚班之外，還有年邁資深的老廣東，個子消瘦，似已到退休年紀，這個環境，倒蠻適合打工新手，逐步熟而生巧。猶記密西根回紐約之初，好心的陳大哥帶我到 Broadway 和 108 街的江浙餐館「學工」（做服務員的學徒），兢兢業業，那時廣東餐館雖多，但不會廣東話難得其門而入。郭太太是好老闆，好心腸，用了不少留學生在她店做工，對學工的也不例外。

政大學長王度兄，生性豪爽，結交滿天下，叫我在他的川味飯店「錦江」打中午散工，真是有緣千里來相會，結交了一大票臺灣來的哥們。大家都感受流落和鄉愁，相互打氣，進而成為肝膽相照朋友，可說物以類聚，迄今一些老戰友仍常有連絡。大師傅是王亦成，手藝不凡，由臺經德國來美，是科班出身，他的同門師兄弟，趙、丁等，都分別在「順利園」、「百樂門」等餐館掌廚，這票川揚菜師傅，就是紐約川菜的創始者。「錦江」在第五大道 23 街，對面是著名的 Flatiron Building，周圍辦公室林立，中餐特別忙，每桌幾乎要翻兩三次才成，有位老哥記憶力特強，從不用手記，出菜又快又準，埋單分毫不差，是真「快手」；這門腦力功夫，不只靠手腳快就能辦到。那時候房價好便宜，店租每月 800 元，房東退休時，這幢四層樓磚房，只要價八萬元，隨便算它年收入也該有兩萬元，四年可回本，當時只急著打工賺學費，又是單身，壓根未想過投資置產的事。如以樓價是年收入 15 倍計算，當時就應值 30 萬，現在那個樓房，至少上千萬了。

　　雖忙著打工，但沒忘記唸書的事，決定去南部暖和地方。剛好和政大時奧克拉荷馬大學（OU）的交換教授 Dr. Casey 時有連絡，就請他協辦入學許可。同時在聯合國做翻譯的一位大哥換車，我用 800 元買下他的藍色舊 Oldsmobile Dynamic 88，每天早起練車，由曼哈頓上城繞到皇后區，來回不知開了多少遍，預做南行準備。

　　囍臨門每逢週末，一對猶太老夫婦都會來吃飯，多半由我服務，他曾是 Irving Trust Bank 的經理，總是滿面笑客，和藹可親，他太太富泰些。知道我是從臺灣來唸書的，特別友善，常會和我閒話幾句，我赴校前，他特別多給一個 20 元紅包。數目不大，但這份不捨的深情關切，感人肺腑，我受此感動，更能體會「助人為快樂之本」，尤其要幫助弱勢人群。

奧克拉荷馬大學（OU）

　　期待入學的日子終於到來，計算里程，要四天時間，那時沒有 GPS 導航，全靠一張地圖，先畫出幾條幹線連接處，其他細節車到山前自有路，開著四千磅的老爺車，沿 95 號州際公路南下，初生之犢不畏虎，先上路再說，順道拜訪了唸賓州大學的政大同窗林文，在學生餐廳，她請吃大 Pizza，味道不錯，從此也愛起美國速食了。

　　開上 Great Smoky Mountains 時，已近黃昏，那知山路崎嶇，又是單線道，天色陰暗還下著毛毛雨，對面來車時，燈光照射，眼都張不開來，真是險象環生，嚇出一身冷汗，這個慘痛經驗，以致每當要開山路，就會不寒而慄。續向西行，又拜訪了班上老大哥吳桐，他是流亡學生，苦讀有成，在臺任翻譯官，來美讀書，語文毫無困難，令人羨慕不已，當時給我不少入學建議。

　　OU 校園在市區南郊，深具南方保守色彩，遍處可見整齊的花草林木，校中心有一座紅磚大鐘樓，莊嚴醒目。我讀大眾傳播，Dr. Lawton 是指導老師，學有專精，對外籍學生也很照顧。同窗馬來西亞來的鄺松新已先入學，後回國做了政府新聞官，另一位是在臺讀過新研所的學長明健華，他在國華廣告公司工作過一陣，來唸廣告學，因他和華視老總的兒子劉會樑是國華同事，有這層關係，我們畢業後，都由教育部推薦進入華視。我在校園附近租了個閣樓小房，五臟俱全，暇時常約他倆來打牙祭。去市場買些菜料，各獻一門拿手菜，那時「豬蹄膀」一塊錢就能買一個，物美價廉。回來用水煮，部分做白切肉，另外用蔥、蒜、辣椒爆炒，可口下飯，大伙吃得津津有味。

　　OU 的美式足球十分有名，每年校際賽，「大紅隊」（Big

Red）總是名列前茅，五萬人的大球場，座無虛席，每逢賽事，全校師生熱血沸騰。入境問俗，我也買了足球季聯票，加入搖旗吶喊，足球規則也多是那時學來的。現在我仍愛看美式足球，無論是大學或職業賽都不錯過。

夙夜匪懈，經兩年寒窗苦讀，終於得到了大眾傳播碩士學位，無負江東父老期望。興奮之餘，買了枚鑲紅寶石的畢業戒，聊以自勵，也借此回憶母校的「大紅」光芒。明、鄺二兄也同時畢業，大家歡欣若狂，當晚買了不少啤酒慶祝，好個不醉無歸。

綠卡

回紐約後，得幸認識劉恕兄，剛在華埠創辦「華語廣播公司」，他曾在臺北警察廣播電臺主持頗受歡迎的熱門音樂節目，知我剛畢業找事，好心介紹我去美國電視公司（ABC）研究部門，見他老長官，雖言談甚暢，但我尚無居留身分，只得作罷。其後他又用公司名義出信證明，助我取得居留權。這些年來，總感念著這份恩情。無獨有偶，新聞系老弟陳鐵輝在臺視工作時，也是劉兄引薦來美。他能力好又專業，廣播事業蒸蒸日上，接著成立「華語電視」，向西部發展，成就非凡，前些年退休，雲淡風輕，採菊東籬下了。不過他的夫人程蕙女士仍主持長島「華語廣播」，2007年作協的趙會長在任時，曾在喜來登飯店晚宴白先勇先生，她也應邀參加，還慷慨樂捐支持。

在紐約等綠卡時，我也沒浪費時間，在聯合國附近的「湖南園」打工，老闆是上海來的繆觀生夫婦，太太管事，八面玲瓏，招攬許多聯合國外交官客人。知名外交家季辛吉（Kissinger）愛吃中國菜，也是座上客，他很謙和，小費也上道。繆先生是交大畢業，紐約同學不少，第二大道四層樓房，一樓開店，上面住家，他的老

朋友錢多又義氣，很便宜就頂給他們用。繆先生早禿，戴副眼鏡，倒也清閒，白天酒吧坐著閒聊，常向老外 Bookie 賭馬。這還不過癮，等收了工，又常約大師傅和我們玩撲克牌。通宵達旦後，他仁兄蒙頭大睡，我們要接著做工，那時年輕還扛得住，可憐是滿頭白髮的陳師傅，愛玩又技差一等，常是輸得光膀子下樓，辛苦錢又回到老闆口袋裡，真是得不償失。

中華電視公司（CTS）

CTS 是臺灣第三家電視公司，由教育部和國防部合作組成。臺視（省政府）最先，爾後中視（國民黨），雖都屬民營，實際上多由背後黨政軍操刀。

2019 年黛西和我回臺辦事，住在南京東路三段，中華航空公司大樓內旅館，出來就到敦化北路街角，清楚看到光鮮亮麗的「小巨蛋」。我指著說，那就是 50 年前，回臺灣工作過的「華視籌備處」。當時叫「市立體育場」，設備很簡陋。新聞部的先頭部隊，就只製作組二個編審，我和曾在正聲廣播臺、留日歸來的錦華兄，另外加上幾位採訪組年輕記者，沒有頭兒管。我們窩在球員更衣室裡，就著幾張桌椅和老爺風扇，克難辦公。臺灣氣候濕熱，我總穿清涼短裝去上班。1971 年正式開播後，才搬進光復南路華視大廈內。

總經理劉先雲是資深教育部次長，副總蕭政之來自政戰系統，是王昇將軍左右手。重要工作人員多來自退伍的政戰官員，主掌了行政、會計、節目、及工程重要部門，留學生和光啟社選進人員，則多分配在新聞、教學以及其他基層技術單位。開臺初期，財務倍感壓力，怎麼突破呢？經日夜會商，終於打開一條好路，首先向本土戲劇節目開攻，不惜成本，委託知名的外製，節目獲得高收視

率，廣告接著源源而來，業務部也因之神氣起來。新聞部呢，國際新聞全靠美聯和合眾國際社供稿，主任命我負責研究。我常跑友臺做實務瞭解，並和二社主任打交道，取得第一手資料，並在價格和服務方面相互比較，總算不辱使命。採訪部葉組長誇獎「報告條理分明，頗有學術風味」。

在新聞部工作半年多後，節目部新成立「節目企劃中心」，我奉調擔任副組長，事實上節目製作程序，開臺時均已定型，大的企劃項目，像戲劇、綜藝，都是經過正副主任先談好企劃案交辦，隨即開工製作，我們根本無插手餘地，只能撿些社教、公益小項目充數，這種現象，實難在短時間有所變革。我和黛西1972年底成婚，再度考慮前程，心中不無遺憾，又要離臺，但男兒志在四方，決心換跑道，再度來紐約打天下。

紐約（2023）

時序經過50年，來到2023年初春，黛西陪我去中央公園踏青，又逛古董市集，信步走到熟悉的百老匯90街和曾住過的West End大道。青山依舊在，只是增加了不少新建大樓和摩登店面，周圍環境更現代化了，相較五、六十年前情景，已不可同日而語。光陰似箭，往事並不如煙，緬懷初期來美的艱辛路，真是百感交集，所幸已在此安身立命。適才看到一則動人廣告：「從來紐約第一天起，您就是紐約人。」深獲我心！星雲大師智慧法語也說：「竹林不好流水過，山高豈礙白雲飛。」你能立足紐約，也必可在世界任何地方達到目標。

蕭黛西

作者簡介

　　1946年出生於臺灣臺北市,祖籍河北北平。1973年隨夫移民來美,定居紐約市皇后區。曾任職東京銀行、德意志銀行和瑞士再保險公司共30年。退休後喜愛旅遊、攝影、園藝、看老電影及閱讀各類書籍,包括《聖經》,現在加上試筆寫作。

安居紐約半世紀

　　2023年已近尾聲，驀然回首來時路，竟然於紐約市皇后區已度過了五十個寒暑。當年在臺灣與康民論婚嫁時，他不願放棄綠卡，希望婚後回美國再繼續打拚。1972年與他相識之前，有個機緣見到一位算命師，他告訴我那年底會結婚，婚後到國外生活。只當術士信口之言沒放心上，想不到上蒼的安排，後來竟應驗了算命師所言，至今仍感覺很玄。之後果然隨康民於1973年飄洋過海，移民安家在他所熟悉的紐約市。既來之則安之，從此將異鄉變成故鄉。

　　民以食為天，雖然近處有美國超市，但仍然需要些中國食品來祭五臟廟。在曼哈頓下城早有唐人街可以尋寶，只是當年店家說的廣東臺山話，我有聽沒有懂，但能購到家鄉食材和順便享用一頓中國餐，見到滿街的中國人和中文招牌，那份親切感令剛到異國的我好感動。在70年代後期，皇后區的Flushing（法拉盛）來了不少亞洲移民在此定居或開店。還記得第一家亞裔超市「大道」進口的是日本和中國食品；羅斯福大道Macy's百貨公司對面開了第一家中餐館「狀元樓」；之後還有「永和豆漿」等等其他館子，從此不必捨近求遠到曼哈頓。進入80年代，臺灣、大陸與香港的移民大量增加，房地產和各類行業快速在法拉盛發展，大型超市酒樓、多家金融保險機構、各科醫師診所、和多元化的社會團體進駐；使用率最高的圖書館，高樓大廈的現代化商住兩用公寓，更充實了移民生活的需求，今日的景象在半世紀前是無法想像的。

　　建於1904年的紐約地鐵舉世聞名，有四百多站，每天客運量超過五百萬人次，我上下班時全靠它，的確是四通八達的紐約市命

脈，大大緩解了路上的交通堵塞，真該感謝 20 世紀初有遠見的工程規劃。只是近年搶劫鬥毆、仇恨亞裔之舉、將無辜的乘客推下月臺等殘暴行為，時有所聞，因此外州人聞之喪膽，避而遠之不願來紐約，我們市民也很遺憾，如今地鐵似乎增添了恐怖色彩。

　　1976 年《世界日報》在美國發行，供應了我們的精神糧食，馬上多了一份可讀的報紙，與之前的臺灣報紙海外版相較，小菜變成大餐。《世界日報》內容如其報名，是一份讓讀者了解全世界最新資訊的報刊，立場不分左右，公平地報導事實真相。移民來美前在臺灣成長，自然關心離開後故鄉所發生的一切，《世界日報》使我們不與臺灣脫節，心思意念仍緊密地連繫在一起，也幫助我了解美國社會政經的最新動態；副刊的各類精彩文章每日必讀；生活上的一些需要與問題，也常賴分類廣告連絡到適當的專業人士，最終得到圓滿解決；吉屋出租和出售、求才求職等小廣告也發揮了大效用。目前多數人改看電子版，但我們多年看報紙的習慣難改，又有送報到府的服務，更是不可一日無此報。母親生前晚年曾住安養院，家人去探望陪伴她時，《世界日報》是必備的，她戴著老花眼鏡仔細地閱報，那一幕永留在我記憶中。

　　911 恐襲事件至今已是 22 年前的悲痛經歷，而且我對雙子星世貿中心特別懷念，因在完全建好開放啟用前，73 年夏就曾在樓內第一層參觀過，後來上班的第一份工作也位於大樓附近，曾多次陪伴到紐約一遊的親友在頂樓觀景，低頭望著馬路上的車輛，就像能放在手心的小玩具車，大蘋果的天際線有高樓無數，橋樑和河流歷歷在目，卻遭瞬間被撞毀的浩劫。現在遺址新建了「自由塔」紀念博物館，讓人緬懷，並建了兩個水源不停流動的人造池，圍欄刻有兩千多位受難者的姓名，但多少家庭仍處於哀痛中度過悲傷的二十多年，這些都已無法彌補，只祈望世界和平，從此人人安居樂業，免於恐懼。

紐約市四季分明,氣候多變,每逢3月中旬春天來臨,我們開始整理院子,修剪枯枝,施肥栽花,有時再添置些新的花樹。復活節後會到中央公園一遊,盡情享受春風的和煦和滿園的嫩綠,令人心曠神怡。連被主人牽著的狗狗,也歡欣跳躍地同迎回春的大地。

　　夏季來了,常到離住處不遠的皇后區洛克威和長島等地的海灘弄潮,腳踩著細沙和海水,望向遠方,遊艇乘風快迅航行,掀起一片浪花,碧海青天,豔陽普照,加上音樂的伴奏和人們的歡笑聲,好一幅欣悅的夏日風情畫。

　　紐約市別稱「大蘋果」,雖然跟蘋果無關。但秋天時我們常到農場去,從樹上採些個頭大又成熟鮮豔的紅蘋果。「黃葉舞秋風」,正是秋天換裝,樹葉變色,展現豔黃、橘紅、和火紅色。曾見過生長在湖邊的楓葉,在陽光下與湖水相映,美不勝收。秋高氣爽時會到郊區一日遊,從中央火車站搭乘開往上州的哈德遜線,沿途能悠閒地欣賞車窗外的山水,一個多小時抵達 Cold Spring(冷泉鎮)。此處被選為紐約州最美的小城,周圍被壯麗的山巒環繞,有多樣的登山步道,還有美麗的海灘與一個小湖泊,可划船、釣魚、賞鳥。主街上不少店舖及餐館,逛古董店是康民的最愛,每次都能淘到他鍾意的物件,盡興而歸。

　　11月底過完感恩節,中城的洛克菲勒中心一定豎立起高大的聖誕樹,約80呎高左右,安裝五萬個LED燈炮。市長和政要也出席點燈盛會,還有多位藝人表演,是最受歡迎的節日景點之一。當孩子小時,常在聖誕期間一起到無線電城音樂廳看表演,並在溜冰場和聖誕樹前駐足,感受聖誕佳節的歡樂氣氛。除夕夜在時報廣場倒數計時迎接新年,雖然是寒冬,有時還飄著雪花,仍吸引許多居民和遊客親臨,希望來年會更好。

　　歲月如梭,回想初來紐約的幾年,在家養育孩子,接送上幼兒園,週末到中文學校,除了學習英語,盡量用國語溝通,因此兒子

至今仍能說流利的中文。我回到職場已是 1980 年的人生規劃，藉著上班逐步融入美國社會，了解同事間不同族裔的風俗文化，學會了日新月異的電腦運用，大大提升了工作效率。雖然朝九晚五通勤很辛勞，週末還有家務，但生活有變化，在外能接觸新知，穩定的職業增加心中的踏實感。

　　時光荏苒，2010 年我已到初老的人生階段，離開了職場，很快適應退休生活，並且非常享受清閒度日的時光。我愛旅遊和攝影，百聞不如一見，近幾年外國的名城古蹟都有我們的足跡。康民早我幾年退休，2007 年加入紐約華文作家協會的文薈教室，學習書法與寫作，充實了原本平淡的生活，心情開朗，因而我也有幸參加作協，結識了多位久仰的名作家和志趣相投的文友，對他們的文筆和為人心儀不已。有良師提攜後學的細心指導，學習寫作也成了我目前生活中的一項樂事。康民和我常參加作協舉辦的活動，樂在其中並受益匪淺，原本我倆的個性和喜好不盡相同，竟因寫作有了較多的交流，漸漸地志同道合了。

　　我們算幸運的，移民來美是自己的選擇，不是因戰爭或其他原因被迫而來，尤其家人也陸續來到此地團聚。住在紐約市不但體會全球最大城市的繁華和頂尖的各類活動，近年幾處中國城崛起，生機盎然，帶動文化傳衍，讓我們不忘本，保留自己的傳統習俗，使中西文化融會貫通，感恩這一切，我愛紐約！

輯三、藝術勝境覓歸屬

王　渝

作者簡介

　　曾任《美洲華僑日報》副刊主編以及《今天》文學刊物編輯室主任。曾為香港三聯書店、上海文藝出版社編輯詩選、微型小說以及留學生小說的選集。作品有詩集《我愛紐約》和《王渝的詩》，隨筆集《碰上的緣分》。譯作有《古希臘神話英雄傳》。2018年編輯出版了在美華人現代詩選集《三重奏》，四川民族出版社發行。

在紐約碰上的緣分

那兩隻石獅子

兒子小時候對曼哈頓第五大道 42 街公共圖書館前面的兩隻石獅子非常感興趣,每次經過都繞著它們轉,撫摸它們,跟它們咕嚕咕嚕地說個沒完。最後都要大聲地叫道:「東東、西西再見。」

兒子第一次見到它們,第一個問題是它們的名字。我有問必答地胡謅道:「一個叫東東,一個叫西西。」還解釋說:「它們一個守在圖書館大門東邊,一個守在西邊。」兒子時常要求去看東東和西西。好在我也愛去那裡,坐在大門前石階上看人。

沒想到今天兒子向我抱怨,怪我給他許多錯誤的知識。我當然不承認,他舉出石獅子的例子。他說它們的名字叫「持之以恆」(Patience)和「堅韌不拔」(Fortitude),而且它們坐的位置不是大門的東邊和西邊,是北邊和南邊。我道歉說,媽媽方向感不好,問他怎麼突然變得有學問了。他告訴我,星期一《紐約時報》的日記專欄裡面有篇相關文章。

文章中說,這兩隻石獅子經過多次改名,20 世紀 30 年代,當時的市長替它們取了現在的名字,用以顯示紐約人克服經濟大蕭條的堅忍精神。文章結尾提到,他有一天經過那裡,聽見一位祖父似的老人向兩個小娃介紹,說它們名字叫「上城」和「下城」。我讀了哈哈笑,原來吾道不孤。

寫於2009年9月

大中央車站的遐思

　　阿新約我在大中央車站大廳見面，我到得稍早，又正值下班時間，身邊行人如梭，一張又一張疲倦的面容。我的目光落到自動扶梯處，它像一股洶湧的黑色潮水。紐約上班族不知為什麼穿著偏好黑色。我明知不會遇到那張臉，還是看得兩眼發痠。很久以前我常在這裡眾裡尋她地等小童，一起去吃碗日本拉麵。麵固然好吃，最快樂的則是分享一段自由自在的時光。

　　20世紀80年代後期，這裡是我和朋友約會最多的地方。連同辦公室的人，下了班也愛約到這裡喝酒。詩人嚴力和我常在這裡對飲，他酒力不錯，但是上臉，我笑他像龍蝦，他笑我沒照鏡子看不見自己。那時我們住郊區Scarsdale，那一帶日籍家庭甚多。坐晚上九點多的車回家，車廂裡有不少醉醺醺的日本男士。所以這趟車被戲稱為「東方快車」。

　　就在靠近自動扶梯的地方，經常出現那位小提琴手，他拉琴的姿態快樂，琴弦滑落的音符也快樂。他和他的琴聲讓木然的臉浮現微笑。有人會特意在他身旁佇留。不斷有人往他打開的琴盒裡投擲錢幣。有天報上刊出他演奏的消息，門票很快銷售一空。我坐在音樂廳，雖然不認識前後左右的人，但是我想他們多半跟我一樣是大中央車站的趕路人。

　　我還在想，有人拍我肩膀，阿新到了。

地鐵中

　　我不喜歡搭地鐵。因為一進入地鐵就置身一個沒有風景的世界。如果在個別城市，在封閉的車廂中還是有事可做的。我可以觀

人,而人是永遠看不厭的。但是,紐約人是不可亂看的。那次,也就是在地鐵中,我對著一張浮凸著塊影的臉,聯想到塞尚筆下的風景而神遊其中。

不知是不是我的視線帶動了他。「現在幾點鐘?」粗聲大氣地問話的正是我對著的那張臉。

雙手對過路人做阻攔狀,一面表情十足地念道:「啊,先生／啊,女士／你為什麼匆忙地趕著回家／郵箱裡沒有情書／都是凶神惡煞催付的帳單／何不去喝一杯／只要你請客／我一定回報你一個精彩的笑話。」念一個段落,他就推銷自己的盤片。他說:「原價十塊,今天優惠,只收五塊,要買就快。」他跟著說明,你買一張,他為你即席賦詩一首,保證原創。如果你回家聽了不喜歡,打電話給他,他便登門歸還付款,盤片則依舊讓你留下。

車廂裡花樣也不少,唱歌的,演奏樂器的,還有為乘客速寫的,能在兩三站的車程中捕捉到你的特點,將畫交給你時,他輕聲說:「小費隨意,不給也行。」《紐約時報》登了一篇關於他的報導,看來乘客對他的興趣將會更大。

這些藝人的出現,緩解了紐約地下世界的幾許沉悶、焦慮、急迫和摩擦。

紐約的詩路

我喜歡的紐約書店有好幾家,最常去的則是中城 41 街東邊的那一家,因為那裡設有專櫃賣推理小說,每本一美元。

推理小說是我隨身必備之書,如果發現忘記帶了,就像迷失於蠻荒地帶。有它在手,無論等人、坐車,周遭的環境立即變得安寧篤定。

不知是哪一天,走在去這家書店的路上,我突然發現腳下踏著

一塊長方形銅塊，上面還有圖形和字跡。

好奇心使得我停下腳步，想看個究竟，身體卻被一位急促擦身而過的大漢撞得幾乎失去重心，另外一個路人則回過頭來對我怒目而視，我趕快識相地讓開，貼身站到牆邊。確定自己所在地安全、不擋路，我的注意力投注到地面。這一看，簡直是出現了奇跡，這整條街地面齊齊鑲嵌一整排的長方形銅塊。我真恨不得手上有一架望遠鏡。可憐的我急忙戴上近視眼鏡。唉，假如我有長頸鹿的脖子那該多好。終於在起落不停的匆忙腳步間，我看清了離我最近那銅塊上鐫刻的一行字：造成這世界的是故事，不是原子。啊，說得多好。故事安慰我們，啟發我們，並且聯繫我們。我去買書，不就是去尋找故事嗎？

後來我更發現，這些銅塊鐫刻的都是詩句和文學引言，一共有96塊，鑲滿了連續的兩條街。我把它們稱作「紐約的詩路」。

出自王渝的隨筆集《碰上的緣分》（2017）

顧月華

作者簡介

　　上海戲劇學院舞臺美術系學士、海外華文女作家協會終身會員，紐約華文女作家協會終身名譽會長。主要作品：散文集《半張信箋》、《走出前世》、《依花煨酒》；詩集《宿命》及傳記文學《上戲情緣》。作品入選多部文學叢書，其詩歌、散文、小說多次榮獲國內外大獎。

重生

在畫室裡正畫著，天暗下來了，看看錶卻還沒到 5 點，這才想起改了冬令時間，原來就是每天要奪走我的一小時光陰。我已經在跟生命搶時間，所以我調整了睡眠時間，這樣便早些去畫室。畫室是我一生最後的港灣，我的人生如一艘航行中的船，它在驚濤駭浪中也好，風平浪靜中也好，它始終在隨波逐流的動盪中，我以各種面貌呈現在人前，忽然到了我 84 歲的時候。我回到了畫室，馳騁在畫布前，發現我一生都在扮演角色，母親、妻子、女兒、姐妹及各種頭銜的女人，那個女人明明是我，但又不是真正的我，我坐在畫架前，知道真正的我回來了，靈魂又回到我的身體裡，我現在是重生的自己。

命運有時候會給你開玩笑，一年多以前我的人生經過了翻天覆地的變化，2022 年我失去了丈夫。在他住院的 47 天裡，我天天緊握著他的手，跟他說如果你想我跟你一起走，你拉緊我的手不要鬆開，我跟你一起走。因為我覺得如果他走了，我活著也並沒有多大的意思，我們平時也只是兩個人相處，並沒有許多的社交活動，但是我常常說只要我們兩個人在一起，我們就有整個世界，如果缺了一個人那就是世界末日了，恐怖與孤獨的感覺立即籠罩下來，世界上人再多，但是真正互相關心的其實只有夫妻兩個人。

然後我的兒子來了，他一來就成了家庭的主心骨，先是帶著我看病打針，治療身體上的腰椎骨增生帶來的疼痛，我的身體狀況改善了很多。再幫我搬離三樓，在新買的蝸居中重新裝修，住在三樓幾十年，傢俱雜物多到無從下手整理，說起來有五間房，但是丈夫一個人佔領了三間，一間臥室一間客廳成為他的畫室，連餐桌都被

變成工作檯,一間是他的雜物室,畫好的油畫堆得滿坑滿谷。我的臥室裡有一張籐製咖啡桌,變成我們的餐桌,另一間是我的書桌和一排壁櫃,面臨搬遷,也是面臨變革,我們決定除了我的大書桌、丈夫的畫架,扔掉一切身外之物。一位畫商來搬走了他的畫作,不久後他便促成了我丈夫的回顧展,這件事的連鎖反應直接影響到我的命運,我在丈夫的畫展結束後,幡然覺醒,立刻著手進行重新規劃人生,決定做回我的畫家本行。

　　開始恢復我的專業,不是一個作家只需要一支筆或一架電腦。首先我安排了兩間房的畫室,因為我是習慣畫大油畫的人,然後在地上鋪了半間屋的瓦倫紙,把丈夫的畫架放了上去,我沒有想過我還會畫,因為我讓出這個地盤給丈夫,是心甘情願的,讓他快樂,讓他安心畫畫,我卻並不認為自己在犧牲,我認為這也是同甘共苦的命運的分擔,也是他與我幾十年風雨同舟的回報與奉獻。但是說好了一起走的,他最後卻先走了。我曾埋怨上帝為什麼要這樣對待我,但是我現在已經想通了。上帝竟如此愛我,把我在這樣的風燭殘年裡,不離不棄地拉扯著我站起來,走開了步,竟然又讓我坐在畫架前。

　　以前常常光顧的畫具店已沒有了,我像劉姥姥進大觀園一樣走進了新的店裡,站在一排排油畫顏料前,喚醒了以前的回憶。我曾在做留學生時說過,如果有一天我進來可以隨心所欲地購買一千元的東西,那麼我就滿足了。現在我無論什麼時候進去,我都隨心所欲地消費,不是因為我變成富豪了,而是因為我的目標已經清晰了,我的價值觀已經成熟了。

　　現在人們開始討論一個議題,就是人自從出生,命運便被規劃好了,一切都是命中註定;雖然並不能驗證這個問題的是非,但是我還是深刻的檢視了我的一生,就像傳說中一個瀕臨死亡的人會以極快的速度回顧自己的一生。我從小便確定自己將來要做畫家,這

個志向早於我入小學前,當我在藝術院校畢業後,躊躇滿志地想成為社會的棟樑,可惜我用了 16 年學完課程後,又用以後的整個人生去向社會屈服、向命運妥協、向現實苟且、向困難投降、向理想告別,感恩溫飽滿足現狀。我變身無數個我,帶著各種面具配合各種情景進退有度無縫連接地進入角色,平安就是福,我滿足,我感恩。我的後半生沒有恐懼,夫復何求?

這一切、這一切的一切,當我坐在畫架前,這甘於現狀的滿足剎那間被粉碎了,我以林語堂的格言:「閒人之所忙,忙人之所閒而自得其樂」,雖然追求的是精神世界的樂趣,但是我在升降畫架時體驗到我久違的威力,我操縱它如一個大將軍,它是我的千軍萬馬。我在洗完畫筆時、撕著紙包筆鋒時,瞬間看見了畫家顧月華,她以一個梳著童花頭的模樣,認真而熟練地包著一大把筆,它們是她的兵卒,她每次都會仔細地把它們洗乾淨,比替她自己洗頭還認真。我又想起她曾經在全班同學面前以優異成績風光八面,那種能調出一手好顏色的本領,妳怎麼能這樣輕易地放棄?

在白天畫了一天畫後,晚上做夢竟然還在畫畫,在我創作的題材中,我選擇了用莫內花園為素材,因為我親自前往拍攝了許多照片,有浮萍、睡蓮、垂柳、湖水及聞名遐邇的莫內橋。有一天晚上我夢中在畫湖中的荷花,同時也畫了兩隻鶴,醒來後我覺得很奇怪,因為我從來沒有把鶴與荷花聯想在一起,後來我才知道荷鶴諧音和合,在中華傳統文化中素有美意,我卻在夢中獲得如此珍貴的啟示,莫非人自助後必有天助?於是我立刻畫了一張巨大的夢回荷鶴,在我 10 月 8 日的個人畫展上,本來是非賣品,但是被一位不幸流產的女人要求收藏以圖吉利,我沒想到我的畫會有如此奇妙的使命,便同意了。

開畫展的日子裡,我被深深的感動了,我得到的溫暖與信任,我必須回報。除了用我有限的生命去創造更多的作品分享之外,我

不會再給自己任何放棄的理由。

　　有一句俗語說得好，有心種花花不發，無心栽柳柳成蔭。我是一個喜歡美食的人，與兒子兩人到處去吃，他是影視界人員，有心無心的喜歡發些小影片，我就幫他拍攝，有一天他不在意地把我放到影片裡，答應只有一秒鐘的閃現，沒有料到我被人注意到了，本來是介紹他在紐約的生活，結果我被捲進去了，人們對一個老女人的興趣竟然這麼濃厚，是我們始料未及的，卻又引出了許多樂趣，增加了許多朋友，有的東西是千金難買的，比如人心，我無端的打開了許多人的心靈，有人與我認真的交流，在他們消沉或想放棄的時候，忽然遇見了一個執著的老女人，她想要出詩集，她要自己畫插圖，她想要開畫展，她開始一張張畫起來，人們沒有當真，說說可以，真要做到不是那麼簡單的，但是眼看著一年沒有過完，6月出了書，10月開了畫展，人們也認真起來，認真地思考自己的餘生要怎麼過？

　　我的人生觀從來沒有變過，只是隨著時代科技的潮流，躋身微影片的洪流中，既然它能分享我的正能量，我便要認真地配合兒子做下去。

　　這一切都在良性循環的運作中變得越來越好，而僅僅一年多以前，我常常處在生無可戀的灰色地帶，現在我欣賞著紐約的美好，這個偉大的城市在不斷的更新中，無論在哪裡、在任何領域都能讓人耳目一新，像一本可以百讀不厭的書，而且更加精彩萬分。我的朋友遍天下，越來越多的人走在街上會把我叫住，如見到一個鄰家大姐，毫不違和，也不陌生。被人關愛，這是多麼大的福氣，我怎能不珍惜？

　　從1982年8月2日抵達紐約，就愛上了這個城市，我喜歡紐約，它是我可以安居樂業的家園，是我最後的港灣。它更是一個無限可能的城市，有無窮的潛力，凝聚了全世界最多的藝術家，包容

了從各個民族走出來的勇者，在紐約你要把自己融進去，要欣賞紐約的生活，讓生命變得有趣，而不是僅僅活著。我要好好活著，要永遠嘗試新的挑戰，這就是生命的意義！

　　所以我是重生了。

2023/12/18

周勻之

作者簡介

紐約市立大學皇后學院政治學碩士,濫竽媒體近50年,曾任職臺北中央通訊社、紐約世界日報、香港珠海大學,還在西非的賴比瑞亞(Liberia)工作過。參訪和遊歷40個國家和地區。出了6本書,其中一本是翻譯著作。

大蘋果之戀

從小就聽過許多有關蘋果的故事。最有名的莫過於牛頓被蘋果砸到了頭，發現了地心引力（實際上當時牛頓是坐在窗前看到蘋果落下，而且這一科學的發現，也不是如此簡單，有極其曲折的背景和過程）。還有就是《聖經》上夏娃受蛇的誘惑，和亞當一起吃了上帝禁止的蘋果（禁果），結果被逐出伊甸園；亞當被逐出了伊甸園，但他的男性後人，卻終其一生和蘋果結下不解之緣，原來亞當看到上帝前來責問，驚恐萬分，把一口來不及吞下的蘋果卡在了喉頭，成了喉結，於是後來所有的男性也都有了喉結，英語世界的人戲稱這是「亞當的蘋果」（Adam's apple）。此外，還有每天一粒蘋果遠離醫生之說（An apple a day keeps the doctor away.）；希臘神話金蘋果的故事；和瑞士威廉・泰爾（William Tell）將兒子頭上的蘋果射下的故事等。臺北中廣公司，曾長期將大音樂家羅西尼（Gioachino Antonio Rossini）的《威廉・泰爾》歌劇序曲中的一段作為新聞節目的開場，聽眾都耳熟能詳。

臺灣雖有水果王國的美譽，但早期並不產蘋果，市場上見到的是美國華盛頓州鮮紅欲滴飽滿的五爪蘋果，但售價不菲，是一般人口中的高級水果，大多是用來送禮。我在追女朋友時的伴手禮就是蘋果，但是也只買了四粒，還捨不得買一個自己嚐嚐。

真正好好享受一下蘋果的滋味，還是 1976 年我結束非洲的工作回臺時經過巴黎，看見街頭水果攤上各種不同顏色的蘋果，價格竟然比臺灣的便宜很多，於是一口氣買了四粒，補償當年捨不得吃的遺憾。

等梨山種出蘋果、梨子等溫帶水果之後，蘋果也就成了大眾化

的水果。

到了紐約後，才知道紐約市的暱稱居然是「大蘋果」（The Big Apple），一年四季都可吃到蘋果，而且入秋之後，到長島、紐約上州或鄰近的新澤西州採蘋果、南瓜、桃子、蔬菜和各種莓果類，更是全家出遊的一大樂趣。果園和農場為了吸引遊客，還會安排各種遊樂活動，售賣各種自製的產品。

果園中的蘋果品種繁多，有大到近乎文旦，小到只有乒乓球的。果園在不同的區塊標出品種的名稱和成熟的日期。學術泰斗胡適博士就是因為無法背下幾十種蘋果的名字，而棄農從文。

蘋果的原生地是中亞的哈薩克斯坦（Kazakhstan）裡海附近，如今美國成了世界第二大，僅次於中國的蘋果生產國。根據美國農業部 2023 年 3 月的資料，美國 2022/23 年度的蘋果產量高達 107 億磅，華盛頓州就佔了 6 成多，其次就是紐約州。

雖然紐約州是僅次於華盛頓州的美國第二大蘋果產地，但紐約市並無蘋果園，為何會有大蘋果的暱稱？陸陸續續看到不同的說法，一說早在 1909 年就有人在著作中把紐約叫作 Big Apple，比喻大城市。另一說法是賽馬的獎金被稱為「蘋果」，而紐約賽馬的獎金最豐盛，當時皆以贏得紐約的大獎為目標，因此有「大蘋果」之稱。《紐約電訊早報》（*New York Morning Telegraph*）的體育記者傑羅德（John J. Fitz Gerald）在 1921 年 5 月 3 日就以 Big Apple 稱呼紐約。4 年後他更深入解釋：「大蘋果——它是每個跨騎純種馬的小伙子的夢想，也是所有騎手的競逐目標。世界上只有一個大蘋果，那就是紐約。」（"The Big Apple. The dream of every lad that ever threw a leg over a thoroughbred and the goal of all horsemen. There's only one Big Apple. That's New York."）今天普遍認定傑羅德把「大蘋果」的暱稱發揚光大，永遠獻給了紐約市。

此外，1920 到 30 年代紐約哈林區（Harlem）的爵士樂隊也叫

大蘋果；當時樂壇有這麼一句話：「樹上有許多蘋果，但世上只有一個大蘋果。」（"There are many apples on the tree, but only one Big Apple."）哈林區甚至還開張了「大蘋果夜總會」（Big Apple Night Club），可見一斑。

據說美國在 1930 年代的經濟大蕭條時，白領階級紛紛在街頭以擺攤賣蘋果維生，「大蘋果」的名稱就此深入人心。

紐約在上個世紀 60 年代出現經濟衰退，治安敗壞，犯罪率居高不下，嚴重影響大筆的觀光收入。市府旅遊局長 Charles Gillet 於是在 1971 年提出以 Big Apple 來吸引觀光客，大打廣告，設計 T-shirt 和各種飾品（Pins），接著各種各樣的商業機構、娛樂團體，紛紛以「大蘋果」命名，例如 1977 年成立的「大蘋果馬戲團」（Big Apple Circus），或在建築中設計大蘋果的藝術品。「大蘋果」自此在紐約奠定了穩固的地位。現在紐約市的無線音樂城（Radio City），拉瓜地亞機場（LaGuardia Airport）新落成的 Terminal B 等許多地方，都陳列著醒目的大蘋果。

位於皇后區法拉盛的大都會棒球隊（Mets），每當在花旗主場（Citi Field）擊出全壘打時，都會現出 18 乘 18 呎的巨型大蘋果畫面。我曾看過他們的多場比賽，可惜無緣看到他們的大蘋果。川普 2016 年當選總統的慶祝舞會，就是以他的故鄉紐約市為主旋律，叫 Big Apple Ball。

「大蘋果」的「原創者」傑羅德 1963 年 3 月 17 日去世，享年 70。他最後 30 年住在曼哈頓西 54 街與百老匯大道交會處的西南角，紐約市長朱利安尼（Rudolph W. Giuliani）在 1997 年簽署市議會的決議，把那裡定為 Big Apple Corner。

美國的發展是從東到西，紐約至今一直都是美國第一大都市，甚至是世界之都。這裡曾經是美國的首都，華盛頓就任總統的地點，方圓數百里之內有許多名勝，和重要歷史、政治、軍事、文化

和藝術重鎮，值得一遊和去了解。

根據美國人口統計局公佈 2022 年 3 月的資料，這粒「大蘋果」有 840 多萬人，其中華人佔 55 萬。據了解華人社區的人士表示，華裔的人數實際上遠不止此數。這粒「大蘋果」，也是我和家人生活了 40 多年的地方，我們彼此不離不棄，相親相愛。

如今蘋果不僅是我們最常食用的水果之一，她還可用來製作點心、沙拉、飲料和入菜。「蘋果」的多項產品更是我們許多人──尤其是學生和年輕人──工作、學習、娛樂和日常生活中幾乎不可或缺、不可一日無她之物。小孫子向阿嬤要「蘋果」，阿嬤買了一粒新鮮蘋果，結果卻是孫子大哭，這不是他要的「蘋果」啊。

當年的賈伯斯（Steve Jobs）與好友，三個年輕人阮囊羞澀，在車庫中研發他們的新產品，肚子餓了經常就以蘋果充飢。產品作出了，為了不忘創業的艱辛，他們就以咬了一口的蘋果作為商標。現在這粒「蘋果」越來越精緻，功能越來越多，已經遍及全球，到了機不可失的地步。

我就是以手邊的「蘋果」，打出這篇拙稿。我能不愛她嗎！

梓 櫻

作者簡介

畢業於醫學院校,任職醫生十餘載,現任職新澤西州立羅格斯大學生物化學教學實驗室主管。寫作過百萬字,50餘萬字發表於海內外40餘種報刊雜誌並被收入40餘種書籍。獲各種文體文學獎20餘項,曾獲「海外華文著述獎」新聞寫作評論類首獎與社會科學論文類三等獎。個人著作有散文集《另一種情書》、《天外有天》、《恩典中的百合花》,詩詞集《舞步點》、《就這麼愛著》等。熱愛文學藝術舞蹈,為抒發心情、以文會友而寫作。

紐約處處皆文化

紐約，這個世界大都會，充滿著文化，充滿著商機，充滿著從世界各地區來的移民、學生與觀光客，她更是藝術家嚮往並集中的文化之都。多少筆墨描述過她的光怪離奇，多少人在此淘金衝浪。高聳的大樓，古舊結實的建築，每一扇門，每一扇窗中，都收藏著自己的故事。

然而，我總覺得自己與紐約無緣。移居新澤西州17年，在用手指頭算得過來的逛紐約次數中，卻吃罰單兩次，車禍一次，怎不叫我這鄉下人談紐約色變？

人與人相交，感覺越沒緣分，就越會敬而遠之，可一旦用心去了解和接納，便也會親切起來。當我發現從新州乘大巴，僅一個小時便可抵達曼哈頓42街八大道，便決心開始與曼哈頓「親密接觸」。

7月中旬，中央芭蕾舞團來紐約林肯中心演出《牡丹亭》與《紅色娘子軍》，消息在電視臺與各個報紙公布後，便攪動了我們去紐約的心思。先生率先提出：「老婆，我們去紐約看《紅色娘子軍》，就算約會吧。」其實我心裡更想看《牡丹亭》，只是我們這些50後，對紅色芭蕾舞劇的情結不可言喻。

週日的公車數量有限，下午兩點多的舞劇，卻不得不起大早趕早車。9點多到達紐約，卻見這不夜城似乎還沒醒轉，街上行人寥寥。

街頭行走

　　沿著第八大道往北行，各式大樓或把朝暉切割，或把朝暉映射，配合著清新的空氣，我十分興奮，一路拍照，漸漸落在了先生的後面。只見一位乾乾瘦瘦的老黑湊近了先生，在他耳邊嘀咕著什麼，見先生沒反應就離開了。先生回頭，看著我一臉壞笑。我趕上幾步問怎麼了？他說：「知道那黑人是幹什麼的嗎？皮條客。他對我說，Girl, girl, a beautiful girl!」哈哈，難道這也是紐約特色嗎，一大早就有機會走桃花運？！

　　走不多遠，見到一個樂隊，隊員們正在調試著自己的樂器。我問一位手持相機的小夥子今天有什麼活動，他說，每年都會舉辦「法國產汽車遊行」，以紀念法國大革命。

　　我們來到中央公園西南角的哥倫布圓環，不少法國車已經在這兒排隊等候。車主人各自站在車旁向遊客介紹和展示機械構造，也邀請遊客上車坐坐、試試。一位穿著洋氣的富態女士，開心地向我們介紹，她的小紅車是 1987 年產，她是五年前從博物館買來的，之後每年參加紀念日的遊行。前來參加遊行的車輛陸續增多，只是不知道遊行什麼時候開始，我們只好繼續前行。

　　座落在哥倫布大街與 59、60 西街之間的聖保羅使徒教堂（Church of St. Paul the Apostle），以其莊嚴巍峨的形象出現在我們眼前。這座 13 世紀風格的哥德式建築於 1876 年 1 月 4 日奠基，創始人是神父伊薩克‧托馬斯‧海克爾。神父期望建造一座古老藝術與美國當代藝術相結合的完美教會，建築師耶利米‧奧羅克按照神父的意圖設計了這座教堂並承接了建築任務。教堂於 1885 年 1 月份完工，2000 年更換了整個管風琴系統，成為擁有世界級別音響設施的大教堂。據介紹，美國藝術家約翰‧拉法基、奧古斯都聖‧

與車主愉快交談

高登斯、斯坦福・懷特等都參與了教堂內的雕塑與繪畫。

　　與世界上其他天主教堂類似，有耶穌受難十字架、聖母像、告解室、蠟燭臺等。創始人海克爾神父的墓在教堂東北角，三英尺寬、六英尺長的黑色金屬臺估計是神父棺木的位置，臺面上臥著一具黑褐色的人體雕塑，應該就是神父的象徵了。相較於284英尺長，121英尺寬及114英尺高的教堂，這實在是個很不起眼的角落。海克爾神父雖然離開了，但他促成的這座宏偉教堂，既有藝術價值又有信仰價值，值得後人紀念。

日式小餐館

時至正午,得找地方解決午餐。沿著 59 街向西,遠遠望見一個掛著日本燈籠的小店,便毫不猶豫地近前去看看,果然是個餐館。

拉開店門,才發現這是我此生見過的最小餐館,估計最多不超過 150 平方英尺。感覺是夫妻店,兩口子 30 多歲。老闆在廚房裡掌勺,老闆娘在外面打點,與廚房門相通的是一個約不到 3 米、僅一個人可行走的盲端過道。老闆娘不停地進出廚房和過道、收拾碗筷、清理吧臺、點菜、上菜、收錢,一個人全包了。沿過道是一圈約一米高的擋板,擋板外是低下去約半尺高的吧臺式餐桌。一個挨一個坐最多也只能坐 11 個人。木擋板上貼著不太起眼的紙條:「只收 20 美元以下的現鈔,每人至少要點一份食物。」我們到達時,裡面已經沒有空位,老闆娘對我們說:「請等五分鐘。」我們後面跟了一對年輕夫婦,老闆娘也對他們說:「請等五分鐘。」我們便退到門外等待。裡面的食客都很自覺,低頭匆匆用膳,匆匆離開。我們等了大約十分鐘才進入。

迷你小餐館

11個座位幾乎沒有一刻是空閒著的。坐定後我環顧四周,當街的一面是門與窗戶,另兩面牆一面是個大鏡子,另一面牆有幾個掛衣服的衣鉤,其餘的地方全部被日本的字畫布滿,感覺被日本文化包圍了。

　　等待上餐的當兒,幾個中國面孔的年輕人拉開了門,老闆娘問,你們幾個人,答「8個」。老闆娘又說:「請等五分鐘。」看來「請等五分鐘」是老闆娘的口頭禪,具體要等多久,其實全看廚房師傅出菜的速度與就餐者的速度了。我們點的海鮮麵與鍋貼餃子不到十分鐘就上來了,麵煮得不夠時間,但湯的味道不錯,鍋貼也還可口。快餐快餐,果腹而已,不能要求太高。

　　學生們在我旁邊一溜排坐下,還有一位學生坐不下,只好站著。我與身邊的學生聊起來,他告訴我,他們來自臺灣,剛剛高中畢業,利用暑假來紐約遊學,時間一個月。主辦方是紐約華人辦的GEOS語言學校,每天上午上英語課三小時,下午安排各種參觀與活動。費用是20萬臺幣($6,440),學校包住不包吃。因此,他們每日三餐要自己想辦法解決用膳問題,感覺挺不方便的。問到他們為什麼會找到這個小店,學生說,是同學在網上查到的。原來這麼一個夫妻小店,還有網站宣傳和電話預約訂位,真是「酒香不怕巷子深」。

再觀芭蕾舞劇《紅色娘子軍》

　　時間不早了,我們往林肯中心靠近。雖然來這兒看過幾場劇,但都是晚間場,來去匆匆,無法一窺林肯中心全貌。

　　林肯中心全名為林肯表演藝術中心(Lincoln Center for the Performing Arts),據稱是全世界最大的藝術會場,位於曼哈頓第65、66街與第九、十大道之間,建於1962至1968年間,主要以

環繞噴泉廣場的三棟劇院組成，即紐約州立劇院（New York State Theater）、大都會歌劇院（Metropolitan Opera House）、艾弗里‧費雪廳（Avery Fisher Hall）。擁有可同時容納 18,000 位觀眾的劇場，總占地面積約 61,000 平方米。中心西邊有古根漢露天廣場，東邊有紐約表演藝術圖書館（New York Public Library for the Performing Arts）、茱利亞學院（The Juilliard School），以及愛利斯‧度利音樂廳（Alice Tully Hall）。林肯藝術中心作為紐約古典音樂界的中心，是所有藝術家憧憬的舞臺，全世界的優秀藝術家都以在這裡演出為榮。

一點鐘左右，就見觀眾陸陸續續來到廣場，中國面孔約占九成，中年以上的又幾乎占中國面孔的九成。廣場中心的噴泉，以各種舞姿迎接觀賞的遊客。

我們觀看的劇目，是在正對著廣場噴泉的戴維‧科赫劇場（David H. Koch）演出的。當《紅色娘子軍》開場音樂響起，全場

正在舞蹈的噴泉

的激動的氣氛也洋溢起來。我的淚水滲出眼窩，看見前座的同齡人也在悄悄拭淚。這是一種多麼複雜的情結，無法用語言和筆墨來描述。從來沒有哪個劇目讓我如此熟悉又如此遙遠，在那壓抑的70年代，兩個中西結合的現代芭蕾舞劇──《紅色娘子軍》和《白毛女》，如同灰色天空下盛開的兩株玫瑰，讓我知道了世界上有美輪美奐的芭蕾舞。觀眾沸騰的情緒似乎全都集中到了手掌，雷暴般的掌聲一陣陣響起。演出結束時，演員們三次謝幕都無法讓掌聲停歇。這是海外遊子思鄉的激情，更是經歷過文革人的記憶喚醒。

演出散場後，離回程的班車還有兩個來小時，我們想在曼哈頓多逗留些時間，便往時報廣場走去。一年四季，時報廣場總是人流聚散的熱鬧地帶。

環顧四周，都是大大的滾動廣告螢幕。突然，我被一陣歡呼聲吸引，轉頭望去，一群人正舉著相機，對準露華儂（Revlon）廣

演員三次謝幕

告螢幕拍照。原來露華儂廣告每播放十分鐘就會有一個間歇期，這時，隨著屏幕上出現「Show us how you love」字樣，遊客們的面孔也出現在屏幕上。若能被屏幕中間的心型框子框進去，便可拍照留下這幸運一刻。為了不枉這次「紐約約會」，我第一次看了足足十分鐘廣告，終於如願以償。

夜幕漸漸降臨，華燈初上的曼哈頓更顯風情萬種，看秀的、聚會的、喝酒的、狂歡的人開始出動。我更理解了，為什麼年輕人都嚮往紐約，因為她充滿文化，引領時尚，是值得花時間細細品味與體驗的。而此時，卻是我們鄉下「劉姥姥」打道回府的時間了。

再見了，紐約！我會再來閱讀妳！

2015年7月初稿
2024年1月修訂

充滿創意的廣告螢幕

被框進了「心」裡

陳均怡

作者簡介

　　Jenny Chen，上海華東師範大學外語系法語專業畢業，美國肯塔基大學法國文學碩士。曾任職於上海外貿職工大學，紐約市立圖書館，最後任教於紐約市高中近 30 載；現已歸隱書齋，安度時日。世界華文女作家協會終身會員；紐約華文作家協會會員；出版了散文和詩歌十餘種。

紐約，我五彩繽紛的他鄉

　　1986年8月裡一個美麗的夏日，我懷著忐忑之心，離開了纏綿20多年的故鄉上海，踏上了一條漂泊他鄉的不歸路。

　　開始的兩年在中部一所大學裡苦讀，那座城市與大中華的唯一紐帶是一家越南華裔開的東方食品雜貨店，還有屈指可數的幾家中餐館。

　　兩年後，捧著一張得之極其艱難的碩士文憑，把所有的家當硬塞進一輛小車裡，遠征紐約，企圖在這座交織著希望與絕望的大都市裡尋得一線生機。

　　習慣了美國小城鎮的寧靜，突然被拋進紐約的滾滾喧囂中，頓感惶恐不安，逃離的念頭一直在心中湧動；然而為了安身立命，只能隱忍默然地接受煎熬⋯⋯

　　但是，但是！日復一日，我竟然在潛移默化中悄悄愛上了這座人文氛圍熱烈、生活起居方便的城市，連那些嘈雜紛亂都演變成了一首和諧交響曲中活潑熱烈的音符。

　　在我溫情脈脈的精神家園裡矗立著四幢輝煌的摩天大樓：音樂廳、電影院、美術館、圖書館。

　　我熱愛古典音樂！而紐約這座城市為這群愛好者提供了世界一流的福利，卡內基音樂廳和林肯中心裡的音樂會如同不絕的清泉，經年累月地汩汩流淌在紛亂嘈雜的紅塵中。我喜歡安坐在音樂廳裡，閉上眼睛，讓空靈的旋律擁抱我善感的靈魂，在寧靜祥和的淨土上輕柔地飄飛，感受一波窮於言喻的極致和歡愉⋯⋯

　　我熱愛高尚電影！我定義的高尚電影是那些深情動人的作品，而這類小眾卻深得我心的電影只有在紐約等大城市才能覓得其芳

踪；她們沒有眾多好萊塢大片張揚的媚俗和粗糲，只在那座花花綠綠的花園一隅散發著淡淡的、沁人心脾的幽香；而這陣陣馥郁卻令我心醉神迷⋯⋯

我熱愛印象派及後印象派的畫作！在世界各地頻繁浪遊時，總汲汲營營地尋找她們的踪跡，而很多時候都只覓得淡酒一兩盞。但是，在紐約，卻是醇釀飄香！來自世界各地的特展如雨後春筍；大都會博物館裡的印象派展區更是被我視為娘家，走過路過絕對不會錯過。每次閃進大門，無視其他，直衝那裡；哦，隨即就是一場饗宴！我舉杯與那些交往甚久的老朋友一一細訴衷腸，對影把盞我癡戀了40多年的梵高！酒過三巡，快意醺酣⋯⋯

我熱愛閱讀！癡情如活躍的火山，幾十年熾烈不息；而紐約皇后區圖書館中汗牛充棟的中文書籍如同躍動著的火山中的岩漿，灼熱我心。自1988年的驚艷初遇後，年復一年，我如飢似渴地從那裡借閱了「成千上萬」本書；從早年必須親臨各圖書館、在書架前彎腰俯首地尋尋覓覓，到如今只需鼠標輕點幾下；科技日新月異，不變的是那份執愛。每天翻上幾頁心儀的書，我的身心彷彿從無所依托的半空回到了堅穩的大地，領受到一份質感深厚的踏實和滿足；由此，我得以在一方清明平和的淨土上安靜舒心地幸福著⋯⋯

音樂、電影、繪畫、書籍，這四座光芒萬丈的精神豐碑，是我愛上紐約的最直白、最理直氣壯的原由！那愛，深沉執著；歲月悠悠，愛亦悠悠⋯⋯

風花雪月固然令人神往，但是咱一介草民還是要以食為天啊！而這等天大之事，紐約也自有完美的安排。

在那個中西部小城苦讀時，果腹之物都在美式超市裡覓得，氣派的大場面裡與頑固的中國胃藕斷絲連的卻寥寥無幾，包心菜、紅白蘿蔔這類以往常被忽略的群眾演員竟然躍升為主打明星；海鮮攤上也只有凍得硬邦邦的貓魚（catfish）和蝦在搔首弄姿。印象深刻

的一次奢華是，一個朋友千里迢迢地從芝加哥買來幾隻活螃蟹，那一餐給我的感覺無異於滿漢全席，激動得想哭。

兩年後，揣著受盡憋屈的胃逃亡紐約，撞見那些琳瑯滿目的蔬果以及歡游的魚和張牙舞爪的螃蟹時，我亦是激動得想哭，感覺這幸福來得太突然，唯恐稍縱即逝。

然而，上世紀 80 年代末，在如今中華勢力顯赫的法拉盛街頭，像樣的華人超市也寥若晨星，所以，儘管住在皇后區，每週買點瓜果蔬菜時還必須遠征唐人街，拎著小小的籃子在幾家逼仄的雜貨店裡擠進擠出。經常，歷盡艱辛，殺出重圍，提著大包小包回到車前，被當頭棒喝的卻是擋風玻璃上的一張停車罰單！

而如今，怎可同日而語！法拉盛及周邊的華人超市聲勢顯赫，咱們也盡可揚眉吐氣地把握著容量闊綽的推車，抬頭挺胸地在眼花撩亂的食物中擇己所歡：各種情狀的魚，悠游的，躺平的；各類各款的肉，豐腴的，精瘦的；五花八門的南北雜貨、油鹽醬醋，老相識，新朋友；五顏六色的蔬菜水果，招搖的，內斂的；總之，花花世界，任你花心，任你朝三暮四；而那一年四季都威武在竹筐裡的螃蟹，更是在提醒我記得憶苦思甜。

哦，還有浩浩蕩蕩的中餐館！長城內外、大江南北、兩岸三地，林林總總的各路美食任君饕餮，只有想像的貧瘠，絕無現實的骨感。據統計，紐約市大約有 24,000 家大大小小的中餐館，咱這數學白癡拿著計算器將這個龐大的數字除以每年的 365 天，結果是 66；不敢相信，反覆多次，結果依然。直白解讀：如果每天光顧一家中餐館，必須窮盡 66 年的生命，才能吃遍每一家！

實在太幸福了！在故土的千山萬水之外，我們這群炎黃子孫竟然還能過上這等滋潤的美好日子，做夢都會笑出聲吧。

幾番風花雪月，幾番民生剛需，主食亮麗登場後，請再容我捧上一道誘人的甜點。咱喜好四處遊蕩；一年總有五、六次，飛向遠

方,迷失於異域風韻。一論及此,咱立感「春風得意」,再「傲視群雄」,因為住在他地的朋友出行,必須折騰轉機,既費時費力又勞民傷財;而我們,機場就在十幾分鐘車程之處;錦上添花的是,直飛的航班像一張巨網覆蓋全球,四通八達,無遠弗屆;咱可以再度傻樂嗎?

以前坐過幾次從紐約出發的遊輪,每次返航靠近紐約港口時,船上就開始播放 Frank Sinatra 唱的那首著名的歌〈紐約,紐約〉:「我要在那座不夜城中醒來,榮升為山巔之王……」

熟悉的歌聲響起,心裡的暖流湧動:哦,回家了!一個遠離原鄉的家,位於一座散發著無限魅力的城市。居住在這等精神與物質皆精彩紛呈之地,我心不僅大安,大安!更是大喜,大喜!

2023年9月19日於紐約

石文珊

作者簡介

　　戲劇博士。任教於紐約市立大學皇后大學和聖若望大學。曾任新澤西州《漢新月刊》文學獎評審。小說、散文和報導散見報章文集。近年來為紐約華文作家協會編輯散文集《情與美的絃音》、《人生的加味》及《行過幽谷——紐約記疫》。

金衣貴婦在紐約

　　疾走來到五大道的新藝廊美術館（Neue Galerie）時，已經剩半小時要關門了，我和丈夫喘息未定，衝上櫃臺前詢問。我結巴地說，我們特別來看古斯塔夫‧克林特（Gustav Klimt）的畫作〈金衣貴婦〉（The Lady in Gold），聽說它掛在展廳外面，我們只想看一眼，不打算進展廳看其他畫作，「聽說這樣可以不必買票是嗎？」

　　優雅的售票女士睜大眼睛訝異地看著我，好像沒聽懂我的話。

　　事情的緣由是這樣的，前不久與愛好藝術的同事大衛聊天，談起電影《金衣淑女》（Woman in Gold），他言之鑿鑿地說，這幅名畫掛在新藝廊美術館的大廳，開放給民眾免費觀看，不需門票，又說這個美術館優惠紐約市立大學的老師，只要顯示現出教師證，就可免票入場。今日我們正好路過這裡，一時興起，立刻奔來。

　　售票女士一字一句解釋道，〈金衣貴婦〉掛在二樓展廳裡，乃鎮館之寶，民眾一律要買門票才看得到。我環顧四週，小小的前廳確實不容掛任何畫作。

　　突然記起大衛的話，我趕緊拿出市大教師證，期待免票入場。女士再次不解地看著我說，我們藝廊從沒這個優惠政策呀。一旁的丈夫早已抽出信用卡要買票，我一看錶只剩 25 分鐘要關門，太不划算，便阻止他，並跟女士說，不麻煩了，今日開館時間無多，改日再來拜訪。她藍色的眼球一股冰寒盯著我說，「聽著，我就通融你們這一次，進去吧——不收票！」

　　我一邊心裡痛罵大衛誤導，一邊臉發燒登登登踩上階梯去展廳。

　　真的，若不是我本來對奧地利畫家克林特的畫風著迷，又碰巧在 Netflix 上看了改編自真人實事的電影《金衣淑女》，也不會循線

索來找原作。這幅畫的經歷太戲劇化了。

　　這幅畫是克林特為維也納的猶太世家貴婦阿黛拉・布拉克-鮑爾（Adele Bloch-Bauer）在 1907 年完成的肖像畫，也開啟了他一連串的「金色畫作」高光時期。1938 年，布拉克-鮑爾家族受納粹迫害，這幅畫和其他的名貴寶物，一夕間被納粹祕密警察（Gestapo）奪走；畫的名稱也從原來的〈阿黛拉・布拉克-鮑爾肖像 I〉改名為〈金衣貴婦〉，企圖隱藏畫中人為猶太族的真相。後來納粹收藏家將它獻給維也納國立美術館，70 年來這幅畫一直掛在貝爾維帝宮（Schloss Belvedere）中，被視為「奧地利的蒙娜麗莎」。

〈金衣貴婦〉，原名為〈阿黛拉・布拉克-鮑爾肖像 I〉

1998年,阿黛拉的82歲姪女瑪莉亞‧歐特曼(Maria Altmann)決心循法律手段索回家族失去的畫作。瑪莉亞與夫婿早在1938年歷險逃到美國,歸化美籍。1990年冷戰結束後,納粹在二戰時侵佔猶太人財物的歸還和賠償逐漸展開,同年,一個叫做「關於納粹沒收藝術品的華盛頓會議原則」(Washington Conference Principles on Nazi-Confiscated Art)的法案由44個國家簽署,包括奧地利;奧國國會並通過自己的法律要求各博物館公開關於納粹掠奪藝術品的檔案,以助物歸原主。然而事實上,這類追索案件的法律程序十分耗時且困難。

為了討回家族擁有的克林特畫作,瑪莉亞打了一場艱苦而精彩的戰役。她雇用了一個無名小卒律師阮道‧荀伯克(E. Randol Schoenberg)──奧國音樂家荀伯克(Arnold Schoenberg)的孫子,也是家族好友──來幫她。阮道想方設法,從美國最高法庭打到奧國法庭,再申訴仲裁聽證會,兩人跨越法律的崇山峻嶺,與奧國官僚鍥而不捨的周旋,八年後終於獲得了勝利,索回了被納粹掠奪的五張克林特畫作。

電影《金衣淑女》中的瑪莉亞是老牌金獎演員海倫‧米仁(Helen Mirren)扮演的。她將這位膽識過人、風趣坦率的女性詮釋得可圈可點,體現她追求正義的秉直氣概,絕非出於個人對巨額財富的私慾。畢竟,據媒體報導,〈金衣貴婦〉在2006年以一億三千五百萬美元的天價賣給收藏家及新藝廊美術館的創始人拉諾‧勞德爾(Ronald S. Lauder,也是化妝品大亨Estée Lauder之子),創下畫作賣價的世界新高。電影中,瑪莉亞在維也納的仲裁會上解釋她為何要爭取這張畫,理由很簡單:「別人看到的是一幅名畫,我看到的卻是我親愛的家人。」令人動容!真實的瑪莉亞在賣畫簽約時也加上規定,它不能私藏,必須公開展覽給一般民眾觀賞。偉大的藝術是屬於民眾的,紐約客真有福氣。

來到二樓，只見長形展廳掛著五幅克林特的畫作，東面牆上鑲嵌著這幅畫，以玻璃帷幕保護著。畫面主要以金箔打造，一片光華耀目，只見阿黛拉粉色的頭頸和手臂，浮現出這片金彩汪洋之上，如夢似幻。她身著錦繡絢爛的長袍，坐在雕琢繁複的金色寶座上，襯著金星閃耀的背景，像一位富麗的女王，更像一尊金身的女祭司。

然而阿黛拉畢竟不只是一個符號，而是真實的個人。她的脖子和手臂上戴著華麗的鍊飾，烏髮向上挽起，突顯一張容長的臉，優雅貴氣。墨黑的眉眼，瞳孔抬望遠方，彷彿在盼著什麼，卻更似全神貫注傾聽自己的內心。紅唇微張，像感悟到人間奧義，又似欲語還休，散發出幾分憂鬱而神祕的女性氣質。

她的雙手握合在前胸，左手包住右手，據說是特意遮掩一隻早年意外變形的手指，手腕彎曲形成一個ㄇ字型，直角的線條略顯僵硬和不自然，更似意味著她意識到富貴人生中仍有缺憾和意外。

她的長袍輕裹腰身，流光溢彩，極盡裝飾細節，像一場視覺的盛宴。一襲寬領斜肩的半袖長袍，由金絲銀線密密繡滿了古埃及的各式眼睛圖案，彷彿浮懸在布料之上，令人目不暇給。垂搭在她背後的寬幅薄紗長披風，如金縷瀑布，從身軀兩側流瀉而下，鑲嵌著金線纏繞的方形圖案，像紙牌般顯現各種符號，神祕莫測。這套服裝的線條形成一個穩定的三角體，突出了頂部阿黛拉的頭臉，視覺上一再引導著觀者回去看她嫵媚的容顏，感受片刻迷醉。她到底是怎樣的女人？她想說什麼故事？

真實的阿黛拉（1881-1925）是維也納上流社會的社交名媛，出身富裕家境，又嫁給有錢人，終身愛好藝術，主持沙龍，邀請畫家、作家、音樂家（馬勒、史特勞斯等）為座上客，也與皇室交好；她收集美術品，喜愛新潮流，是一位感性與知性都很敏銳的女性。然而她也是不幸的，由父母安排門當戶對的婚姻，嫁給大她

17 歲的丈夫，經歷兩次流產並生下死胎，終究無後，最後在 43 歲的盛年因腦炎殞逝。所幸她沒有經歷後來的納粹迫害，但她大概從不曾想過自己會在 80 年後成為舉世著迷的形象，另一個蒙娜麗莎的形象。她給畫家繆思的靈感，畫家給了她不朽的印記。

古斯塔夫‧克林特（1862-1918）才氣縱橫，原可以傳統畫法成為出色的藝術家，但他揚棄傳統，開始追尋個人風格，大膽表現情色和欲念，並從其他文化的藝術中吸收技法和美學元素，在 20 世紀初形成現代主義，被畫界稱為維也納分離派，是當時的前衛畫家。據專家考證，克林特在畫〈金衣貴婦〉之初，曾親赴義大利去尋求靈感，在北部拉文納的 6 世紀建立的聖維塔大教堂，他仔細學習拜占庭風格的馬賽克創作，尤其是查士丁尼大帝和皇后希爾朵拉的肖像，用黃澄澄的金箔妝點聖像的背景，製造出一種金碧輝煌的感覺，從而大受啟發。於是，他選擇以金箔和銀箔來裝點阿黛拉肖像的背景，並採用半浮雕和石膏底來鍛造特殊效果，十分費工。

克林特的畫風裝飾性強，有著濃烈的象徵主義。這可以從裝飾細節裡體察到。比如，阿黛拉的高背椅和服飾上遍布著抽象的蛋形圖案——這是多子多孫的象徵；或許是畫家撫慰阿黛拉在 1904 年生出死胎男嬰的悲傷。此外，密佈在長袍上的古埃式細長眼睛，象徵身心健康、療癒和回復圓滿，也可以看成畫家希望賜給阿黛拉神奇生命力。據新藝廊的藝術史學者 Elana Shapira 解釋，蛋形紋、埃及眼、圓形線圈、杏仁形狀及三角形等，都象徵著女性的情色之美，更暗示了畫家對他模特兒的愛欲暗湧。克林特從 1903 年接下案子後，直到 1907 年才完成這幅畫，中間經過百多張的素描草稿，真是慎重其事。1912 年他再度以阿黛拉為模特兒，畫出了第二張她的肖像畫〈阿黛拉‧布拉克-鮑爾肖像 II〉（目前由紐約大都會博物館典藏）。阿黛拉成為唯一一位二度成為畫家繆思的女性，也加深了人們對兩人之間產生暗生情愫的猜測。

「抱歉，本藝廊將在十分鐘內關門，請您把握時間。」一位黑人女性警衛走過來提醒我們和另外一對男女。我們是館內最後的觀賞者了。

「好的，謝謝！但為什麼不容許照相呢？這麼美的畫作，真想帶回家留念！」不知為什麼我突然向她抱怨起來。對街的大都會博物館有著大量古老藝術品，卻允許拍照，只要不用閃光燈。當然，一般博物館有諸多理由不願觀者拍照，他們希望你能用自己的眼睛好好欣賞作品，而不是用鏡頭獵取影像；他們也希望你在無法攝影的情況下，去博物館的禮品店買藝術複製商品；他們尤其不希望有人藉著攝影侵害原作的版權。

女警衛聽到後一愣，轉過頭來。我以為她要發飆訓人了，誰知道她大咧咧地說：「我現在要離開這個展廳，你們想做什麼都與我無關──我什麼也沒看見喔！」還頑皮地眨眨眼，怕我們太老實聽不懂，然後真的踱步離開了。

她在暗示我們可以偷拍名畫嗎？我以為自己聽錯了，但丈夫已經指揮我站在〈金衣貴婦〉旁，鄭重地拍下我和阿黛拉的合影。另一對參觀者也躍躍欲試，我們立刻讓賢，皆大歡喜。

後來我又獨自來新藝廊看其他的展品。包括克林特的另外四張名作，19 世紀末 20 世紀初維也納前衛畫家伊根・席勒（Egon Schiele）和奧斯卡・寇寇許卡（Oskar Kokoschka）等，以及德國包浩斯（Bauhaus）的經典作品和裝飾藝術品。

當然，每次再來時我都二話不說，乖乖地掏錢買門票。

湯 蔚

作者簡介

上海師範大學本科,紐約皇后學院碩士,現任職於紐約長島教育機構。所屬團體:紐約華文作家協會會員;北美作家協會會員;紐約華文女作家協會會員。創作簡歷:2010年開始華語寫作,作品發表於海內外報刊雜誌,十四次獲獎,其中七個獎項來自全球徵文大賽。作品刊發:《長三角文學》、《青島文學》、《漢新月刊》、《香港文綜》、《國際日報》、《新州周報》、《世界日報》副刊、週刊和小說世界,及《僑報文學時代》。

歲月沉香話旗袍

那年我 18 歲，奶奶說：「小蔚該有一件旗袍。」服裝店沒有合適的旗袍，奶奶就把一件舊旗袍收去半寸腰，放出一寸下襬，熨燙得平整如新。我穿上旗袍，攬鏡自照，原來大塊吃肉的我，也可以娉婷婉約。

奶奶說旗袍是清朝滿族婦女服裝，精緻的旗袍是代代相傳心授的手工藝術，密匝針腳縫出的旗袍，才能讓不同體型的女人顯得風姿綽約。

李太太是我初到美國時的房東，穿一件素雅旗袍，說一口標準國語，溫婉大方。李太太在唐人街經營服裝店，專門出售適合亞裔的服飾。除了大年初一，每天開門營業。

李太太年少時錦衣玉食，進女子學校讀書，是一名文藝女青年。李府是一棟小洋房，李太太的三個兒子都已相繼獨立門戶。李太太說，房子有人住才有生氣，於是發布了招租廣告。

我是剛到美國的留學生，在學校布告欄看見李太太的招租廣告，於是約定時間去李府看房子。李太太讓我住進二樓的一間房間，邀請我在她家搭伙吃飯。

這天下午陽光透過窗櫺，照在敞開的樟木箱，李太太整理著箱籠，招手讓我過去。我看見了滿箱子的繽紛旗袍，李太太笑吟吟地遞過一件酒紅色印花綢旗袍，讓我去臥室試穿。

李太太說：「如果不嫌棄舊旗袍，挑喜歡的拿幾件去，女孩子參加活動穿中國旗袍，別提有多美了。」

李太太少女時就愛穿旗袍，二八年華時，父母為她訂下門當戶對的親事，李太太偏偏愛上一名英武軍官，出逃似的嫁給他，隨身

只帶走兩件心愛的旗袍。

李軍官驍勇善戰，岳父母辦喜宴邀請親朋好友，完美了女兒的婚事。從此以後，李太太隨夫轉戰大江南北、生兒育女。數月之後，李太太得到去廣東的船票，在海輪上漂泊數週，終於在春末夏初時到達香港，租了一間小屋勉強棲身。

李太太穿著旗袍幹活，女鄰居對這款玲瓏曼妙的服裝興趣盎然。李太太暗自思忖，如果自己能縫製旗袍，既能滿足女人穿旗袍的願望，又能賺錢養家。每逢年節，李太太便請裁縫師傅為女眷丈量尺寸、決定樣式，她一針一線縫紉，做成優雅合體的旗袍。

夏去秋來，孩子們個頭竄高了，李先生披著習習涼風，找到了妻兒棲居的陋室，全家人終於團圓一堂。

李太太請丈夫幫助她管理店務、協助她接活送貨，漸漸地他們的生意有了固定收入，把作坊經營得風生水起。李先生心懷不甘，但見妻子穿著陳年褪色的舊旗袍，挑燈夜作，辛苦不堪，愛惜之情油然而生。

後來李太太隻身前往臺北，向正宗旗袍師傅學做優質旗袍，真正弄明白了改良旗袍的來由和典故。改良旗袍很快地就在中國婦女圈流行，無論是直筒或收腰、高叉或無袖，每一款旗袍的樣式都顯現出女性婀娜曼妙的體態。

此心安處是吾鄉

日久新鄉
成故里

輯四、

應　帆

作者簡介

　　江蘇淮安人，現居紐約長島。散文作品見於《香港文學》、《人民日報海外版》、北美《漢新》月刊、《世界日報》等處。另著有中短篇小說集《漂亮的人都來紐約了》、長篇小說《有女知秋》、詩集《我終於失去了迷路的自由》等，散文集《一個鳳凰男和半個紐約客》（暫定名）也將於明年初出版。應帆現為紐約華文作家協會會員，另任北美中文作家協會理事。

半個紐約客

去年7月初,居家避疫16個月之後,我又第一次回到曼哈頓的辦公室上班。16個月帶來的變化,雖然不至於滄海桑田,但完全可以物是人非:紐約似乎不再是紐約,紐約似乎還是紐約。記得自己慢慢重新適應每天往返通勤幾達四個小時的辛苦之後,心底又每每有那麼一絲欣慰慢慢升起來,彷彿有一個小小細細的聲音在對我說:紐約回來了;我這半個紐約客,也回來了。

算起來,自從世紀之交的秋天來紐約上班,前後已經達到整整21年。在疫情之前,除了偶爾回國要休兩、三個星期的長假,其餘日子我是幾乎每個工作日都要進紐約城的。自己18歲離開故鄉淮安到合肥讀書,在合肥讀完五年本科又讀了三年研究生,一共待了八年。來美後先在紐約上州伊色佳求學兩年,之後就一直寄居於紐約。以前我總愛跟人說自己有三個故鄉,而老家江蘇淮安自然是第一故鄉。現如今如果按照生活的時間長短來算,紐約,已經成為我名副其實的第一故鄉。

居住某地,成為某地人,似乎約定俗成,但也似乎有些微妙的「潛」規則。我回到老家,逢人必得自稱「應莊人」;在江蘇其他地方,向外人介紹自己是淮安人;在合肥,要和江蘇人認老鄉。雖然在合肥待了八年,但似乎不敢自稱「合肥人」,甚至不敢說自己曾經是合肥人。這固然跟自己對合肥的了解不那麼深入有關,但是也大約是中國人的習慣使然,比如我們在美國生活多年,要自稱「美國人」還是有些不習慣,但「美籍華裔」這樣冠冕堂皇的說法倒是可以接受的。

國際慣例也許有所不同,倫敦人、巴黎人和東京人未必就是

指出生在那些城市的原住民。美國人性好遷徙，到了哪裡就是哪裡人，連詞彙也方便，多數是加尾綴 ian，偶或也是加尾綴 er 或者 ite，如三藩市人叫 San Franciscan，波士頓人叫 Bostonian，芝加哥人叫 Chicagoian，連我讀書的康奈爾大學也有自己專門的稱謂康奈爾人（Cornellian），而紐約人是較少以 er 做尾綴的例外，叫 New Yorker。去外地玩，跟人說自己來自紐約，偶爾也會激發一點漣漪，「你是一個紐約人呀！」

在中文和華人的習慣裡，「紐約人」又有另一層例外：大家更喜歡用「紐約客」而不是「紐約人」。一來因為發音，「客」更加貼近英文尾綴 ker 的發音；更重要的原因卻是言下之意，可解作「紐約為客」、「紐約過客」或者「紐約之客」，憑空多出一些無奈、漂泊和包容的精神。大名鼎鼎的 *The New Yorker* 雜誌，翻譯成中文的《紐約客》，也是平添了風情無限。

疫情初期，紐約前州長庫莫先生一度成為全美聞名的抗疫明星，當時連川普都嫉妒他每天的電視簡報，他的電視簡報還曾經獲得艾美獎（當然後來又因為性醜聞被召回）。這位前州長的作秀能力確實非凡，我也曾一度每天要看看他的電視講話。他一邊苦口告誡「用數據和事實說話」，另一邊婆心呼喚「我們紐約人很堅強」。那一聲「我們紐約人」，讓我這樣當時身處疫情中心的觀眾聽了，也是禁不住心頭發熱、眼眶發紅呢。

但是，前州長的這個「紐約人」卻並不是所有人都能接受的。因為理論上來講，只有住在紐約市的人才有資格自稱「紐約人」或者「紐約客」。但在現實生活中，居住在大紐約地區的人都喜歡跟美國之外的人乃至美國其他地方的人稱自己住在紐約，這其中甚至可以包括屬於近鄰的新澤西州和康州。如果只接受紐約州的定義，紐約近郊的長島和韋斯特徹斯特大約可以算上。稍微嚴格一些來說，紐約市所屬的五大區的居民，才可以被稱為「紐約客」。

地理位置之外，還有時間上的要求。曾經看到一種精確量化的說法：要成為紐約客，必須在紐約市的五大區住滿十年以上。曾經風靡全球、最近又拍出續集的電視劇《慾望都市》裡面人物的說法更偏激：只有出生在曼哈頓、並一直居住在曼哈頓城裡的人才可以有資格自稱「紐約客」，甚至嚴苛到經常開車出城的都不能算。最近《紐約時報》書評裡有一篇文章，特別引用住在紐約的華裔女作家王葦柯新書《瓊沒事》（Joan is Okay）裡關於定義「紐約客」的新說法：如果妳沒去洋基球場看過棒球比賽或者妳沒看過90年代末風靡全美的情景喜劇《宋飛正傳》，那麼妳絕對不能算是一個真正的紐約客。這兩件事我倒是都幹過，雖然看棒球的時候幾乎睡著，但是《宋飛正傳》倒是看過不少集的，疫情期間還特地從頭到尾複習了一遍這部長達九季的電視劇。我倒覺得，如果真如此嚴格計較，住在曼哈頓的人應該用自己的專有稱謂：曼哈頓人，英文叫Manhattanite的就是，而不必再和紐約客攪和在一起了。

　　我是2000年9月從上州搬來紐約的。最早住在曼哈頓公園大道邊上97街的一個三居室公寓裡。這三居室是一位訪問學者從他所在的西奈山教學醫院申請到的優惠住房。他們一家三口住著覺得太奢侈，就把另外兩間分租給我和另一位房客。這住處離中央公園只有兩個街區，到我最早上班的地方只要坐四站地鐵，房租400美元；對於初到紐約、地鐵都不知道怎麼坐的、我這樣的「小鎮留學生」和「外國人」來說，確實是再理想不過的棲身之所。

　　然而住了四、五個月之後，我實在無法忍受一早上三、四個人（或許還有一、兩個中年便祕患者）要輪著等待上一個洗手間的無奈和尷尬，搬家去了號稱紐約第四個中國城的艾姆赫斯特。因為英文名叫Elmhurst，我在自傳體小說裡把它翻譯成「榆樹堡」（後來有朋友跟我說似乎「榆樹崗」是更適合的譯名）。榆樹堡雖然號稱是華人集中地，其實就像皇后區本身一樣，是一個多族裔的聚集

地。記得那時候出了地鐵站，站在人流熙攘的香港超市的門口，面對夕陽，可以觀聽對面公園裡鼎沸的人聲和人生：各種族裔、各種年齡的各種男女，從事著各種各樣的人類活動，打球的、下棋的、遛狗的、看娃的、閒聊的、吵架的……這也許是紐約生活一種，卻又多少跟我的預期有所差別。

疫情初起的 2020 年 3 月，榆樹堡醫療中心一度成為紐約疫情爆發的中心，所謂「中心的中心」；醫院門口冷凍卡車等待運走患病者遺體的照片流傳世界，至今仍有叫人不寒而慄的詭異和恐怖。

在榆樹堡住了一年多之後，我又僱了搬家公司，把自己搬回了曼哈頓。這次是定居在三大道和 94 街交口的一處老公寓樓，樓主是一位從廣州到香港再來紐約的司徒先生。簽訂租房合同之前，司徒先生非要到我上班的地方看看以證明我是一個合格的租客，幾乎叫我哭笑不得。老式公寓樓五層高，沒有電梯，但是對還沒三十而立的我來說，真不是個問題。公寓樓一層是一家義大利飯館，隔壁是俄羅斯人開的理髮店；街對面有一個墨西哥男子賣蔬果的小超市，旁邊是韓國人開的洗衣籠。此處往西走四個街區是中央公園，往南有林立的高級公寓、郵局、健身館、繁華熱鬧的 86 街以及更嚴格意義上的上東城，往東可以一直走到哈林河與東河的交界處，從那裡向南一點就到市長官邸……在這個座標，紐約把她的繁華雜亂展現在我面前，融進我每天的生活裡。

在曼哈頓住了近五年之後，太太來美與我團聚。稍稍存了點錢的我們尋摸著買房子，最終選擇了皇后區的雷哥公園。雷哥公園曾是俄羅斯來的猶太人聚居之地，新世紀裡也逐漸看到更多亞裔身影。住在雷哥公園的日子裡，我們買了車子，換了工作，最重要的是迎來了三個孩子的出生，而最終也因為孩子的上學問題而搬到紐約長島。人世間最為俗氣的各種變化，卻也總流露著最為實在的煙火氣息。

更重要的、更讓人介意的或許是，流年之後留在記憶裡的浮光和掠影，並在這光和影裡對紐約這個如今晉級為「第一故鄉」的城池生發出來的種種情感吧。對於過去 20 年生活在紐約的人來說，也有更大更廣更深闊的背景和變遷成為平凡生活裡不平凡的註腳：我們經歷了 911，經歷了大停電，經歷了颶風桑迪，經歷了去年開始如今還在繼續的疫情，以及今年初因此而起的亞裔歧視等現象。我曾在這個城池裡三十而立，也曾在這個城池裡四十不惑，如今快要在這裡經歷五十而知天命；算起來，都是個人編年史中最重要的年紀和年分。

疫情初起之時，很多人逃離紐約：不僅紐約的公共交通讓人思而生畏，密集的公寓居住方式也令許多人惴惴不安。到了今年，大家又漸漸回來，包括更多年輕人率先返城。也因此有人批評那些離開又回來的人士，說他們不是真正的「紐約客」，在關鍵時刻背叛和逃離了紐約。兩派人士，甚至因此在自媒體上展開論戰，倒也是令人深思的現象。

由此想起有一年香港歌手鄧紫棋到美國演出，鬧出的一場不大不小的新聞。演唱會有一場是在新澤西州的紐瓦克舉行，而鄧紫棋在演出過程中不停高喊：「New York！New York！謝謝紐約！我愛紐約！」有好事的網友表示新澤西的歌迷很受傷，因為明明是在新澤西唱歌，卻偏偏要向紐約表心跡。這新聞讀來叫人啞然失笑，也有讀者很快指出：紐瓦克離紐約市不遠，屬於大紐約地區，而那邊很多人通勤到紐約上班，因此鄧紫棋愛紐約、愛紐約客是無可厚非，也是政治正確、地理正確乃至情感正確的一件事情。

就我本人來說，自從搬到長島的西奧賽特，給別人介紹自己居住地時總會有些許的躊躇，因為再繼續號稱自己是「紐約客」，似乎有些兒勉強。據實相告的話，對美國地理稍有了解的人，大約還能知道長島在紐約市的東邊、包含拿騷和薩福克二郡，而地理知識

缺乏的人而言，很可能就大有丈二和尚摸不著頭腦的感覺。

　　如今重回曼哈頓上班，每天又走過熟悉的車站和街道，又漸漸時不時在回家路上看一看圖書館路上鑲嵌著的64塊銅區裡鐫刻著的中外名人的詩句和警言，又漸漸在陌生的人群裡尋找到自己的舒適感，又漸漸習慣在火車上看一會兒最愛的《紐約客》雜誌來冒充一個有文化的紐約人。這是一種失而復得的寶貴體驗，如水平淡，又如水珍貴。

　　因為疫情還沒完全過去，我們現時遵行一週在家上班、一週進城上班的「一半一半」模式。疫情之前，我白天在紐約上班，晚上回到郊區的家，也可以算是「一半一半」。而曾經在紐約市住了15年、包括在曼哈頓住了近五年的經歷，似乎也完全可以量化轉換成廣義或狹義「紐約客」定義所需的年頭限制。如此算來，自稱「半個紐約客」，對我而言，確是可以自圓其說的一種精神安慰和肯定呢。

原發於《香港文學》2022年2月號

李秀臻

作者簡介

　　祖籍山東,臺灣出生,大學畢業後赴美取得碩士。曾任報社記者、編輯、書刊及網站主編。曾獲海外華文著述獎報導寫作類首獎、紐約聖若望大學亞研所卓越貢獻獎、美國總統義工獎等。著有《風雲華人》、《藍海密碼》;參與合編有《紐約風情》、《縱橫北美——從花果飄零到落地生根》、《情與美的絃音》、《人生的加味》、《行過幽谷——紐約記疫》、《千里之行》等散文集。

濕意中秋

連續下好幾天雨了,天色總是陰沉沉,雨勢時大時小,無盡期似地不知何時才停止。

整週濕答答,記憶裡我安居的紐約或者長島,很少有這樣的天氣。不應是秋高氣爽的9月嗎?即使每年在多雨的4月,也沒見April shower直落一星期。是極端天氣作祟嗎?

濃濃濕意的氛圍中,不禁想起元詩四大家之一虞集的〈聽雨〉,有著:京國多年情盡改,忽聽春雨憶江南。我這株只能自比為移根多年的無名草,性情也早就改變了;近來無端的連綿秋雨,也勾起我對遙遠老家「基隆」的懷想。

位在寶島的東北角,它有雨港之稱,一年的降雨量和天數,總居名列前茅。受東北季風影響,冬天和春天特別濕冷多雨。記得小時候,最讓母親傷腦筋的是洗完的衣物晾不乾,我們姊弟妹三人換洗的襪子內衣褲多,媽媽用著一個像大同電鍋大小的電暖爐,解決烘衣問題。當她忙著別的家務時,已經懂事的我會幫忙注意,適時將衣物翻面烘烤。

插電的爐子,整個發燙,我們三個小孩時而喜歡將手腳放在上方取暖;爐心有個鐵圈環繞而成的發熱體,又紅又亮,一根頭髮不小心掉進去,即會聞到淡淡焦味。我的小腦袋瓜知道千萬不能讓紙屑般的東西或衣服的邊角墜入,那肯定會著火。對它,我又敬又怕。

在那經濟待起飛的大環境,沒聽過誰家有暖氣或烘衣機,起碼在我成長的眷村裡沒見過。為了確保孩子們不受凍、不生病,媽媽總是叮嚀多穿衣服,衛生衣、長袖衣、背心,再加上夾克,個個身

子裹著像球似地渾圓。現在回想，即使濕，即使冷，我們姊弟三人甘之如飴，有爸媽在的地方，就是家，有愛有溫暖，讓我們安心成長與生活，爸爸支撐半邊天，媽媽辛苦持家，我沒感到日子有什麼匱乏。

身為基隆人常常因為下雨撐傘出門，搭車一進臺北，卻見笑逐顏開的陽光，讓我好生羨慕。手上的雨傘，變得有點笨拙可笑。相反地，要到基隆的外地人，難免多帶個雨具，以免突然淋成落湯雞，渾身不舒服。兩市相隔不過半小時車程，兩種天氣，兩種天空。

雨都內的建築物，無論新舊或何種漆色，長年因為濕氣，外牆多披著黑黑綠綠的青苔和黴漬，彷彿永遠洗刷不淨。長大的我，世面見多了，偶從異地返鄉，總疑惑著這樣的問題為何沒有解方，基隆缺少其他城市景觀的新穎與亮麗感。流年似水，馬齒徒增，轉眼去國已 30 餘載，雨港的顏色，在我腦海已根深蒂固，倒希望它永遠保持我所熟悉的風貌了。

*****

「嗶──」洗衣房傳來短鳴，打斷我的早餐和浮想聯翩。

將洗衣機內洗好的衣物取出，放入烘乾機，加一張靜電紙，設定強度和乾度，按下啟動鍵，機器開始轉起來。來到花旗國，誰還記得晾衣桿、電暖爐呢？想來莞爾。

窗外的雨勢淅瀝淅瀝，有不減反增跡象，外子早已出門上班。昨日我把辦公室的工作提前做完，今天 9 月 29 日星期五適逢中秋節，打算窩在家裡，做什麼都好。

手機的社群裡，此起彼落「中秋快樂」的賀詞與貼圖。天涯地角的親人、師友，互送問候。天涯共此時，多美好的節日！返回青

島好幾年的 G、剛結識住在夏威夷的文友 D、從前的同事、同學，還有作家群、雲會群、球友群⋯⋯各式各樣的應景貼圖、祝福話語，絡繹不絕。不論身在何方，離故鄉多遠，大家把這一天過得活脫起來。不久前曾讀到，飄居過英、義的紐西蘭裔小說家凱瑟琳・曼斯斐爾說：在我每一根骨頭裡都有紐西蘭。對許多離鄉背井、把異鄉作新鄉的人們而言，應該最有共感了。

傳了簡訊給兩個在外地工作、讀書的寶貝兒女，提醒他們今日即是農曆中秋。兩人不約而同回答，日前收到我寄的三色月餅，已開吃了。他們雖於美國出生長大，對這個節日並不陌生，小時候中文學校老師教過，在家裡也跟著我們慶祝，「八月十五月正圓，月到中秋分外明」，嫦娥與玉兔，月餅與柚子，說不膩，一代傳一代⋯⋯。

在手機上忙了一陣，起身望著後院樹木被嘩嘩雨水吹打著，樹葉陣陣飄落。想到那些必須冒雨出門工作或辦事的人們，自己此刻賴在乾燥溫暖的斗室中，做自己想做的事，不由感恩這一絲小確幸。心底也希望洪雨不要帶來什麼災害，人們都平安。

*****

下週末有場「好文共賞」的雲會，幾位心儀的作家將談析文學作品，令人期待！新冠疫情帶來的產物──雲端會議，四年多來一直受到歡迎，網路科技使得地球變小了，點擊一個鏈接，四面八方的人即可進入同一個空間，聽到精彩的演講，欣賞到主講人的風采，甚至與遠方的文友打招呼。北美幾個文學組織、圖書館、學術社團經常舉辦，豐富了我們在疫情疫後的精神生活。

按著活動通知上的書單，利用這段清閒寧靜的時光，做點預習，遂栽進閱讀世界。

輯四、日久新鄉成故里

　　住在華府地區的龔則韞教授,將介紹其散文〈貓頭鷹之戀〉。這篇曾得過獎的作品,我把它找出,仔細品讀。作者寫及多年前新家興建時,在某一樑柱上發現一隻貓頭鷹,使得原本對貓頭鷹就感興趣的她,進而有了近身的觀察和研究。那時恰巧她與一位美國同事時常相約午後走路運動,邊走邊聊中她得知對方的家庭故事。從軍的父親年輕時四處調防,並有購買與收藏貓頭鷹藝品的愛好,當他遇到一位也同樣喜歡貓頭鷹的女孩時,很快墜入愛河而締結連理。遺憾的是這位父親退役後酗酒、家暴,心軟的母親為堅守家庭的完整,始終忍辱負重未曾離開。同事的父親最後因肝癌過世,年邁的母親常憑藉兩人收藏的貓頭鷹,思念往日美好時光⋯⋯。龔教授將貓頭鷹與愛情、親情、友情巧妙地連結,讀來層次豐富,韻味繞樑。她的文字淬鍊,透出深厚的文學底蘊,令我十分欣賞。

　　去年在北美引起不小轟動的《火痕》(Fire Scar)一書,是加州灣區作家李嘉音的力作。下週的雲會中顧老師將做評介。嘉音曾於今年 6 月間,風塵僕僕造訪紐約,我有幸約到她,和本地幾位文友小聚。初次見面,即感受到她直率熱情的個性,很容易做朋友,我還觀察到她是個喜歡挑戰,自律甚嚴的人,愛旅行、攝影、騎車、登山、做義工等等,還不斷筆耕,簡直把自己的能量發揮到極致。過去曾在別的雲會中聽她演講,對《火痕》的故事有概括了解,這次有機會當面向她訂書,她回加州後很快就把書寄來了。

　　暑假期間因為經常旅行,沒有好好閱讀,直到最近才靜下心,展讀這本嚴肅的歷史小說。19 世紀中葉的美國,引進許多廉價華工興建鐵路,他們流血流汗死傷無數,貢獻厥偉,但是一路慘遭歧視、凌虐,與許多不公平的對待。1887 年聖荷西的中國城曾發生被人密謀縱火的暴行,造成多人喪生,1400 多華人無家可歸。這段歷史竟鮮為後人知曉。

　　嘉音大約兩年前在聖荷西市無意間發現,費爾蒙五星級飯店

的外牆鉗著一塊「聖荷西華埠被焚紀念碑」，起心動念決定挖掘史實，公諸於世。她辛苦收集大量資料，進行訪談與調研，在疫情期間全神貫注完成書寫，先有英文版，再有中文版。她筆下栩栩如生的人物，如塔克大叔與玫瑰、茉莉與菊花、鄺先生、老喬、大小雙胞胎兄弟……，躍然紙上，他們恪守本分卑微度日，受到的不堪境遇讓人感到義憤填膺，悲痛不捨。《火痕》一問世，即受到主流社會的矚目，官方終於舉行正式道歉儀式、舉辦研討會等等。閱畢掩卷，低迴不已，嘉音的努力，不僅獲得肯定，她更為華工血淚史以文學形式留下重要章頁，她身為作家，賦予自己的一種使命感，令我感佩、敬重。

*****

　　每週五晚上與葛麗絲、艾倫、和貞妮到公園打皮克球（pickle ball）之約，不得不因雨取消了。50 歲起，受到周遭朋友的「好影響」，而養成運動習慣，多年來一直是健身房、網球學校的會員。最近朋友間又開始熱中皮克球，我也學會了，常常相約到公園免費的球場打球。美國人喜歡運動、球賽，相關設施多，項目多，費用也算親民，實在沒有不健身的理由。閱讀結束，見著雨況漸弱，忍不住換上運動服和球鞋，想趕健身房 5：45 的 Zumba 課。

　　車行半路，警車攔道，原來前方的馬路積水，車輛被迫繞道而行。趕緊藉著 GPS 指引，拐了幾條街才到健身房，不料櫃臺竟告知課程取消了。這才發覺事態有點嚴重。

　　回到家中，看到朋友從手機傳來影片。紐約布魯克林區的地鐵站內，積水如瀑布般湧入，甚至從牆縫汩汩噴出；部分街道淹水慘重，汽車無法行駛，民眾涉水回家……。

　　整天沒看新聞，這時打開電視才得知紐約、長島都有災情傳

出。布魯克林和皇后區受災較嚴重,地鐵和鐵路服務中斷,汽車和地下室公寓的水上救援也已展開。報導並說,紐約市今年9月已有14天下雨,幾乎占了半個月份。總降雨量約是以往9月通常降雨量的三倍,也是140年來降雨第二多的月份。長島和紐約毗鄰,可說是生活共同圈,受天氣影響的狀況也差不多。

　　7點多外子下班回來,我已做好他喜歡的紅酒燉牛肉,搭配凱撒沙拉和香菇濃湯。飯桌上他說,公司的地下室牆邊發現水漬,為免小病拖成大病,他打電話聯絡維修師傅,沒想到對方說要排到兩星期以後才有空過來。可見這雨下出多少問題。好在這時聽到電視傳來:紐約入夜停止降雨,洪水將慢慢消退,明早恢復晴朗,氣溫⋯⋯。

　　飯後他負責清洗,我沏了熱茶,端出某位長輩日前餽贈的素月餅,挑了一支Netflix影片,兩人蜷坐沙發,將陰晴圓缺留予門外,沉浸在簡單的幸福裡。

李玉鳳

作者簡介

臺灣臺北人。臺藝大畢業。曾任職光啟社電視節目幕後工作多年,臺灣電視公司基本編劇。1976年移居阿根廷,1985年定居紐約。著作包括電影劇本:臺北市政府社教片《霧》;電視劇本:《生命線》、《阿水姆與阿木嬸》;連續劇:《金十字架》、《金瓜石》;單元劇:《海的呼喚》、《森林之旅》、《童顏鶴髮》、《魔笛》等數十部。散文刊登於《國語日報》、《新生報》、《聯合報》、《世界日報》、《彼岸》、《文訊》、《美華文學》等。

我的猶太鄰居

　　當初，仲介領著我們看房子時，兒童嬉戲的聲音從馬路對面的幼兒園傳了過來。塑料草皮的院子裡，十幾個天真可愛的洋娃娃有的盪鞦韆、騎木馬、有的追逐嬉戲，給寧靜的住宅區增添了不少朝氣。

　　「孟母三遷，擇鄰而居」。幼兒園雖然沒有朗朗讀書聲，卻也是幼教啟蒙之所。心想，主持者應該是仁慈、有愛心、有修養的人士。之後，我們成了幼兒園的鄰居。

　　我們兩家各佔據左右兩邊的街角，為了方便停車，出入都是「走後門」。

　　推開後門，常跟對門出來的人四目相視。由「日安」開始，進而知道男主人是汽車駕駛教練。女主人瑪姬掌管幼兒園，她俐落的牛仔裝，動作俐落，成天馬不停蹄，咚咚咚咚……跑步上下門口的臺階。她是園長兼清潔工、採購、烹煮三餐，每週還要上兩次健身房。從她適中輕盈的體態看不出已經是四個兒子的母親，大兒子已經在外州讀大學。

　　春寒料峭，細雨霏霏的早上，女兒女婿上班，孫子上學，我留守家中。為了丟棄垃圾，無意間鐵門反扣，我被鎖在門外。身上只有單薄的居家服，褲管被雨水淋濕，有家歸不得的窘態被對門的瑪姬看到了，她招手要我過去。我狼狽地跑到她家門口，心想借個電話打給我女婿，要他回來打開門就好了。瑪姬一定要我進去，熱誠地倒茶、拿紙巾，還捧著一條牛仔褲要我換上。我一時不知所措地愣在那裡。

　　俗語說：「同穿一條褲子」是形容友誼深厚，交情非淺，才

能親如兄弟、姐妹般，一條褲子互相輪流穿著。可是，我們搬來不久，兩家不過是點頭而已，還沒有交情可言。我尷尬地直搖頭。

「剛洗過的，保證很乾淨，妳應該可以穿，快……快去換下來。不要著涼了。」她把褲子塞在我手上，接著說：「我家就是你家！到我房間去換吧，我先生不在家。」不知她是怕我褲子上的雨水弄濕她家地板，還是真的怕我受涼？

我只好任由她推向裡面的房間。這是我第一次到瑪姬家。

「Tere! Tere!」有一天大清早，瑪姬站在門外喊叫，說褓母請假，問我可不可以過去幫忙？熱心的芳鄰有事，豈能袖手旁觀。

她家地下室就是幼兒園的大教室，牆上很多小窗戶，空氣流通，光線明亮，還張貼小朋友的活動照片和撕紙畫作，牆角的百寶櫃，童話書、玩具，應有盡有。桌椅、洗手臺、廁所馬桶都是為幼兒們量身定做的。

白白淨淨的洋娃娃們圍坐在小板凳上觀看瑪姬比手畫腳說故事……。

那一次臨時補缺，我成了幼兒園隨時待命的特別褓母。

一天下午，正是學校放學時間，忽然聽到囂張的警車聲由遠而近，最後停在我家門口。我驚覺有事發生，連忙推門查看究竟，看到瑪姬上了警車隨即呼嘯駛離。

詫異間，發現我家孫子老二茫然地坐在瑪姬家門口臺階上，身上背著書包，右手捧著 pizza……。

我慌張地越過馬路向他跑去。

「怎麼啦？怎麼坐在這裡不回家？警察為什麼把瑪姬帶走？」

老二鎮定地說：「有人搶了我錢包，是瑪姬打電話叫警察來！」

「哇！怎麼會這樣？」

「我沒事啦！奶奶，錢包裡很少錢，沒關係！」

「不是錢多少的問題，你一定嚇壞了，怎麼會搶你的錢包？你還好吧？」

老二是在離家不遠的初級中學就讀，十幾分鐘可以走到，每天都是他自己走路上下學。他在放學回來的路上順便買了一片pizza，付完錢，一手拿pizza，一手抓著錢包就往回家的路上走。當他走到家門口的街角時，忽然從後面跑來三個高中生模樣的大男生搶走他手上的錢包，還推了他一把，剛好瑪姬看到，大聲喝斥，三個不良少年才拔腿就跑，瑪姬立刻打電話報警，警車很快趕來。

瑪姬是目擊者，警察需要她幫忙指認搶匪啊。

真沒想到！光天化日之下，在自家門口發生搶案，而且被搶的是我孫子，他才只有12歲啊！

「奶奶，是我不好，沒有把錢包收進口袋裡。」錢財不露白，總算讓老二學到教訓。

感謝瑪姬的熱心相助！

如果不是她挺身而出，換成別人目睹被搶過程，說不定認為事不關己，寧可袖手旁觀，那就後果不堪設想。而且，姑息養奸，助長不良事件發生，也會擾亂社會治安的。

雖然是幼兒園，他們也有寒暑假。每到假期瑪姬一家人不是回以色列就是到外地旅行。他們出遠門時，就把大門鑰匙交給我，讓我收取信件，給室內植物盆栽澆水，並再三強調「我家就是妳家」！

那年暑假，夫婦倆和兩個讀高中的兒子一起回以色列探親，兩個大兒子都在外州讀大學。我是管家兼守門，受人之託，更要全力以赴，細心謹慎。

每天早晨，先到瑪姬家打開窗子、窗簾，時而給盆栽澆水。傍晚，再去收取信件，關窗戶、放下百葉窗簾（我會留一點縫隙以便觀察屋裡動靜），還不時伸長脖子注意附近有無可疑人車逗留。

有一天，晚飯過後，女兒女婿帶著孫子們到曼哈頓遊車河。

我收拾餐桌，擦洗碗筷，無意間抬頭看到瑪姬家客廳的燈亮著。奇怪，我明明關上燈啊？怎麼會亮著？難道真的「小偷闖空門」！？

頓時，心慌意亂，不知怎麼辦才好。

無意識地抓起電話，又不知該打給誰，腦子裡一片空白。

眼睛盯著對門窗戶。

想起冰箱上面貼著一張紙條，上面寫著不常聯絡的親友電話號碼，瑪姬家的也在裡面。我不由自主撥打了瑪姬家的電話，也好，如果是她的家人回來肯定會接聽的。

可是，萬一⋯⋯萬一是小偷⋯⋯陌生人接聽怎麼辦？我該說什麼？

電話鈴聲催命似的急速響著。

此時，看到窗簾縫隙隱約一個光頭大漢晃動的身影。

果然有人！一定是小偷！

鈴聲繼續響著，對方不敢接電話！可見不是他們家人回來。

我心跳加速，血壓上升。

電話轉成答錄機的聲音⋯⋯。

忽然間，燈光滅了，大門打開，光頭跨出門，轉身用力把門拉上（門拉上自動上鎖）。街燈昏暗，只看出是白人、高個子、灰色圓領衫、卡其短褲、手上拿著大信封快步走下臺階，鑽進停在門口的黑色休旅車，啟動馬達飛馳而去⋯⋯。

我放下電話，心想，一定是電話鈴聲把他嚇跑的。打電話是對的，否則，不知要怎麼翻箱倒櫃，搜刮財物呢。

驚魂甫定，我癱坐沙發上。想著下一步該怎麼辦？要不要到對門檢視一下？

這時候，聽到開門聲，女兒一家逛街回來。

有了救星，總算鬆了一口氣。

我語無倫次，一股腦兒還原剛剛發生的經過。

孫子們聽得目瞪口呆。沒想到，女婿心平氣和地說：「只拿走信封，還關好門才離開，哪有這種小偷！？」

女兒接著說：「是啊！偷信封幹什麼？還從大門走出來！」接著說：「理光頭？該不會是他們大兒子吧？！」

「他們大兒子理光頭沒錯，我見過一次。」女婿說。

我解釋道：「可是，瑪姬沒說他們大兒子會回來啊！不管怎樣，只有拿走信封，應該沒什麼損失！」

「奶奶，妳會抓小偷，可以當 Police 喔！」倒是小孫子對我滿肯定的。

瑪姬旅遊歸來，談笑中我把驚悚過程重述了一遍。他們都笑歪了！

沒錯，是他大兒子醫學院剛畢業，正在等待醫院面談。那一天，特地回來拿走醫院寄來的文件。

「Tere！有妳真好。我家就是妳家！」瑪姬還是那句話。

我們兩家守望相助 30 年，還不清楚怎麼稱呼瑪姬的先生。從他們信件上的姓名看來，十幾個英文字母排列在一起，讀來生硬繞舌。20 多年的鄰居，我還記不住他的尊姓大名。

他身材瘦小，卻精神抖擻，笑臉迎人，言談風趣。每天開著教練車進進出出，可見學習駕駛的人不少。平時工作忙碌，家人團聚、旅遊、休閒、嗜好，樣樣不能缺少。

每年初冬時節，他會消失幾天，再出現時，他會站在車庫前面清理漁獲。當車庫門敞開，裡外燈火通明，穿著厚重避寒冬裝、雨靴、橡膠手套，一個人站在長桌旁，一條電線從車庫裡面延伸出來，在他的腦袋旁邊晃動著。原來是電動刮魚鱗的器具，他俐落地

操作著，切開魚肚、去魚骨。每一條魚清理乾淨，分成小包，真空包裝，存入冷凍庫。

每次垂釣回來，會得意地叫我過去見證他的豐收，同時送兩條清理好的魚給我。為了清理兩大箱魚，必須忍飢受凍，獨自站在室外不停地工作五、六個小時。漁獲清理完畢，車庫前面也沖洗得乾乾淨淨，就連一小片魚鱗也不見蹤影。瑪姬只要負責將魚送進烤箱即可。

有幾次，夜深了，車庫的燈還亮著，一個人還在埋頭刮魚鱗呢。

我不解地問過他，所花費的船資不也可以到市場上買很多魚嗎？

他指著自己腦袋笑道：「瑪姬說我 crazy!（瘋狂）I don't care!（我不在乎!）辛苦賺錢幹什麼？不都是為了花錢嘛！出海一趟船費 400 多美元，還不包括裝備呢！可不能告訴瑪姬喔！」他拿出一大卷透明的粗尼龍線、幾個碗口大小的鉛球、特大號的魚鉤，說道：「這些都是垂釣深海魚專用的裝備，需要好幾百美元呢。」

「這是我的興趣！」停了一會兒，接著道：「當漁船駛離陸地 300 海里以外，眼前汪洋浩瀚，藍天碧海，腦子裡一下子空蕩蕩地什麼都沒有！得失、榮辱一掃而光。人……人不過是大海裡一粒細小的……種子！這是你們中國人說的，妳一定知道我在說什麼。」他笑容燦爛，臉上的皺紋更深了。我想到蘇軾的：「寄蜉蝣於天地，渺滄海之一粟。」

他得意地說：「海釣結交很多志同道合的朋友，有人帶著芥末、醬油上船。釣到鮭魚、鯖魚，馬上清洗切片，沾芥茉醬油吞下肚子裡，哇！味道好極了，這就是享受！」

有一天，我站在車水馬龍的十字路口等待綠燈，對街急駛而來的車上探出人頭，笑著喊道：「Tere！I Love You！」剎時，我剛跨出的右腳差點絆倒前面盛裝的女郎，我連忙道歉！

一部教練車往我身後揚長而去。

「會叫的狗不會咬人的！」瑪姬說過。

光陰似箭，如今，他們的四個兒子有醫生、電腦工程師、理財專家，六個孫子孫女，每週五晚上各自攜家帶眷回到瑪姬家共進晚餐。

社區裡馬路寬廣，行車不多，路中間還有市政府公園局掌管的花圃。春來時，人行道旁的老楓樹領先伸展新綠，水仙、迎春花、薔薇、扶桑、飛燕草適時綻放。馬路兩旁的兩層建築，雖然有點風霜，院子裡依然打理得草綠花香，各盡其趣。

「遠親不如近鄰」，我喜歡這裡的環境，還有我的猶太鄰居！

我在猶太鄰居家中

改寫自《芳鄰》刊登於《文訊雜誌》2023年8月號

唐　簡

作者簡介

　　居紐約，工作之餘碼字，作品曾發表於《山花》、《西湖》、《鴨綠江》、《香港文學》、《文綜》、《青年作家》、《海外文摘》、《臺港文學》、北美《漢新》、《世界日報》等，曾獲《漢新》月刊徵文短篇小說一等獎，以及短篇小說和散文佳作獎等。

山姆走了，去洛杉磯

　　五月底，山姆離開費爾勞恩鎮的時候，下著大雨。

　　他跳進那輛塞上他全部家當的二手別克，逕自往洛杉磯開去，似乎從此，就連電話和短信也無法企及他的每一個途經之地。我的目光撥開層層阻礙，撥開雨霧、樓房、路道和車流，只見他一人一車，不真實地越來越小，終於在某個點，空間曲面在無色、濃稠至極、環湧的巨大渦狀物質牽拉下，出現了一條細微漾動的波痕——毫秒般短促，「撲」的一下吞噬了他，隨即靜止和遁形，再也捕捉不到。

　　就這樣，在新澤西長大，讀完大學，在新澤西工作了五年的山姆去了另一個「空間維度」，時間在他身尾碼了根看不見的游絲。

　　我未去送行。送行是留給親戚和摯友的「專利」，兩者我都不是。我是麗莎的朋友，是山姆故世的父親路易的女朋友麗莎的朋友。蒙麗莎的友情，五年前的夏天——那時路易還在——我赴燒烤晚餐之約，認識了山姆、路易和他的哥哥傑克，有了同他們忘不了的人生交集。

　　在麗莎位於費爾勞恩鎮的老房子，家居簡陋，即使趕開喜歡佔據長沙發一角的雛菊——麗莎的金毛獵犬，客廳僅夠六七個人坐。我走進屋裡，夏日的斜暉透過沙發後的百葉窗射進來，投下一道道條紋狀的陰影。被磨得發亮的老舊的木地板在陰影的縫隙間閃閃發光，空氣中靜靜懸浮著的塵埃的微粒，如同薄薄的瀰散的光霧。山姆盤腿坐在沙發上，低頭含笑，正一下一下，緩緩地摩挲雛菊的脖頸，而雛菊舒坦、親密地倚在他身上，任他撫弄。畫面是溫馨、安寧的，又與世隔離，彷彿兩者已然在瞬間剝離了自身，抵達了某種

中間的時間，和某種中間的世界。

我呆立著，發不出聲。是麗莎過來打破了沉寂，她剛才在後院和廚房忙進忙出，讓我隨便逛，別拘束。

「山姆，這是簡。」她說。

「噢，嗨！」如夢方醒的山姆這時抬起頭來。

他推開雛菊，來到眼前的世界，一邊說妳好嗎。他站起身，從一道道交替的光影中升起，敏捷地繞過茶几走近我，擁抱我，親我的臉頰。

這是一個二十一、二歲，眉毛濃厚眼睛明亮，笑起來紅嘟嘟的嘴唇像小鳥展翅般咧開的大男孩。一個陽光般的大男孩。他眼裡的笑意和著暖意，濃濃的，濃得浸入人的心底，濃得可以融掉冰雪。在他寬闊、結實的胸膛之下，奔流的青春熱力如漫上地表的溫泉，我甚至看得見那股溫熱的友善正冒著一絲絲的熱氣。而他禮節性的親吻也不像麗莎和路易的，弄濕了我的臉。我被思緒擒住，想不起來回親他。

為彌補我的失禮，我主動找話題來談。我說我是麗莎的朋友，我聽麗莎說到過你、你父親和傑克。他說是的，他知道我，麗莎跟他說過我有時會問她《聖經》裡的故事，她來紐約時，會約我見見面。的確，2013年我生病期間，除了求醫靜養，曾委託俄州的一位好友介紹我認識一位紐約或新澤西的熱情、富有同理心的教友，希望瞭解和學習《聖經》，得到一些安慰。麗莎就是好友推薦給我的朋友，給了我不少幫助。

我說這條金毛獵犬看起來可真是條好狗，山姆說這是雛菊，雛菊可是個好姑娘，溫和、忠誠、快樂，幾乎從不吵鬧。接著我問他答，從雛菊的趣事說到了他的求職事宜。比如，喜歡玩衛生紙的雛菊被教育了無數次之後，終於明白了她的行為有失檢點，有一天她把一卷衛生紙扯開三英尺來長，又良心發現地把它亂七八糟捲了

回去。歷史專業畢業的山姆找工作，不厭其煩地發送求職信和簡歷，面試了二、三十次，其中一家窗飾公司完全按利潤提成的收入條款，相對最接近他的壯志和夢想。他渴求經濟獨立，渴求建造他自己的生活，他的眼中，燃燒著殷殷的熱望。這單純的生命的熱望感染了我，我看見了，這是一雙感性與知性的眼睛，這樣的一雙眼睛，清澈見底，於熱望之外，稍縱即逝地映示出一家人的不易與掙扎。他家和麗莎的事，麗莎偶爾跟我提過，此時我聯想起來，想通了前因後果。山姆的父母和麗莎在經濟蕭條中成為眾多受害者的一員，山姆的父母勉強經營八年後失去住房，並離異，麗莎的前夫出走，皆由於家庭經濟危機所致。如今，山姆、路易、傑克投奔拖欠房貸還款的麗莎，風雨共濟。我進而委婉地問他是如何讀完大學的，他簡略地說他很幸運，不必住校，不必在外吃飯，靠打工掙來的錢和獎學金完成了學業。但是，這已經十分的明瞭了。

　　我暗暗感嘆著，麗莎進來說晚餐快好了，讓我們到後院去。

　　後院那棵栗子樹的蔭下，路易在烤最後一批雞肉、牛肉餅和香腸，燒烤陣地煙薰火燎的陣仗和他幹得歡天喜地的勢頭，讓人感到他馬上就要獻身成為一塊燻肉。先前，我停好車，人從後院進去，見過了他、傑克和麗莎的另兩個女性朋友。麗莎剪了短髮，頭頂的幾簇頭髮挑染成了玫紅和紫色。高䠷、初老，近看抬頭紋同髮型一樣醒目的她迎上來，我遞給她我帶去的提拉米蘇，她說謝謝，親我的臉，「啵」、「啵」，一邊一下，我還未從濕漉漉不舒服的感覺中調整過來，又無可逃脫地領受了路易的「啵」、「啵」，因為大塊頭的他在烤爐旁挺著個大肚子手舞足蹈，高高揚起手裡的燒烤鉗大聲嚷嚷著「嗨」、「妳好嗎」，我便及時走到他面前跟他問好。幾年了，我還是沒能適應麗莎的親吻，又無法同她解釋，現在，命運使她和路易這兩個曾經的中學同學結成了一對兒，親切、無辜地對友人唾液留痕。傑克獨坐在院子深處離狗屋不遠的太陽椅上，安

靜地半躺著喝他的冰啤酒，深褐色的小平頭和山姆的相似，眼鏡片下，兩眼有些迷濛。我踱到他身旁同他寒暄，我的急智換來的多是一兩個字簡短的回覆，結果在沉默的尷尬來臨那一刻，雙方不約而同地再次說了句「很高興認識你」，隨即意識到此舉是多麼的不合時宜，又都理解地笑了。麗莎的兩個女友對中國和中國菜懷有濃厚的興趣，因此交談頗為容易，同她們聊了一會兒，我覺得熱，躲進屋裡，看見了山姆。

　　草坪上，餐桌已擺好，鋪著白底藍花的塑膠桌布，塑膠餐具齊備，飲料和啤酒，玉米片和薯片，漢堡包和熱狗麵包，烤好的肉品和幾樣沙拉，以及沙拉醬、莎莎醬、番茄醬、辣醬、芥末醬、橄欖油、鹽和胡椒擺了一桌。我們圍坐一處，浸沐斜陽，聽從食物的召喚，爭先恐後往各自的熱狗麵包裡夾香腸，往漢堡包裡夾牛肉餅、番茄和生菜，裝沙拉，倒飲料，路易的燒烤水準一流，受到每個人的讚許。山姆說每次他爸爸和夥伴們打完棒球，總是喜歡燒烤，燒烤對他簡直就是一件愉悅和放鬆的事，路易樂不可支，大口喝著啤酒，麗莎說是的，湊過身子同他接了個吻，傑克心滿意足地吃他的。鮮活的一家人，努力地活著，這是他們的一片天地。我意識到，我們可以談工作，這是不用避忌的。麗莎被裁掉了幼稚園教師的職位，每天打兩份工。路易剛剛被一家大型百貨公司聘為珠寶部門經理，有望試用期滿後獲得醫保和福利。有輕度閱讀障礙的傑克在當地郵政局庫房做郵包裝卸的工作，只要他表現出色，郵政局將會正式聘用他。他剛才肯定是累了，癱在椅子上享受冰啤酒的清涼。還好，這一家人的精神面貌至少目前看起來尚可。

　　麗莎的善良與堅強是無疑的了，路易只要有棒球什麼都行的精神讓人自嘆弗如，傑克的務實使他具備了足夠的生存能力。而山姆，啟開了我的眼界，讓我靜下心來，認真去看他和他一家於時光的通道中展開的生命活動，作為人，作為他的同類，我無可避免地

受到了觸動，我大可不必讓麗莎或路易留在我臉上的唾液分散我的注意力，局限我的思維。

如此，我對山姆及其家人的記憶少不了夏日、燒烤、草坪和栗子樹，實際上我和他們在此地聚了三回。總是日頭西下，夕陽將栗子樹拉出長長的陰影，幾乎沒有風，總是吃同樣的東西，雛菊在眾人腳邊轉悠，依然悶熱，草坪依然稀稀拉拉，乏力護養，景同人同，去歲如昨，時間滯緩得似乎凝固了——讓人對湧動的暗流毫不知覺，畫面在眼前定格。每次相聚，我都問及他們的工作，希望藉此判斷他們的處境是否有所改善。

第二年，山姆在那家窗飾公司忙著快樂著，月月接受培訓和考核，每天步行十幾英里挨家走訪公司內線提供的潛在客戶，奉上聰明、妥貼、量身定做的豪華窗飾方案和不倦的微笑，把每個合約四分之一的利潤裝進腰包；路易基本上坐穩了經理的位置，業績、棒球、豪飲豪吃三不誤；傑克迎來了告別無聊、揮汗如雨的純體力活，跟著一位即將退休的郵車司機兼郵遞員跑趟趟的好運，正在被郵政局培養成值得信賴和全能的繼任者；麗莎打起了三份工，風車一樣狂轉，企圖在三個男人施以援手的優勢下扭轉局面。我這才明白她積欠的債務有多要命。下一年，除了路易，其他三個一切向好，尤其是山姆。他是他公司銷售部門為數極少的堅持至今的舊人之一，那裡，無畏的新人眼裡帶著美元幣號接踵而來，繼而經不住考驗源源不斷知難而退，「千錘百煉」加上他的好性情、韌勁兒、智商和情商把他在短期內打造成了銷售精英。遺憾的是路易忘不掉酒精的魔力，某次酒氣熏跑了顧客，也搞砸了飯碗，醫保和福利雞飛蛋打。跟著他豪氣干雲地跨進了優步司機的行列，每月花出去的汽油費，以及保養和維修他那輛破車的鈔票幾乎要趕上他掙到手的，在三雙眼睛的監督下，酒是幾乎不喝了，棒球只要得空便會同夥伴們打上一場。

幾年中,我請他們來曼哈頓吃過兩回中餐,尚佳的菜品抵消不了找車位的為難、用筷子的挑戰和滿餐館人聲的嘈雜,當第三回我發出邀請,麗莎問我她可否來張 rain check,「雨票」,改日再約。我十分理解,但也許多一次也改變不了什麼,歸根結柢還是時間的稀釋與前行。

太陽年年照進這家人的院子,山姆的膚色年年加深,每個生命的主體,包括雛菊,長了一歲,又長了一歲。到第四個年頭,山姆當上了經理,坐鎮大辦公室調度指揮,進項不俗。一家子樂樂呵呵,似乎一切欣欣向榮,假如不是路易猝死。是的,路易,從小玩棒球長大的路易,從不忌食樂於「優待」自己的路易,那個我站在他家的廚房,偶然聽他提起右臂時有發麻的感覺,我說這可能是高血壓,得趕緊看醫生,他卻「灑脫」地說他得打他的棒球。這個名正言順以沒有醫保為由拒絕看醫生、朋友或家人的建議一概不聽的路易,也是自欺欺人、自以為是的路易。僅僅在我和他那番簡短的對話兩個月之後,投手和三壘手路易手握棒球,遭到了由高血壓引發的心臟病的猛烈突襲,他只來得及按住胸口說「好痛」,便坍塌在後院的草地上,手裡的棒球滾落到草坪一角。那時我在國內,未及參加他的葬禮。

時間翻出了底牌,死者已矣,「塵歸塵土歸土」,但麗莎無力再同命運抗爭,老房子被銀行收回,傑克變得有些抑鬱。至於山姆,半年後在路易的墓地,我第一次瞧見他痛哭流涕,這個同類,他用了吃奶的力氣來控制他的身體,可是他的嘴唇還是劇烈地發著抖,他的臉憋得比熟番茄還紅,他的眼裡注滿了一家人的悲傷。我們隨後去了鎮中心的棒球場,在那,路易的棒球夥伴們捐資特製了一把刻著他名字的深綠色長椅,市長也來參加了這個紀念儀式,路易去了,棒球精神不滅。早晨的陽光下,山姆含著淚聆聽人們的致辭,接受人們的擁抱,他點頭致謝,一直緘默著,可他臉上的每一

絲陽光都在說，瞧吧，那緘默下的什麼一觸即碎，隨時就會碎了，永留東岸。

麗莎的哀傷較為內斂，是另一個故事。後來我們在電話上聊過幾次，我去看過她兩回。

走之前，山姆請家人去新澤西最南端的開普梅度假，看天青水藍，看雪白細軟的沙灘。也許他們在日落的海濱相對而泣，在清晨的風裡相視而笑，在中間的世界療傷和昇華。

此時，在這個豔陽天，我路過新澤西費爾勞恩鎮，想起了山姆，想起了他的眼睛、笑容，和他的全家。他一路不回頭地奔洛杉磯而去，黑色的別克疾馳如飛，兩旁濺出連綿不斷的如牆似的水簾，像是穿行於水被分開讓以色列人得以通過的紅海，又像是從被分裂為二的時間中穿過。

麥　子

作者簡介

　　本名麥啓凌，祖藉廣東臺山，畢業於中山大學中文系，長期擔任中新社駐美高級記者，已出版著作有長篇小說《懸崖上的愛情》，散文集《大洋觀潮記》，詩集《尋找遠去的夢》等十多種。1994年榮獲華文報導一等獎，由戈爾副總統頒獎。

旅美四十年雜感

要是有人問我，美國與中國最大的不同是什麼？我會說：中國自由太少，美國則自由太多。比方，中國不能批評政府，否則就是「妄議中央」。美國不但可以批評政府，還可以給總統扔雞蛋；又如在中國不能私藏槍枝，在美國卻槍枝泛濫，凶殺層出不窮。去年美國就有 37000 多人死於槍下，每 30 秒鐘一人死亡，為青少年死亡人數之最。但政府卻從未認真禁槍！反對禁槍的人常常祭出 200 多年前的「憲法第二修正案」，認為人民沒有武器就不能保護自己，不能推翻腐敗政權；還拋出一個奇怪的邏輯：「槍是不會自動殺人的」。

近年來美國年年都有百萬非法移民湧入，給美國的治安和經濟造成嚴重影響，但是基於人道主義，政府總是對非法移民給予政治庇護、生活補助、工作照顧，甚至住高級賓館，因而更助長了非法移民的泛濫。

在中國，言論、新聞、出版、都受到嚴格的限制；在美國，人人都可以辦報紙，辦雜誌，當然美國的新聞自由也並不是放任自流，想寫什麼就寫什麼，既不能揭他人的隱私，也不能誹謗中傷他人，否則也要吃官司。我曾寫過一本《名人愛情故事 100》，在中國沒有出版社敢出版，在美國亦然，原因是怕觸犯他人的隱私，怕吃官司。

在中國的時候，常常聽到有人說美國是老人的墳墓，但是美國的現實卻把這種觀念給否定了。在美國，富裕的老人姑且不說，只要是每月收入低於 900 美元貧困線下的老人，政府除了補足 900 美元的最低生活水準以外，還可以接受政府發放的「白卡」。掛號、

看病、取藥、住院完全免費，每月還得到 400 美元左右的「糧食券」和醫療用品補助（OTC）。沒有房子的老人，可以三分之一的收入申請政府樓；生活不能自理的老人，政府還免費派給家庭護理……這究竟是墳墓還是天堂呢？

還有對黑人的看法，我來到美國以後也有很大的改變。

在美國，非裔黑人的人數 4700 多萬，佔總人口的 13.7%（2023年 7 月估計），隨時隨地都會碰上黑人，接觸黑人。迴避是避不了的，於是我便改了態度，首先不要害怕，其次與他們接近，同他們打招呼，交朋友，向他們表示友好。一句「Hi, my friend!」把一些隔閡和誤會消除了，就是這句話我交了一些黑人朋友。有一件事至今仍使我記憶猶新：在一次大風大雪中，我的汽車在高速公路上突然爆了胎，正當我又焦急又無助的時候，一位黑人在我後面突然停下來，從車箱裡取出「千斤頂」，迅速幫我換上備用胎，我十分感動，掏出 50 美元遞給他，他擺了擺手連說幾個「No, no!」，加大油門消失在風雪中……

關於「種族歧視」問題，我來美國前後也有了不同的認知。無可否認美國還存在著種族歧視和種族偏見，但也並非像有些人想像的那麼嚴重，造成種族歧視和族群偏見的原因是複雜的、多方面的。我認為，如果遵紀守法，不管什麼族裔，什麼膚色，機會的大門還是敞開的。在美國，黑人不是也可以當總統、國務卿、國防部長嗎？華人不是也可以當部長州長嗎？因而就產生一個問題，種族歧視和種族偏見的存在，與膚色族裔關係不大，那麼根本問題在哪裡？原因不一而足，比如，疫情的源流問題、政治制度問題、風俗習慣問題、語言隔閡問題等等。有一位從中國農村移民來的大媽，在自己的後花園種瓜種菜，並且像在鄉下一樣把小便作為肥料，瓜菜雖然長得茂盛，卻被鄰居告上法庭，說小便的臭味污染了空氣，影響了健康。這位大媽據理力爭，說在自己的園子種菜不犯法，結

果還是吃了罰單。還有一些人，在地鐵和公車上搶佔座位，大聲喧嘩談笑風生，也是會被別人歧視的。

有人說美國是天堂，也有人說美國是地獄，我則認為美國既不是天堂也不是地獄，而是一個戰場；人人都可以大顯身手的戰場，要不然，為什麼那麼多人──不論窮人富人、當官的人、有名氣的人──總是千方百計，冒死犯難來美國呢？

2023年5月20日

王芳枝

作者簡介

資深媒體人,曾任《中國時報》、《工商時報》、《中時晚報》特派員,公關公司總經理。來美後,擔任康乃爾大學紐約社區營養教育專任講師。

當東方遇見西方，請微笑以對

寒夜合唱國旗歌

初到美國，常常寄信給家鄉親友。那是夏日晌午，太陽已經偏斜，陽光還是明亮。郵局鐵門拉下。樓外院落，兩位正裝人士，肅立分站在國旗座兩側，循旗竿仰看，一面國旗緩緩滑落，正是降旗時分。不見升降國旗已久，自離開家鄉校門。

四周寂靜。我是唯一的觀禮者，向國旗行注目禮。看見在風中飄揚的鮮豔旗幟。思緒飛遠了，飛到當年列隊在操場上的中學生們。卡其色軍訓服。還有，齊耳短髮上的船型帽。右手在右耳邊就位；大拇指輕壓小指，豎直中間三指，恭恭敬敬迎接國旗，隨旭日升起，或伴夕陽歇息。

我還聽見那熟悉的歌聲：山川壯麗，物產豐隆，炎黃世冑，東亞稱雄。毋自暴自棄，毋故步自封。光我民族，促進大同。……

注視紅藍白色星條旗，唱起青天白日滿地紅，那是中華民國國旗歌。可笑吧？是自己嘴裡輕唱，還是幻聽幻覺？

那一晚，在散文大師王鼎鈞府邸，一群文友相聚，笑談在美生活點滴。我把獨自對美國星條旗，唱青天白日滿地紅的事說了。大家都笑了。

鼎公提議：大家來合唱！唱我們的國旗歌。各位都還記得吧？

一呼眾諾，齊開口，大家齊唱。學生唱。文友唱。鼎公指揮，師母打拍。大家唱，唱得開心。

歌聲把我們的青春喚了回來。先賢黃自、戴傳賢若知道他們的

譜曲、作詞的國旗歌,被在北美生活的我們這麼熱烈的歡唱,一定在天上頷首微笑。

意猶未盡。「再唱一遍!」鼎公宏亮的說。大夥兒續唱,想必是樂得唱歌被安可。這一回,唱得帶勁,更高昂。

冬夜,屋外漆黑冷冽,屋內溫馨祥和。

那是難忘的夜晚。思鄉的夜晚。剪不斷的鄉情臍帶。

飲食文化差異大

第一次看到一大臉盆的待煮菜蔬。不,沒有要煮。他們抓著大木杓,攪來拌去,有菠菜、綠色花椰菜、白花菜、紅蘿蔔、大黃瓜、羽衣甘藍、芝麻葉、包心菜⋯⋯把不同色彩、不同口味的食材,不管青紅皂白,全部攪和在一起。

幼時在鄉下,外婆家的豬圈、鴨槽情景。那搶吃、推擠,伴著咀嚼的輕啄低吼,那些食客,牠們就是雜七雜八的、生吞囫圇嚥下。這情景,至今印象鮮活。

沒醃、沒炒、沒蒸,當然不是人吃的。我一廂情願的以為。事實不然。

在這裡,被稱為沙拉。富豪貴族、平民百姓,餐桌上必有的一盤。淋上調料醬汁,口味丕變。酸甜嗆辣,紅橙藍綠,應有盡有。新鮮多汁又美味,賞心悅目又養生。

一個叫做皇冠的連鎖快餐店,生意火紅。客人們點上招牌炸雞腿和雞翅。雙手一抓提,利牙張口,啃了起來。啃咬畢,再舔一舔大拇指、食指,右手舔完,左手再來,抿一抿上下唇,揩揩嘴巴。仰首把整瓶可樂,牛飲似的灌進嘴裡。

小時候,這樣吃,準挨父輩祖輩們訓斥:沒規沒矩。什麼家教啊?

是的，美國人叫做 finger food，就是這樣吃的。

歐巴馬卸任後，常輕鬆一人用餐。有一次，進了街角披薩屋，排隊領了披薩，向服務人員索刀叉。被引為笑談，上了新聞版。訕笑美國總統不諳美國飲食文化。

和我們許多人一樣，歐巴馬來自移民家庭。歐巴馬的父親老巴拉克‧歐巴馬，是非洲肯亞盧歐族人。母親安‧鄧拉姆具英、德、猶太血統的白人。歐巴馬六歲時，隨母在印尼與繼父生活。來美時，曾有一段迷惘、近乎墮落自暴自棄的時期。哪裡會心細體察到源自義大利、風行全美各地的披薩不用刀叉？

如今，我也習慣生菜沙拉。也知道披薩是徒手啃咬，不用刀叉，不用筷子。這叫：入境隨俗。

同時，我教導我的洋人朋友，將煮熟的毛豆莢，冰水鎮涼，保有鮮綠，爽口悅目；入口時把毛豆莢含在嘴邊輕輕一拉，豆仁留嘴裡，豆莢在列齒外。自那時起，他們知道，吃毛豆不必嚼毛豆莢，不是連莢帶豆一起下嚥。經過一番討論，洋人終於明白，四季豆、雪豆、扁豆，在餐桌上，各有角色，而毛豆就是與眾豆不同。這叫：飲食文化交流。相互學習，終於妥協修成正果。

育養兒女順自然

來自臺灣的楊教授，以教授東亞歷史、宣揚中國文化為職志，遊走美國東西兩岸。有一次，他應邀在紐約公共圖書館演講，不勝感慨的嘆道：「兒子要搬離家，離開父母，去與女友同住，沒有結婚欸！唉！」似乎自責，養子如此，誰之過？教育家居然連兒子都約束不了。

這是潮流，也是現實。這裡是美國，不時興古老的中國傳統啦！含飴弄孫，三代同堂，早已過時了。

來自厄瓜多的同事珊卓拉說，女兒與男友同住了三年，她倆正往結婚的路上走。說話時，珊卓拉露出得意、滿足的笑容。老教授楊應該聽聽。或許會釋然了。

　　海地人凱莎玲也是同事。一頭捲曲黑髮，膚色黝黑，如夏日豔陽下的瀝青柏油路面，油亮亮的。她住在中國城。結交了不少華人朋友。自我介紹時，挺胸抬頭，她炫耀的說，祖父是坐船被賣到美洲來的。她的鄰居華人琳達的祖先是來開鐵路的，露西自己從古巴偷渡來的；一切都是最好的安排。她對天底下事，全是正面的看法；有如加勒比海的炎熱陽光，說話又快又急，高八度的機關槍，有時會覺得耳鼓難以消受。但，她是好人，大家的共識。

　　午休時間，她更愛哇啦哇啦，談她得意的女兒阿卡。每年的學校義賣，凱莎玲盡心盡力，為女兒當個推銷能手，捧著糖果盒、巧克力棒、爆米花桶，央求同事認購，不管你喜不喜歡甜食。阿卡要高中畢業時，凱莎玲懇請大家，捐錢贊助寶貝女兒，備齊畢業行頭；包括畢業典禮袍服、頭上的帽飾、腳下的高跟鞋、晚會的舞衣等等。

　　我，見識到了異於家鄉的風俗文化。

　　上個月，凱莎玲再釋出重磅訊息，要辦個 baby shower。咦？不是才畢業嗎？

　　凱莎玲得意洋洋，提高嗓門。「我那乖女兒，給大家一個驚喜，肚子藏了個孩子，再過三個月出生。」我還沒弄懂飛進耳裡的訊息，只聽到她近乎歇斯底里地狂笑。

　　「啊哈！我當祖母。要當祖母了。她是好孩子，給我們家族一個絕佳的禮物。我們全家都開心得不得了。」機關槍又來了。「如果在中國，我一定會放鞭炮，很長很長的鞭炮。可惜，在美國，禁止放鞭炮！」

　　哇噻！未婚生子，還要敲鑼打鼓，昭告天下，大肆慶祝。中國

人，大概不致如此！或許是看我沉默，沒有幫她的宣佈喜訊，錦上添花，她說了一套理論，要我細細聽。

你後院花園的種子發芽了，你開心，是不是？開花了，妳快樂，不是嗎？成熟結果了，妳欣慰，對不對？這就是自然！一樣一樣的來，是生活的節律；一個階段一個階段的走，就是生命的步驟；一代接一代，是生命的輪迴。女兒阿卡就是這樣的實踐。我們必需接受，為她欣喜，為她祝福。

我沉吟。

老子說，人法地；地法天；天法道；道法自然。原來東西方的哲思是相通，方向是相同的。都相信順應自然乃萬物之本。固有本性，才是自然規律。於是，我俯首、敬畏於上蒼的巧安排，這宇宙真神奇啊！

芳草溫情滿人間

住處附近的公共圖書館，與長島鐵路相依。鐵路的另一側，盤踞一個大大的俄羅斯超市，超市的廢物桶，整整一排，站立在鐵道橋下，有如玩具進行曲的衛兵排。

每週五正午 12 點鐘，鐘聲一響。超市工作人員，迫不及待將一箱箱蔬菜水果丟傾入廢物桶內。

猶太人星期六不工作；星期五太陽下山的兩個小時前，閉門打烊，店裡收拾完善。星期日開啟新的一週生活作息。

這個地區是俄羅斯人、東歐人密集地。前陣子，路邊停的車子有掛烏克蘭旗、俄羅斯旗的，還有其他小國的國旗。常見靜謐的住宅區，路人行色匆匆，怕極了不同旗幟，車輛搶位，引發俄烏爭紛。我常在星期五下午，走出圖書館，停駐街角，或閒步小巷弄道，觀察異族文化。收集社區采風，饒富情趣。俄羅斯超市、烏克

蘭餐廳便是觀察亮點。

只要大黑桶被傾倒食物，幾雙快手，立即起動，鎖定目標，麻利抓起，塞進四個帶輪的購物籃內。低頭拖拉離去。沒有狠抓亂搶，沒有爭先恐後。默默拿取自己的需求，安靜的走開。他們用最短的時間，好讓後來者，接替他先前所站的位置，精準獵取戰利品。一個接一個。

好可惜！被丟棄在大桶的菜蔬，都還是好端端的。只是被擠壓變形，或破皮裂肉的果實。這些黃瓜、彩椒、柑橘、大芹、洋蔥、番茄、香梨、蘋果、白桃……都曾經在陽光下，多麼驕傲的成長，也是農人辛苦、珍惜的掌中希望，商人怎忍心丟棄當堆肥了呢？暴殄天物啊！

不！不！不！誤會了。牧師路過，慢條斯理說出他的看法。若是要當垃圾處理的話，會放進黑色的垃圾袋內。再在袋口打結，免得動物來唧來喫。公然擱在敞開的大桶內，任需要的人們去取用，那是有心人哪！一語道破，茅塞頓開。

《聖經・路得記》有一段，敘述拿俄米的兒媳路得，因飢荒到麥田，撿拾麥穗裏腹。富人田主知道了，囑咐僕人，遺落的麥穗不要揀拾，留待有需要的人。於是，路得有了足夠的麥穗，婆媳免於挨餓。

中國人常說，留一口飯給人吃，是美德。十步之內有芳草，人飢己飢同理心。惻隱之心中外同，構成溫情灑人間。

日久他鄉即故鄉

驀然回首，從當初唱不停的思鄉組曲，到驚異於文化差異的鴻溝。而今，終於看見自己，成為北美大大沙拉碗裡的一分子。在這多元文化的國度裡，彼此之間，接納不同口味的生活元素；我們已

經習慣於彼此的生存方式；我們更享用了彼此的慷慨給予，成為生命的滋養。原來我們是健康歡樂的一群，在沙拉盆裡。

於是，我明白，普天之下，文化、習俗、思維方式，沒有對錯，只有不同。

所以，當東方遇見西方，請微笑以對。

12/24/2023

黃天英

作者簡介

原籍廣東，出生於南越，1979年來美。退休於紐約市政府機構。現任紐約華文作家協會會員，紐約詩畫琴棋會會員。愛好文學、詩詞、繪畫、手工藝等。

「讚美」新鄉勝原鄉

窸窣！一片斑斕的楓葉被吹落在肩上，滿地落葉，有些甚至有被車輪輾過的痕跡。時序更換，一年又只剩兩個多月了，深秋的楓葉和楓情，總給予人一股淡淡的愁思，曾經熟悉的一幕幕往事湧上心頭。回想起 40 多年前來紐約時，也在這深秋落葉的季節，當時有一股怔忡不安，人離鄉賤的感覺，揣測著如何從習慣於東方式的家訓、學校的教育、社會的概念（當時還年輕影響並不深），去重新適應，並接受異國的文化、人情和習俗。幸虧紐約是個多元化的國際大都市，能體恤、包容和接納新移民的舊俗，讓新移民自然而然地融入社會，並接受異國的新俗。我慢慢安下心來，正是「此心安處是吾鄉」！美國人其中的一項習俗，最令我傾情的就是「讚美」！

到紐約後，就常常聽到：You are so good（nice、cute、sweet、amazing、terrific）！令我充滿喜悅！讚美是人的一種美德，它不僅是鼓勵、恭維，在恰當的時候更是互相取悅。讚美者心存良善和愛心，輸送正能量；接受者精神愉快、舒緩神經，臉上、眼角和嘴邊都充滿笑意。這種興奮之情，甚至延長一段時間。美國人讚美成風，良有以也！

而我小時候常接受的「東方式讚美」，其實是一種責備，會損傷弱小心靈。猶記得童年在家鄉時，有一天跟母親到一位專賣各式各樣方糖的阿姨家作客，快到她家門口時，已嗅到一股甜甜的甘蔗糖香，那時的方糖，沒有像現在超市場賣的包裝精美，都是放在大籮簍裡，賣時才秤重、打包給顧客，也惹來了一些蒼蠅蟲類到訪。所以她家常備有蒼蠅拍和捕捉蟲類的小網子。在大人們閒聊之

時，阿姨的三個孩子一起捉蒼蠅玩耍，把抓到的蒼蠅拿去炫耀給大人看，博取一番讚揚。看到其他的小夥伴們得到讚美，我也照畫葫蘆，把捉到的一隻蒼蠅拿給母親看，希望她為我驕傲。然而她眯著眼睛笑說：「妳捉到的可能是一隻瞎了眼睛的蒼蠅啊！」當時我的幼小心靈受傷了，懊惱自己好殘忍，蒼蠅已經瞎了眼睛怪可憐，還去捕捉牠。從此以後我失去自信，更有些自卑，覺得樣樣比不上其他小同伴，無法與他們看齊。更何況在那年代，家長們教導自家孩子的那一套，都是強調要學習某嬸嬸、阿姨的優秀兒女的榜樣，卻忽視了自家孩子也有優秀的一面，值得讚美。多年以後我曾問母親這個問題，她的解釋是：因當時不想讓我得意忘形，凡事要學會謙虛低調點。可這使我幼小的心靈籠罩上多年的自卑感！

來美國若干年後，在母親催促的長鞭之下，我結婚並生兒育女了。這時的我已經接受了美式專家的教育：「當人們接受言語稱讚和鼓勵，腦部紋狀體會出現反應。一旦多巴胺系統啟動後，人類會變得更加積極、興奮、想要達到期望，這最適合於學生和康復中的病患者。」由於這啟發，我也對別人多加讚美，尤其是孩子們；這對他們的成長特別管用。

女兒還在上小學時，某天放學回家，帶著一臉委屈和準備受罰的樣子。我正奇怪家中這隻平日吱吱喳喳的小百靈鳥，為何如此反常，女兒遞給我只有 77 分的期考卷簽名。我有點吃驚，近來在學校發生了什麼事情，困擾著孩子而令她無法專心學習？女兒的成績一向很優秀，都是高分或滿分的，一問之下才知道原因：小妮子在考試時，不小心翻漏了兩頁考卷，導致六題沒作答。唯有安慰和讚美她說：「你有六題沒有做，老師給你這個分數已經很不錯了。經過這次教訓，以後可別再犯錯啊！」聽到了讚美和鼓勵，女兒愁容盡散。她怯怯地說：「媽咪，這次還能買 Beanie baby 嗎？」在她那年代，特別風行的豆豆玩具是孩子們的寵物，於是我對她賞罰分

明地說:「這次不行,你要對犯了過錯負責任。這樣吧,下次考試獲得好成績時,讓妳多挑一個,可好?」女兒重展歡顏高興地說:「媽咪,您真好!I love you!」讚美不啻是一種鼓勵和讓人重拾自信心的法寶。

但「讚美」也有被誤解的時候!有一次與幾位朋友茶敘,席間一位平常最愛插嘴滔滔不絕的朋友,異常地安靜無言,大家好奇地問她家裡發生了什麼事。她是一位耿直樂觀、具有愛心的教育工作者。終於,她像竹筒倒豆子一樣,帶著苦水全盤傾出。她在一所小學當助教,專門幫助一些有學習困難的學生,若她的學生們稍有進步時,都會表揚和讚美他們。這一次有一個她調教了兩學年的學生,原先成績總在四五十分之下,今年期考大有進步,不僅及格,還高達七十多分。收到考卷後,她特別誇讚那位學生,並鼓勵再接再厲,下一回再創高標。兩天後她被校長請進辦公室,她以為是表揚她,暗中竊喜,但出乎意料,校長告訴她,接到家長的投訴,她不應該給學生施壓力⋯⋯真是當頭一棒!「讚美」是壓力嗎?但她沒有氣餒,反而從家長的「投訴」中汲取積極的因素,注意到佈置功課不宜過重,要循序漸進等。而「讚美」學生的進步,她仍照做不誤!此後,學生的進步日漸加快,而且更喜歡這位老師,正所謂人心是肉做的。那些投訴過她的家長也慢慢理解她的苦心,明白「讚美」是正能量,也配合她的讚美方式!

人生每個階段都需要讚美來潤飾生活,它是精神上的支柱,鼓勵前進的推動力。不久前,在網上看過一位專家用兩盆花做實驗,以同樣大小的盆子、營養、放的位置和澆水量培育。唯一不同的是,對第一盆花,他每天柔聲細語地讚美鼓勵它,要長高長大。對另一盆卻大聲呼喝,說些貶低的話謾罵它。結果一個月後,受到讚美和鼓勵的那盆花長得枝葉茂盛、花朵嬌美;另一盆受奚落的花則葉黃花乾、萎靡不振。萬物皆有靈性,植物也需要善意對待、讚美

和鼓勵。

就如自己初到美國時，感到英語很難，加上表達能力差，不能很好地與同學和老師溝通，一度感到情緒低落和沮喪。然而同學和老師都鼓勵我：「你是新移民，有這個程度算是很好了。」這令我信心增長，順利完成了大學課程，畢業後毫無障礙地踏入主流社會。

疫情過後，參加了紐約詩畫琴棋會和休閒活動中心的各種學習班，寫詩詞、畫畫、編織工藝品、練歌舞等等。原先是缺乏這方面的基礎，但在老師和朋友的讚美之下，也增強了信心，不斷進步。我也學會回饋地讚美別人，人際關係變得融洽和諧，生活更愉快、有味道。

走筆至此，尚覺意猶未盡，且添小詩一首作結，以寄託餘緒：

讚美一聲休小看，
能教死水起波瀾。
心中增注正能量，
邁步新鄉路更寬。

10/2023於紐約

彭國全

作者簡介

　　1984年移居美國紐約,是海外華文作家筆會會員,有詩作入中國年度詩選本,詩集有《夢晶石》。曾獲中國「華夏盃」全國新詩獎等。

我安居的地方

　　90年代前期，我夫婦想買樓房。初時任由經紀帶去看樓，後來改為選擇好的地區看。在一年多的時間裡看過的樓房已不少了，其中前前後後看上了六間，且請驗樓工程師檢驗過，每次付費250元。曾有一間請兩個工程師反覆驗過，因各種原因以致放棄了。

　　在布魯克林坐經紀的車，有好幾次路過 Bay Parkway 地鐵站的86街一帶。這裡是很繁榮的商業區，名為「賓臣墟」（Bensonhurst），舉眼望去多是白人居民，當中也有一些華人走動。不用經紀介紹，也明白它是個很好的地區。內心暗地裡羨慕起來，但不敢奢望，怕希望越大，失望也越大。經紀免費載客人沿街兜轉，待客人看中樓成交了才取到佣金，未成交的就算白跑，還賠上車油費。聽說曾有經紀久未做成一單交易而餓飯。我很體諒這一職業的難處，有時我在半途請經紀去飲咖啡，或上餐館，或送點禮物——如一盒餅——做為答謝。

　　有一位經紀對我很好，已不知多少次打電話聯繫我去看樓。他告訴我一個難得的機會，有一業主搬家去新州做生意，樓空出後要賣。已有幾個人出過價均不接受，價錢吊高不肯降低。該樓買來只住了五年，仍在按年還銀行貸款利息，眼看為空樓又白付了兩年利息，花去幾萬元，若再拖下去繼續付利息就更吃虧，所以急於把樓脫手，他接受我的出價而成交了。我大喜過望，太開心了！

　　這是一座三層（一樓、二樓和土庫）的獨立磚屋。全樓四面牆壁的大小窗戶31個，透光明亮，通風清爽。二樓有三個睡房，洗手間裝潢漂亮講究，內有兩個洗面槽、一浴缸、一獨立淋浴和一馬桶。入住新居的最初，我每天清早看到一樓飯廳的大吊燈、玻璃鋪

設的長桌與客廳互相映襯,寬敞又舒適,總是如美夢剛醒的那種回味,心裡充滿似幻似真的幸福感。

我萬想不到買得的樓房正好座落在布魯克林最好的街區之一86 街附近。新居帶來許多方便,在門前可望見對面街角的郵箱,這對於常寄信的我太好了。出外走一分鐘向西拐個彎,繼續前行七分鐘可到 86 街 Bay Parkway 地鐵站,當時搭的是 B 和 M 線,它是個大站,即使快車也要停站的。後來改為 D 線地鐵。若從家門出去朝東步行二分鐘,還可搭乘巴士轉 N 線地鐵,或轉另一條 F 線地鐵。我們居住的環境真好,安全又清靜,行夜路不用分心他顧,留意安危。同時,即使在深夜再也聽不到地鐵轟隆的車聲了。

回想 80 年代舉家初抵紐約,租住在二樓,是房東新裝修後第一次出租的,卻頗為簡陋。唯一的窗戶永遠關閉著,因為望出去就是地鐵的天橋,每當地鐵經過,那轟隆、轟隆聲不只驚心,還震耳欲聾,讓人聽不到身旁家人的講話,彼此必須住口,不然就白說了。人的思維時刻都被干擾。這樣的居住實難於忍受,住滿一個月就搬走了。雖然仍租在附近,還聽得到地鐵聲,可比那裡改善多了。

然而,那時地鐵從窗口轟鳴噪音留下的陰影,總是潛伏在意識裡作祟,搗蛋似的分我的心,不知該如何收拾它?火車是金屬製造的,聲音聒耳;琴弦不也是金屬做的?可它的聲音如此悅耳。如果從火車中抽絲般抽出無數大弦小弦,把噪音琢磨成和諧的樂聲,該多好啊。細細想來,尋找超乎現實的詩的意境:火車的合金鋼所包含的鉻、鎢、鐵、銅、銀正是出自大地的喉嚨──礦洞──唱出來的已凝固了的遠古歌聲。火車原來是一列固體的交響樂!它演奏的「音樂」不止美化了人們的心靈和居住的城市,音符舒捲上天連神仙也陶醉了──我終於在靈感的想像空間把桀驁不羈的火車噪音馴化在詩作〈火車的童話〉裡。

賓臣墟真是一個繁榮又方便的住家區。本區西端邊緣的86街，在我們新居入伙時，只有一間中餐館和一個小型華人超市，經20多年的變化，可謂日新月異，突飛猛進。現在這條街和南端的Bay Parkway，以及橫跨中心的18大道，華人商機興隆，從超市、中餐館、烘焙坊，到服飾店、藥房、傢俬店、陶瓷五金行，應有盡有。這一區內華人商店這麼多，生意能適合市場的供求，主要因為這裡的華人移民增長迅速，已達四萬之眾，成為紐約新興的第四個唐人街，連華裔耆老常光顧的老人中心也有不下十個。

　　沿著Bay Parkway向西走20分鐘就是大海，可憑欄觀賞煙波浩渺的大西洋，也可垂釣。反方向朝東去是Bensonhurst公園，裡面除了有孩子愛去的遊樂場外，也是慢跑健走的好地方；早上總有許多民眾環繞外圍寬闊的水泥路晨運。園內有籃球架讓年輕人打球射籃。兩個壁球場常聚集了十幾歲的孩子練球。更有一個大如足球場的空地給人活動。參加活動的民眾以華人居多，有成群結隊擺開陣勢跳舞做操的華人婦女，由一人帶領，大家配合音樂節拍翩翩起舞；一些白人民眾看得動心，也加入了隊伍。打太極拳和耍太極劍的老人也不少，多則二十幾人，少則幾人，星羅棋布在各處耍招練式，引發旁觀者的模仿。更有圍成一圈踢毽子的男女，腳上功夫很了得，踢出一些優美的花招，令人讚賞。

　　公園樹蔭下的長椅坐滿了休閒的人，看報、交談、閒坐之外，最為人稱道的是唱歌和奏樂。有過一群華婦天天早上一起合唱歌曲，從中悟出開嗓練氣是振奮精神、有益身心的活動。更有一班音樂愛好者，除了壞天氣外，每天早上準時來玩樂器，拉二胡、小提琴，彈月琴、三弦，吹簫、薩克司管，有時也換個節目伴奏粵劇演唱，或奏廣東小曲，一曲《彩雲追月》優美的旋律也讓老外陶然閉目傾聽。

　　音樂語言是抽象的，也是最感動人的。有一個樂句常常融入我

們的生活中,成了喜聞樂見的口頭語言,比如為了營造氣氛,吸引別人注意,就衝口而出:

<u>03</u> <u>33</u>　1　　　<u>02</u> <u>22</u>　7
叮　叮叮　噹　　噹　噹噹　噹

也可隨意加多幾個「叮」音,唱時立刻從背後拿出東西示人,帶來一陣突然的驚喜。樂句 <u>03</u> <u>33</u> 1 接續的是 <u>02</u> <u>22</u> 7。它出自貝多芬的《命運交響曲》,<u>03</u> <u>33</u>｜1—｜<u>02</u> <u>22</u>｜7—是整首交響曲的核心樂句,變化著貫穿了四個樂章。貝多芬說它是命運之神的敲門聲。華人的音樂在公園裡悠揚迴盪,其他族裔樂見其成,欣然接受了。如果能融入更多的社區,使人與人之間互相溝通該多好。來自各國的移民,但願通過不同的民族音樂,敲門似的敲開每個人的心扉,彼此以心見誠,和諧相處。

此心安處是吾鄉

親近自然
悅 共 鳴

輯五、

劉　墉

作者簡介

　　國際知名畫家、作家、演講家。一個很認真生活,總希望超越自己的人。曾任美國丹維爾美術館駐館藝術家、紐約聖若望大學專任駐校藝術家、聖文森學院副教授。出版文學藝術著作100餘種,被譯為英、韓、越、泰等國文字。在世界各地舉行畫展30餘次,並在中國大陸捐建希望小學40所。

七里香

　　大約五年前,我去長島逛花店,走過盆栽區,突然心一驚,因為一股熟悉的香味,讓我好像回到童年。是七里香?美國也有七里香?我循香走去,只見一棵好像棒棒糖的樹,下面直直一根樹幹,頂著上面剪成圓球的樹冠。圓球上星星點點地布滿了白花,確實是我童年的玩伴:七里香!

　　小時候很多鄰居用七里香作圍牆,我玩躲貓貓,總蹲在樹牆後面,夏天七里香盛開,晚風一吹,特別香。常常才進家門,媽媽就說:「又去躲貓貓了,也不怕蚊子!」

　　妙的是,我蹲在七里香邊,即使久久不動,也很少被蚊子叮,後來才知道七里香有驅蟲的功效。

　　那天發現七里香,趕緊買回家,沒想到在臺灣平凡無比的小樹,到紐約並不好養。首先,它經不得凍,所以天一涼就得抬進屋內。養在屋裡又會出個問題,是它很愛生介殼蟲,只要走到它旁邊,感覺地板黏黏的就知道了。想必七里香太甜、太好吃,又太營養,介殼蟲吃了之後會不斷朝四處噴蜜。

　　所以每隔一陣,我就得把花拿去沖洗,先將黏黏的花蜜沖掉,再噴殺蟲劑。所幸它很有良心,只要施一點酸性的肥料,接著就會開花,即使是冬天,也能開滿滿一樹。

　　何止七里香啊!怪不得它又叫九里香、千里香、萬里香。我把花放在客廳,臥室隔了好長一段距離,夜裡還能嗅到花香。起先我怕香味太濃會勾起氣喘,後來才發現,七里香非但不薰人,還有安神平喘的功效,加上花曬乾了可以泡茶,紅紅的果子能吃,整株都有妙用。

最記得前年夏天，我把七里香放在前院，看見郵差的車子過來，走出個新來的黝黑膚色的女郵差，東張西望，好像在找我家信箱。我趕緊開門出去，卻沒見到她，等了十幾秒，才見她從七里香後面走出來。

她把郵件交給我，轉身走，到七里香旁邊，突然停住，回頭問我：「你從哪裡弄來這棵樹？我 20 年沒見過這花了！」她的眼神好特殊，又看了七里香一眼，幽幽地像自言自語地說：「我想起小時候在印度，還有我媽媽。」

劉墉畫作《七里幽香》

黎庭月

作者簡介

香港出生成長，從事編輯工作多年，後移民美國，曾當記者、任教大學，現從事翻譯工作。

如紐約的樹

　　初來紐約時，看過一本美國經典小說 *A Tree Grows in Brooklyn*（《布魯克林有棵樹》）的英文原版，感觸良多，故事講一個愛閱讀的窮家女孩如何在逆境中堅強下去，書中提到一棵樹，美國人稱之為「天堂樹」，其實源自中國，在布魯克林很常見，但樹身散發一種強烈異味，中文名與「天堂樹」大相逕庭，叫臭椿。

　　臭椿，氣味是有點嗆鼻，但未至於臭。臭與香，有時很主觀，正如我覺得臭豆腐一點也不臭，有些人卻掩鼻難耐。臭椿因為耐空污，很易種，長得快，當初傳入美國時很受歡迎，售價是一美元一株。但現在，同一種樹，也因為它易種、長得快，反而定性為入侵性強的樹，把其他樹都擠走了，人人得而斬之。

　　樹木真的很無辜，所謂樹挪死，但卻被逼離鄉別井，僥倖死不去，落地生根後又被當地人嫌棄。

　　不單樹如此，人也不遑多讓，每天都有數不盡的人搬來紐約，也有不少人搬離開。剛搬來紐約時，以為跟香港一樣也是一個鋼筋森林，誰知不然。雖是大都會，世界之都，但卻非常綠化，早晨可聽到哀鴿之音，晚上又聞草蟲之鳴，樹木之多，如果將紐約所有的樹排成一列，每樹之間相隔 25 尺，樹隊會綿延 2800 英里，一直排到拉斯維加斯。

　　據統計，到 2020 年為止，紐約市有 520 萬棵樹，覆蓋了全市近兩成半的土地，最多樹的社區頭三位在布魯克林，第四第五卻在曼哈頓的上城，實在教人意外。

　　紐約大部分的樹都在公園，但街道兩旁也是種滿了行道樹的。最常見的行道樹是英桐（London Planetree），有八萬棵，佔了行道

樹的一成半。說「英桐」這名字，華人可能無啥感覺，但一說到法國梧桐，大家就有點親切感了。

以前聽人家提起法國梧桐，總有點浪漫的感覺，還以為是來自法國的樹，其實是一場誤會，只因當年上海法租界的法國人思鄉，從法國引入英桐做行道樹，這樹在中國俗稱「法國梧桐」，但卻跟梧桐樹一點關係也沒有。

有趣的是，法國梧桐並不是源自法國，是英國才對，從英國去了法國的英桐，再移居到中國，反而解了法國人在中國的鄉愁，實在怪哉。難怪香港作家西西也有疑竇，寫下了這樣的童謠：

　　法國梧桐啊／法國梧桐／我想問問你／你的家鄉在哪裡

這也不能怪法國梧桐，「法國梧桐」一名是中國人給它的，它本名明明是叫英桐的。1664 年，英國人將紐約從荷蘭人手上搶過來，名字由「新阿姆斯特丹」搖身一變為「新約克」，就是為了紀念英國的約克公爵，紐約種了這麼多英桐，一點也不為怪。

除了英桐，紐約還有一種行道樹叫美桐（American Planetree），是美國本土的樹，英文俗稱 Sycamore，跟英桐有點親戚關係，數目卻比英桐少很多，外型跟英桐很像，但細心看的話會看到分別。兩種樹的樹皮都會裂開，但美桐裂得有如拼圖，像迷彩衣的綠色圖案。兩種樹都會結果子，但英桐是兩個堅果掛在一起，美桐則是單獨一個。英桐的葉子比美桐輪廓分明，紐約公園與康樂局的標誌就是英桐，不是美桐。

我記名字很差，人家說美桐叫 Sycamore，一轉頭就忘了。美國朋友卻有一妙計，說美桐樹皮裂得像迷彩衣，遠看像樹生病了，英文生病是 sick；Sycamore 的英文發音，開頭就是唸 sick，再加 more，更加、多了的意思，聽起來像是「釋卡摩亞」，生病多了。

這樣形音義一結合，自然好記多了。

紐約的美桐雖少，但有一棵卻特別有名氣。九一一前，世貿中心和華爾街聖約翰堂之間佇立了一棵 70 歲的美桐古樹，雙子塔倒下時，美桐連根拔起，旁邊的教堂卻安然無恙，大家都說是樹保護了教堂。有藝術家為了紀念這棵老樹，造了一個巨型樹根雕像，命名為「三一之根」，放置在教堂旁供人參觀。這棵不幸的美桐，根柢被保存下來，屍身仍放在教堂旁供人憑弔。可惜「三一之根」雕像後來因教堂搬去康州途中不幸損毀，最後更弄至雕塑家跟教堂對簿公堂，一籮是非收場。樹如泉下有知，情何以堪。

還是不要說美桐了。

紐約十大行道樹中，排在榜末的是銀杏樹。

銀杏樹很易辨認，葉子形狀像一把扇，葉紋順著扇型散開，因為銀杏樹形態優美，很多人都喜歡栽種。

不說不知，紐約曼哈頓百分之十的樹都是銀杏樹，出名的成蔭銀杏在西村，與我以前住的地方只隔了一條街。秋天時路過西村這大片銀杏樹蔭，如黃金灑身，是一件賞心悅目的事。不過，以前有植物學教授指出，西村的銀杏樹骨瘦如柴，難以跟中國和日本的古老銀杏樹相比。想不到在銀杏樹界，越老才越好。30 年前，我在北京故宮的珍妃井旁看到一棵銀杏古樹，幾百歲了，見盡歷代皇朝興廢，葉都沒了，樹身佝僂，枝椏如乾枯的手指抓向半空，那奇特的樹姿至今仍深印腦中。

孰美孰醜，本來就很主觀，我覺得紐約的銀杏樹一點也不比北京故宮的老銀杏遜色。

一說銀杏樹，難免不提白果，廣東人叫銀杏做白果，銀杏樹雌雄分株，只有雌樹才會長白果。

一到秋葉落時，紐約街上就有一股莫名的臭味，追尋下，往往發現罪魁禍首是銀杏樹，準確地說，是銀杏雌樹。雌樹結了果，果

子落到地上，臭氣薰天。碰著那天湊巧鼻子堵了，這一切烏煙瘴氣都與我無關了。

熟了的白果掉在地上，氣味很臭。臭的程度如何，可從受害人的形容可見一斑：腐爛了的芝士、壞了的牛奶、嘔吐物、臭樹，令人作嘔的樹⋯⋯

紐約更有人因此而成立了反銀杏小組（Anti-Ginkgo Tolerance Group），人數很少，宗旨是告訴別人銀杏樹奇臭無比，勸大家斬樹。紐約真的無奇不有，幸好也有人對這幫人曉以大義：「這是自然現象。難道你要斬光所有香蕉樹，只因香蕉樹長了太多香蕉嗎？」

銀杏果子雖然臭得要命，但是，翻開腐爛的果皮，裡面的種子是可以吃的，這就是香港人常說的白果了。

所以，白果並不是果，是種子，還未成果，正確地說，白果是不會成果的。以前搞錯的原來不只我一人，很多人都以為白果是果。可能因為吃白果時，要像普通水果一樣先剝去外皮，所以叫它做白「果」吧。白果的外皮是一層殼，掛在樹上時，遠看像一顆顆巨型青葡萄，要剝了殼才能煮來吃。

煮法多種，我第一次吃白果是在粥檔吃白粥，真材實料的粥檔會用白果煮的粥底，再煮成其他粥，粥檔最便宜的粥就是白粥，用白果煮過的較貴，有點清香，吃時還會嚼到一點白果碎。不過，白果含微毒，絕不能像水果一樣生吃，就算煮熟了也不能多吃，至多十顆，適可而止。其實像白果這樣不便宜的食材，想多吃也不行，所以，吃到過量而中毒，機會應該甚微。

老外不吃白果，遍尋食譜，也找不到老外吃銀杏的方法。甚至有老外在網上查詢：到底我的狗吃了俗稱白果的銀杏會不會死？白果是不是開心果？諸如此類的問題，令人看到真有點啼笑皆非。

如何避免白果掉在地上發臭呢？華人就有方法了，就是不待它

掉下來就先摘掉。

　　要摘白果的方法很簡單：派一個小孩子上樹，拚命搖，人搖福薄，樹搖果落，白果隨即灑滿一地，根本不用爬上樹去摘，只要蹲在地上撿拾。撿了回家後再剝殼，清洗乾淨就可拿到唐人街去賣。有些撿白果的人戴上塑料手套，白果掉了一地後，就地正法，在現場除殼，然後才拿回家。十幾年前，街上賣的白果，一包十多顆，幾元美金，甚有鄉鎮風味。這門無本生意都是華人做的，在街上買白果的也是華人。

　　這種撿白果賣白果的方法可謂一舉三得，路上再沒有臭死人的腐爛白果，摘白果的人又可賺點零用錢，愛用白果做菜的人也可買到新鮮的白果。

　　可是，因為白果一次不能多吃，很多時候買一包只能用一半，餘下的等到發霉就扔掉，實在有點浪費，後來就索性少買了。

　　很久沒吃過白果了，中央公園最北的出口，那邊的行人道都種滿銀杏樹，有幾株是雌樹，每次經過，我都會抬頭細看，樹上有沒有沒掉下來的白果呢。

李　曄

作者簡介

　　北京人，中國古典文學碩士，當代文學博士。1997年赴美後居住於紐約長島。在紐約期間曾任長島《郊點雜誌》的中文記者兩年，後在紐約州立石溪大學（Stony Brook University）教授中國語言和文學七年。現為美國南卡州科克大學（Coker University）教授。出書兩種，發表論文三十餘篇，散文四十餘篇，有數篇散文被選入不同的散文集，為紐約華文作家協會會員。

自己的家園

坐在沙發上看書,偶爾抬頭,透過兩扇高大的玻璃門,映入視野的是後院的景象:綠茵茵的草坪,幾株高大的樹木環繞於四周,左側樹下是一片長條形的菜地,院子的右下角是一座原木色的小木屋,一隻小松鼠在墨綠色的鐵籬笆上輕巧地跑著,像走鋼絲的雜技演員一般……。

住在這裡快五年了,當年剛搬入這所長島新居的情景彷彿就在昨日。那時的後院完全是樹木,與現在籬笆後面的樹林是一體的。在這片林中闢出的新住宅區中,我家房子是第二個竣工的。當時除了點綴於這林中的另外兩三座即將建成的房子,真正的鄰居只有一家。居住在新居頗有隱居山林的味道,每天成群的鳥兒不僅聚集在樹梢上,還大模大樣地棲息在我家的屋頂上;前院門廊的木地板下竟然依偎著幾隻小兔子,很享受地待在他們的新巢中。

我曾經非常嚮往過陶淵明式的隱居生活。「採菊東籬下,悠然見南山」,那種融身於大自然的恬淡與閒適,曾經是我高中時的夢想。如今真「隱居」了,卻覺得有些怕怕的。在享受遠離塵囂的寧靜的同時,卻也有幾分缺少依傍的孤單感。偌大的房子,樓下兩個廳的窗戶全部是落地窗,就連朝向後院的大門也是玻璃的。用厚厚的窗簾擋住這些巨大的玻璃門窗,不是為了遮人眼目(似乎前後都沒有人),而是為了自己內心多幾分安全感。二樓主臥室的落地窗被窗簾遮住了,但方形窗上還有一塊直通屋頂的半圓形窗戶,卻一時找不到合適的窗簾。於是夜晚於枕上,睜眼便看見星星、月亮映到那塊半圓形的玻璃上,頗覺浪漫而富有詩意,然而卻難以入眠。恍惚進入夢中,凌晨五點的一抹陽光又溫柔地把你從夢鄉喚

醒⋯⋯。

　　搬進新居沒幾天，外子突然出差了。獨自帶著女兒守著這所新宅，便有些惶惑不安。好在新鄰居夫婦恰好是外子在國內大學的校友，頗覺親近，於是給他們打電話尋求幫助。他們很認真地說：「我們會把棒球棍子放在床頭，有事儘管打電話來⋯⋯」

　　一兩個月後，這條街上有了五戶人家，開始多了些熱鬧的生活氣息。有趣的是五戶人家中四家是中國人，只有一家美國人。而這四家中國人年齡、背景都很相近，大家都是從公寓直接搬入新房，對於新家園都充滿了好奇與熱情。共同的生活理念促使我們組成了「互助組」，決定共建自己的家園。

　　這條林中的新街道從此不再寂寞。四個學理工出身的男士聯手開始了建設新家園的工作。大家從 Home Depot（美國出售建築工具與建築材料的連鎖店）共同買來了各種必備的工具，就按著計劃一步步幹起來。

　　每天晚飯後和週末，在電鋸聲中，只見一棵棵樹木倒下來。「伐木工」們齊心忙完了一家的後院，再幹另一家。幾天以後，除了院子周圍的大樹被有意留下外，原有院中的樹木都變成了樹椿。要把這些樹椿連根去掉，實在是太艱巨的工作。大家商議一下，還是決定請專業人士來幹吧。不料專業人士來估價時說，因為你們砍了樹，使得除根工作變得更難操作，原本用巨型機器抓住大樹便可以連根拔出，現在只能用小機器——粉碎樹根，故而每家要多付 2500 美元除根費。四位男士面面相覷，待來人離去後，不約而同地說：「自己幹！」

　　於是租來了兩臺樹根粉碎機，兩人一組不間斷地輪番幹。記得清理我家樹根是在一個星期六，四人從早上 9 點，一直幹到了晚上 10 點，還在挑燈夜戰。門前的一箱啤酒，變成了一個個空瓶。邊聊天說笑，邊幹活兒，使男人們忘記了時間，女士們送來些吃的，

並不時地提醒「該收工了」，孩子們不時來「搗亂」一下兒，但絲毫減弱不了他們的勞動熱忱。彼此間的愉快合作，忘我的體力付出，竟令他們感受到學生時代參加球賽的愉悅。第二天，緊鄰的那家男主人說，他的右手一時彎不過來了，原因是握粉碎機時用力過大，耗時過長。聽了他的話，大伙兒都不由得善意地笑了起來。

小的樹根被一一粉碎了，大的樹根則要連根挖，有時地面上的一棵小樹墩，挖出來竟有桌面那麼大。樹根清除後，又租來翻地的機器攪斷地裡遍布的荊棘根莖，然後用推土機平地……。

那時，幾乎天天都在看著後院的變化。鐵籬笆牆被插好了，地下噴水系統被裝上了，院前的石磚露臺被鋪上了，後院門下的石階被砌好了……。

幾個男主人在相互交流經驗的同時，又八仙過海，各顯其能。很難想像他們每天下班後，離開高科技的工作場所，脫去西裝、領帶，回到家中就變成了木匠、石匠、園丁……。

另一家美國鄰居驚奇且羨慕地看著他們勞作。美國男人大都動手能力比較強，對美國人來說，買第一所房子時親手修繕乃是常情，這對新鄰居說，這已是他們買的第三所房子，他們很能理解買第一所房子時的喜悅與付出，令他們驚羨的是這幾個中國家庭的彼此協作精神。因是統一規劃，所以我們幾家的鐵籬笆與院門的顏色、樣式全是一致的，煞是整齊好看。

室外的工作大體就緒後，大家又開始了各家的內部建設。新居樓上的臥室有一間是未完成的，叫做 Bonus Room（獎勵屋），意即這個空間是額外給的。建築商說，如果要完成這個房間，要額外添加 9000 美元。我們幾家都不約而同地決定自己幹。在室外建設的成功的鼓舞下，另外三家都再接再勵，自己裝保暖層，上石灰板，鋪地板，油漆，很快就將新屋建成了。只有外子將建造新屋列為長久計劃。他把這個房間稱作他的「大玩具」，以他未泯童心的

想像，加上科學家的嚴謹，在電腦上設計了精細的圖紙。一面牆設計成兩邊是書架，中間是電視機架的格局；另一側不規則的空間，一邊裝修成衣櫥，另一邊製成電腦平臺。設計連極細微處都照顧到了，諸如在牆上鏤出可以放花瓶的方格等等。他很享受精心製作著這個「大玩具」，慢工出細活，從電工布線（兩套電視同軸電纜、家庭影院麥克風電纜、11盞燈等等）到木工裝飾和油漆，竟花了整整三年的業餘時間，才完成了這間別致、多功能的新屋。

外子建新屋的過程中，我有時也隨他去 Home Depot，才知道這裡工具應有盡有，還免費教授如何使用；買建築材料時，商家也免費按顧客的要求剪裁成適當的尺寸。我突然感悟到，並非外子他們特別能幹，而是這裡有太好的條件可以幫助尋常人成為建築人才。

新居的建造花去了很多功夫，而家園的管理也並非簡單，夏天剪草，秋天收樹葉，冬天鏟積雪……特別是頭兩年缺乏管理的經驗，加上動物們仍然把這裡當作牠們的老家不時來侵擾，所以常常有令人沮喪的事發生：頭天剛長出的鮮嫩的百合，第二天已被兔子吃成禿桿兒；樹上剛結了桃子，就被松鼠咬得體無完膚。最要命的是草坪的管理，水澆多了，草會生菌，一塊兒、一塊兒像癩痢頭一樣；水澆少了，又是一片枯黃；肥施多了，又燒焦了一片。我們在失敗中不斷總結經驗，現在終於能做到適當管理了。

今夏長島雨水足，且涼爽，草坪與菜地都是一片喜人的翠綠；加上動物們似乎已懂得這裡不再是它們的家，不再成群光臨，因而花草和蔬菜也都保持得完好。每當我拎著籃子去菜地摘菜，或鄰里間彼此分享初熟的產物時，確實體會到了一個自幼生長於城市的人所未曾體會過的那種發自內心深處的豐收的喜悅。

正對著後院凝神暗思時，外子下班回來了。吃晚飯時，夕陽的餘暉已映染了院中的樹木。透過大玻璃門，看到一隻小兔子從草坪

上跑過，鑽進菜地裡。外子說：「最近院裡又來了一隻小兔子，在石階下面做了個窩。我得想法兒把它弄走。」我說：「就讓牠住在這兒吧。」「吃了菜怎麼辦？」「一隻小兔子也吃不多。」「妳倒挺慷慨的。」外子看著我笑了。這時有三隻藍鳥相互追逐著飛到樹上，外子說：「我想在樹上放個鳥屋，在裡面放些食物和水，這樣會有更多的鳥來。」這回是我看著他笑了。

是啊，因著管理自己的家園，我們變得關心一草一木一花一鳥，變得貼近自然，變得對這個世界充滿了更多的愛意。

原載於《彼岸》（2007年2月）

周興立

作者簡介

　　紐約哥倫比亞大學雙碩士及教育博士,臺灣「校園民歌」詞曲創作先鋒,傳世經典〈盼與寄〉:「我把想你的心,托給飄過的雲;願那讚美的風,帶來喜悅的信。彈起相思的弦,低吟愛的詩篇;願藉心心相連,捎去想你的箋。」膾炙人口。

　　周博士的經歷廣被推崇,包括教育諮詢、亞裔移民、中華文史。歷任紐約富頓大學、紐約市立大學教授,南威中文學校校長、法拉盛市政廳文藝協會亞洲藝術指導兼顧問及紐約立人學苑校長。2022年法拉盛市政廳頒發首位「文化大使」的名銜給他,表彰他推動文化和藝術的貢獻。著有《巨星的代價》、《民歌有情》、《民歌有愛》、《民歌有悅》、《唱歌學華語》、《我會寫一首詩》、個人校園民歌專輯光碟《望》,及製作大提琴協奏光碟 *Merry Cello Christmas* 等等。

蝴蝶夢

> 尋豔復尋香,似閒還似忙。
> 暖煙沈蕙徑,微雨宿花房。
> 晝幌輕隨夢,歌樓誤采妝。
> 王孫深屬意,繡入舞衣裳。
>
> 　　　　　　唐／鄭谷〈趙璘郎中席上賦蝴蝶〉

　　滿城飛花的日子,年年如常的來臨,就在疫情期間,我也迎著春風,安坐在公園長椅,五彩繽紛圍繞著我,多麼舒暢寫意。園中的訪客,當然會有舞姿翩翩的蝴蝶,為四周樹林花草的畫面,增添了許多活力。蝴蝶!就是那麼輕鬆的上下展翅,無懼的賣弄,瞬間帶給我無限的遐思,但是我居然心動了⋯⋯就為牠寫下歌詞、譜了曲:

蝴蝶

你是那晴空裡繽紛的愛憐,
你是那曠野中難忘的迷戀。

你是那生命裡動人的心弦,
你是那記憶中美麗的情牽。

多少的翩翩飛舞在花田,
無數的匆匆降臨在人間。

你是那春夢裡永遠的幻影,
你是那盼望中再度的想念。

　　不是嗎?蝴蝶的魅力是永遠的浪漫,牠不像蜜蜂的忙忙碌碌,而是慵懶的隨心所欲;牠可能也不知道自己的嬌美,總是毫無設防的遨遊花間,隨風而逝。而牠又成了虛幻的推想,所以「莊周」因此「夢蝶」,因而大做文章!牠也是愛戀又無奈,跟隨「梁山伯與祝英台」的緣盡情了,化蝶而去。蝴蝶就是如此的被人格化了,被用在感性深耕的哲學思考,或者放入風花雪月的傳奇唏噓。

　　夢蝴蝶也不見得必學莊周,可以自然而然的讓牠走入夢境,也會帶來意想不到的悲喜。就在那晚春的月夜,我朦朧進入睡鄉,卻看到母親端坐在風和日麗的園中,含著微笑望我,她身上穿著一件粉色對襟的唐衫,領口胸前繡滿了飛舞彩色的小蝴蝶,是如此的美麗雍容,我朝她走去,就在我輕輕喊了一聲「媽媽!」之後,那衣服上成群的蝴蝶剎那被喚醒了,一一的飛離衣面,浮遊在空中,就像天上落下的花瓣,卻又被微風推著往上飄零,盤旋不去;母親忽遠忽近的仍然帶著笑容,我卻泣不成聲;就這樣的不捨,午夜夢迴,坐起檯前,聽到窗外仍有車馬喧囂,我垂淚落筆完成……

媽媽的蝴蝶飛

媽媽的蝴蝶在飛,紛紛伴陪,慢慢地追。
媽媽的叮嚀在飛,頻頻相催,默默沉醉。

那是她衣襟的光輝，繡滿成群的蝴蝶飛。
蝴蝶飛飛～夢中徘徊，
飛進心坎裡淚滴垂。

蝴蝶飛～蝴蝶飛飛，
媽媽的蝴蝶在天上飛。

　　蝴蝶的魅力，也是在牠的柔弱與神祕，看牠的外表，人人都會懷疑，牠是如何面對風雨的刁難？到底牠把自己的憩息藏身何處，否則怎麼抵擋得了外界瘋狂的虎視眈眈？想到自古以來，文人筆下似乎認為蝴蝶也是可以堅強、可以炫耀的，時常把牠和蜜蜂牽扯在一起，還冠了牠「浪蝶」虛名，但是，牠顯然是單薄的，又如何與橫衝直撞的「狂蜂」相提並論？而且⋯⋯蜜蜂有組織有歸巢，還可以成群結黨，針鋒相對，抵禦外侮！蝴蝶呢？牠們的孤獨安棲不定，又各自為政，如何抗拒得了天敵的侵犯，甚至面對自然界的轉移變遷？唉⋯⋯既然我們難以追尋蝴蝶的何去何從，也只好把牠們的淡然生存，當作是循環的宿命吧？！

　　但是，現在我靜坐在紐約哈德遜河濱公園中，迎著香風徐來，鬆懶地欣賞蝴蝶優雅的前行後繼，卻看到蜜蜂大方的伴著紛亂起鬨，如此環視蜂蜂蝶蝶飛繞在花圃草坪，蜜蜂是那麼有野心的擴展勢力，蝴蝶卻不慌不忙的擺弄英姿，我禁不起牠們的情挑，靈感有了牽引，寫下了：

蜂蝶弄

萬紫紅，送香風，滿園開放傳情衷。
落繽紛，弄蝶蜂，滿地飛舞尋芳蹤。

你捧著陽光來，悄悄的把花摘；
　　我挽著細雨來，默默的把花戴。
　　你乘著浮雲來，匆匆的捉迷猜？
　　我順著弱水來，諾諾的真告白。

　　望眼欲穿，葉飄動，狂蜂碌碌的鬧嗡嗡。
　　蜜語甜言，露華濃，浪蝶紛紛的喜嚨嚨。

　「蝴蝶」就是一個美麗的名字，牠沒有楊枝招展的風流，卻有鬼斧神工的服裝設計，我們可以把牠纖弱的雙翅，幻想成片片花翎，當作霓裳羽衣的波動翻雲也不為過？牠們又似乎是彩色的音符，靈活乍現，雖然沒有明白展示輕歌，卻也不甘示弱，迷蹤曼舞，因此我不能免俗也用了「浪蝶」稱讚，但是蝴蝶何嘗不是為了喚醒春天，隨風起「浪」，然後「浪」跡人間呢？

　　蝴蝶為我帶來一首又一首新世紀的蝴蝶歌，我為牠吟唱！卻也感嘆牠的生涯短暫，我擔心牠面對那無情風雨的摧殘，我害怕那強鄰對牠逼視咀食？我更疼惜牠無知脆弱又誘惑招妒的風華？

　　蝴蝶是世間的幻覺，捉摸不定，牠的到來與消逝，就是輪迴的春夢，世世生生……

紐約市Riverdale Park保育區

霏 飛

作者簡介

　　畢業於福建師大。作品散見於北美《僑報》、《世界日報》和《文綜》等。小說和散文收錄多本文集，曾多次獲漢新文學獎。

網紅鴛鴦

　　中央公園是一座大型的都會公園，位於寸土寸金的曼哈頓心臟地帶，佔地 800 多英畝，是紐約市的超級天然氧吧。其環境之優美，不但吸引造訪人數每年達到數千萬之多，也吸引不少候鳥等小動物來此棲息。

　　先生是個攝影愛好者，尤其喜歡飛禽走獸。兩年前，中央公園來了一隻大鵰鴞，攝影愛好者趨之若鶩，樹下每天都有一波又一波飛鳥愛好者高高仰頭盯著樹梢尋找鵰鴞的身影，我還跟先生開玩笑說，只要來到中央公園，頸椎病便可不藥而癒。

　　最近，中央公園來了一隻鴨子中的稀罕品種，引發廣泛關注。牠來自中國，美國人稱之為「Mandarin Duck」，中文的名字則更為優美：「鴛鴦」。自牠落腳於此，其華麗的外觀即登上各大媒體，以風的速度傳播，迅速成為了一名「網紅鴛鴦」。Twitter 上還有人每日直播鴛鴦出沒的時間和地點。

中央公園的網紅鴛鴦。
（阮克強攝影）

先生自然不願錯過這隻來自故國的鴛鴦，迫切要一睹為快。在 Twitter 的提示下，先生終於在第 4 次追尋中找到了這隻鴛鴦。從他眉飛色舞的描述中，我能體會到他心情的歡快和雀躍。

上週日，先生說服了冬天怕冷不愛出門的我，一起來到中央公園，欲跟故國的鴛鴦來個寒冬的約會。

在靠近第 60 街的中央公園池塘裡，有數十隻鴨子在嬉戲暢游。毛色暗淡單一呈灰色的，一般都是母鴨。雄鴨要靠外表來和同類競爭，贏得母鴨，所以雄鴨色彩相對鮮豔些。其中一隻雄鴨顯得尤其不同，先生說那就是傳說中的「網紅雄鴛鴦」。

相比普通的雄鴨，此鴛鴦的毛色更為多彩、鮮豔，脖子以下部位的羽毛猶如孔雀開屏般往周圍有序散開，精彩紛呈。更奇異的是，一般鴨子的一雙翅膀收攏後會平緩的披在背面和雙側，而這隻鴛鴦雙翅的尾端卻是呈 90 度直立在背上，彷彿是兩面船帆，一左一右，威風凜凜。鴛鴦在池中緩緩游著，一副任憑天下風雲變幻，我自悠然俯視眾生的姿態，生出一種君臨天下的風範。

攝影愛好者和別的遊客們隨著鴛鴦的游向不斷變換著位置，人群一會兒往橋上走，一會兒回到湖邊樹下，以盡可能找得最靠近的位置，留住最清晰最美妙的瞬間。

不愛拍照的我，也忍不住咔嚓拍了不少。更多的時候，我喜歡放下相機，靜靜欣賞牠的美妙色彩和身姿。在一池的鴨子中，牠實在太特別了，顯得那麼不真實，乍看更像一隻製作精美的玩具鴛鴦，完美得幾乎失了真。

在我入迷發呆的時候，身旁有話語飄了過來：「噢，近一點，再近一點，拜託，拜託！我可是跨越了 2000 多英里來看你的。」我轉頭一看，是一位白人老者，手提著長鏡頭單反相機，眯著眼睛對著取景框在自言自語，那渴望急切的模樣讓人忍俊不禁。而在他身後，有一個和他樣貌相似的年輕人也拿著相機，一會兒拍鴛鴦，

一會兒退後幾步拍老者對著鴛鴦拍照的畫面。之後才知道這是兩父子，兩人專程坐飛機從美西來到紐約，就為了能和鴛鴦來個近距離的親密接觸。

　　過了一會兒，在我左邊有位年輕女子對她的同伴說：「怎麼這隻鴛鴦看過去有點孤獨呢？別的鴨子偶爾會一對一對的一起遊玩，牠老是獨來獨往，牠還沒適應這裡嗎？牠這麼出色，找個女朋友應該不難，到時生一堆小 baby，哇，那會是混血鴛鴦哦，該多好啊！」其花痴投入的樣子有點像追星的小粉絲，甚是有趣！

　　池裡悠然自得游來游去的 Mandarin Duck，牠應該從沒想過自己居然成了目前最熱的網紅、最美的焦點吧，也沒想到能給熱愛自然的人們帶來了這麼多樂趣，更沒想到牠的鴨生規劃，人類都幫牠做了一番設想了吧。

刊登於2018年12月31日《世界日報》

阮克強

作者簡介

　　華裔詩人,自然生態攝影師,紐約華文作家協會、北美中文作家協會會員。著有詩集《冬天的情緒》和《夜晚的植物》。作品被收入各種選集。詩集《夜晚的植物》獲2016年度臺灣僑聯華文著述佳作獎。攝影作品獲北美《漢新》月刊2016年度攝影比賽總冠軍。

有些時候

1

有些時候,他靜下心來
就聽見流水的聲音
在林深處兀自迴盪

這巨大的虛擬
使他瞬間感覺溫暖

彷彿光在下沉
土地和植物
全都飛了起來

2

秋天是一種情緒
河流不改變
流經的路徑
遠山很遠
從夜深處颳起的風
吹散人群與街市

植物溫柔
落葉是樹的信箋
她對敦厚老實的土地說
見信如晤

土地肥沃，它擁有世間全部的愛情
和死亡

3

走在樹下
偶爾會被落下的橡子砸到
這或許是樹木嘗試與人類交流的
一種方式

秋天了，秋風浩蕩裡
故鄉與草垛越來越遠
沉默的植物依舊沉默
相愛的動物
繼續愛著

4

早春
第一支破土而出的
番紅花
那麼孤單

我恍然間覺得
它是去年春天被凍死的
小松鴉

5

有時候你想
做一隻水禽
羽毛的浮力
足夠讓世事
變得輕巧

6

另外一些時候
在熱烈的頌歌中
你會突然懷念
海的寧靜,和
礁石的緘默

7

我見過初秋的模樣
遠山低矮
浮雲柔軟

晨光裡,那些與世無爭的草

只會為露珠
而彎腰

8

藍松鴉
雪
光禿的木槿樹

這是冬日午後
陽光醉酒般搖晃著
裂開的冰塊彷彿無數枚尖刀
只是它們並不知道
刀鋒切開的真實裡
往往好壞參半

但我是理解這種無奈的
我工作、拍攝或者漫無目的地行走
始終相信,快樂
會拉近人心的距離
悲傷也會

9

樹墩上長出一些蘑菇
宛如早已枯死的樹
不甘於被水土蟲豸蠶食

它伸出靈魂的翼翅
在上升的空氣中
要飛啊飛起來

你們想像一下
一截飛翔的枯樹墩
帶著根系、傷痕
和全部的故鄉

它內心的溝壑
比活著的森林
更加蔥榮與寬闊

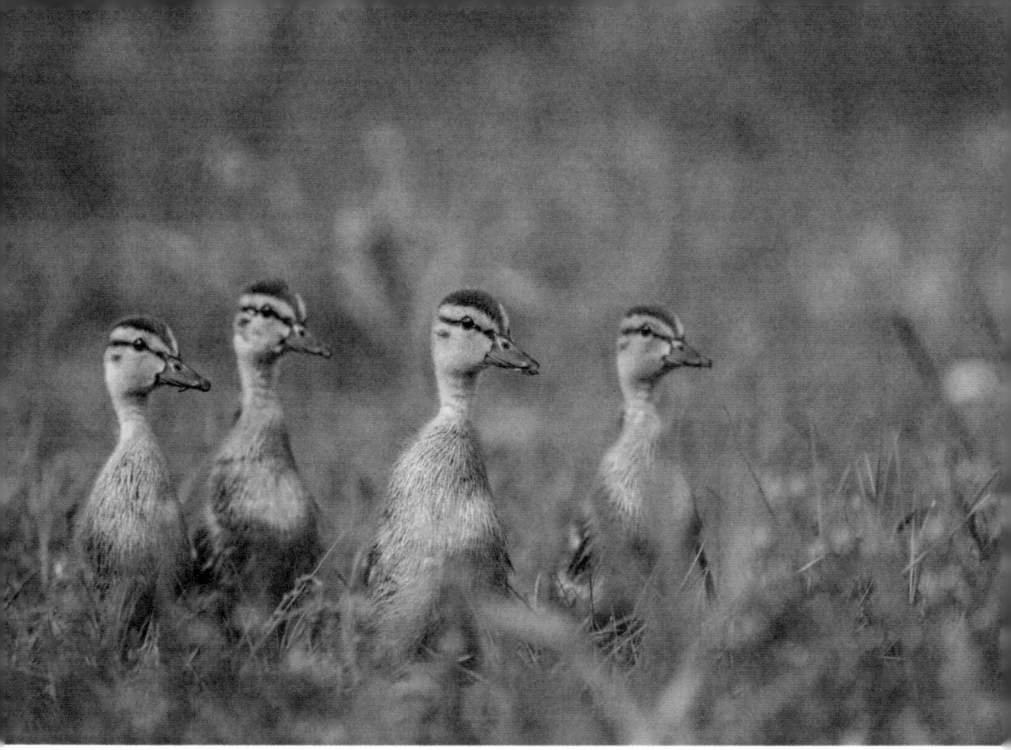

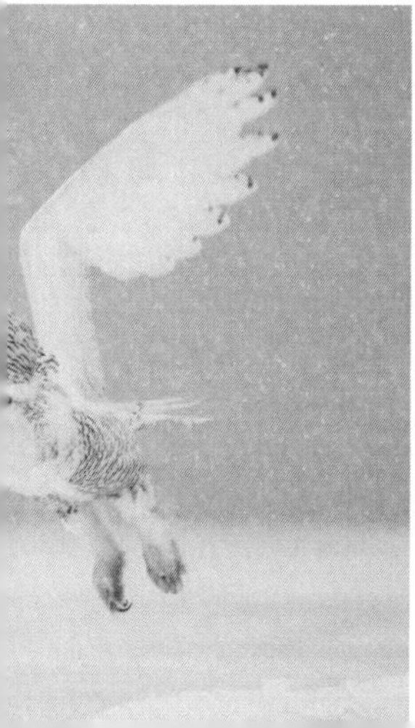

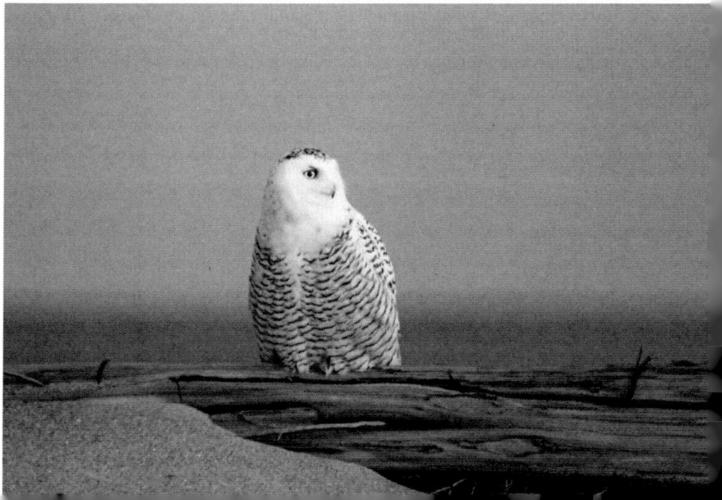

此心安處是吾鄉

紐約故事多傳奇

輯六、

宣樹錚

作者簡介

　　1939年生於蘇州，1956年入北大東方語言學語系，次年轉中文系。1958年被打成右派，留校察看。1962年北大中文系畢業，分配至新疆教中學。1979年調回蘇州，任教於蘇州大學中文系，後任中文系主任。1989年下半年移民美國，定居紐約。同時為《世界日報‧副刊》撰寫散文。2001至2008年任美國《彼岸》雜誌總編輯。2007至2020年為《僑報》「紐約客閒話」撰寫專欄。曾任紐約華文作家協會會長和北美中文作家協會會長。現為美國中文作家協會專家委員會委員、美國北京大學筆會會長、美國旅美華人書法協會會長等，也是知名的文人書法家。

翡翠

　　當年拿到移民簽證，除了可按規定在中國銀行兌換幾千元美金外，餘下的人民幣就「移」不出來了。向朋友打聽什麼地方有黑市換，朋友道，換什麼黑市？何不帶一些東西到那邊脫手，還能賺幾個錢呢！言之有理。但帶什麼呢？莊子《逍遙遊》上說，宋國人販帽子到越國去賣，不料「越人斷髮文身無所用之」。就怕貨不對路。於是多方諮詢，結果眾說紛紜。有人說帶絲巾桌布，有人說景泰藍、紫砂壺，也有人說不如帶珍珠項鍊、雙面繡……。這時候，在美國探親一年歸來的同事徐姐悄悄跟我說：「我勸你帶翡翠，美國華人圈裡的太太們好這玩意兒，容易脫手，帶也方便。」徐姐還告訴我，她去探親時就帶了兩顆翡翠戒面，賺回一張機票。不由人不動心，那就帶翡翠。上哪兒弄翡翠呢？文物商店櫃臺裡擺出不少在賣，但這是人為刀俎我為魚肉，送上去挨「宰」的茬。買這玩意兒離行家不行。就在這當口，兩位朋友同時向我推薦了諸老先生，諸老吃了一輩子古玩文物翡翠寶石飯，都成了精了，如今已退休在家。朋友和諸老是莫逆之交，一牽線，諸老滿口應承，約了時間上門細談。

　　諸老家在市中心的一條逼仄小巷裡，兩輛自行車交馳而過時，行人必須靠邊鵠立。找到門牌號，一扇不起眼的小木門，像衣櫃門，我按了門鈴。從深遠處傳來鈴聲叮咚，接著是閣閣閣，閣閣閣，下樓梯的聲音，閣得人心焦。開門的是一位老太太，眼睛瞇得很吃力。我自報家門，老太太說：

　　「一直在等你呢！」

　　我明知故問了一句：「你是諸師母吧？」

諸師母領我摸上貼牆的小木樓梯。說「摸」，是因為門一關，又沒有窗，暗昏昏如進洞穴，只有樓梯頂上落下一片黯淡的燈光。閣閣閣，上了二樓。諸師母說，二樓女兒女婿住著。閣閣閣，上了三樓，樓梯口亮著一小盞燈泡。房門正對樓梯，諸老站在門口，花白頭髮，中等個兒，清癯矍鑠，玳瑁邊眼鏡後面目光炯炯。進門靠牆一張八仙桌，牆上一幅山水中堂，筆意蒼古，畫兩側的對聯是何紹基的字。諸老和我在八仙桌兩側坐定，諸師母倒了茶就退回去坐到雙人床上。寒暄過後，諸老說：「帶翡翠是好主意，黃金有價玉無價，遇上有眼緣肯出價的就脫手，不合就留在身邊，保值。」諸老提起一年多前就幫蘇大一位出國探親的教授買過翡翠，一問，正是徐姐。我直截了當告訴諸老準備拿出多少錢買翡翠。諸老沈吟道：

「我有數了。這樣吧，我建議你還是買些戒面。如今老貨是很難弄到了，只能買新貨。好在郊區翡翠工廠的人我極熟，我馬上托他們物色，以中高檔次為主，質量你放心，有我，價錢比市面上便宜一半是最起碼的了。一有消息，我就通知你。」

我說一切就仰仗諸老了。大家端起茶杯喝茶，算是說定了。

接下來就閒聊。我請教諸老，「祖母綠」這名稱是怎麼來的。諸老說，祖母綠在元朝叫助木刺，後來叫成祖母綠了。還有個說法，說祖母綠其實是駐馬綠——綠得驚心駭目，馬見了都要停蹄駐足。諸師母插言道，解放前某家太太每次上麻將桌頭上就插一支祖母綠鳳頭簪，照得滿頭烏光鋥亮，賽過上了油，打牌的手氣也旺。諸老朝諸師母擺擺手，搖頭一笑。諸老對蘇州城裡原先那些世家大戶的家傳珍寶心裡一本帳。解放後，這類人家相繼敗落，不少珍品都三錢不值兩錢賣了糊口，諸老上門看貨，幾乎踏遍了各家的門坎。誰家的碧玉提梁壺，誰家的朱砂斑宣德爐，誰家的成化五彩優缽羅花盤，誰家的康熙豇豆紅柳葉瓶……記得清清楚楚。諸老說：

「這些東西見過一面一輩子也忘不掉。」

而這「誰家」都是有名有姓有地兒的。後來諸老又談起偽造出土玉器，如何造黃土鏽，造血沁，造黑斑……。「外行難免上當，」諸老用留起的長長的小指甲輕輕搔著眉毛，「這就靠見多識廣，全憑經驗來鑒定了。」

差不多聊了兩個小時，這才告辭，諸老送到樓梯口，諸師母送我閣閣下樓。

一個星期後，諸老來電話，要我去看貨。跟上次一樣，諸師母領我上樓，入室坐定。諸老使個眼色，諸師母從挨著南窗的一口玻璃櫥裡取出一個朱漆小圓盤放到桌上，諸老揭開蓋在上面的寶藍綢帕，下面一溜八顆翡翠戒面襯著鋪在盤底的白綢帕碧油油放著光。諸老說：

「我是按檔次排放的，一號到八號。這一號二號是上品，三號也是上品，四號到八號，都屬中上，」諸老翹著蘭花指將一號二號撿入我掌心，「看翡翠要自然光，你到窗前仔細看看。」

我托著翡翠小心翼翼挪步到窗前，說實話，這輩子我還從沒有這麼諦視過翡翠。綠得那麼清勻朗潤，又那麼幽邃貞靜，又那麼靈動閃光。這綠可以配黛玉的淒俏，可以配寶釵的端麗，可以配湘雲的憨美。這綠是萬山深處的千尋碧潭，是讓朱自清驚乍的「梅雨潭的綠」，讓人沈迷搖盪，生出遐想，感到不可抗拒的誘惑。我似乎正縱身躍入碧潭，我感到了綠的柔滑，綠的涼意……。

「我仔細看過了，還真挑不出什麼毛病，只是二號的一側有些塌，不過鑲成戒指就看不出了。」諸老的聲音將我從碧潭中喊了上來。回到座位，我將翡翠放回漆盤。諸老指著三號說：

「別看它小一點兒，也沒有一號二號翠，但透，尤其中間的綠，佈得玲瓏嬌俏，有韻有致。這三號就像個討人喜歡的伶俐小姑娘。」

三號比一號二號小了一圈，通體透明淡綠，在這淡綠中散佈著星星深碧，恰似淺淺的一池清水，水中綠萍點點。諸老將每一顆都大致作了評論，然後從口袋裡摸出一張單子，放到桌面上，用長長的小指甲指著上面開列的每一顆的價格，加起來的總數和我準備投入的錢相差無幾。

「放心，物有所值！」諸老目光炯炯地看著我。

三個月後，這八顆翡翠戒面揣在妻口袋裡跟我們一起到了紐約。雖說中老年的東方女性偏愛翡翠，但合適的買主是可遇不可求的。好在我們也不急於求售，既然可以保值，何妨世襲珍藏，什麼時候雅興勃發，就取出來觀賞觀賞，在這碧潭中沐浴鄉愁。但日子一久，興致漸見淡薄，就很少再取出來觀賞了。

大約在到紐約的第四個年頭的春天，才遷入新居，那天望著窗外千樹吐芽，萬綠攢動，心尖微微一顫，竟想起了翡翠。於是找出來，先觀賞一號，左看右看總覺著不對勁，一潭膩綠，原來的神采靈氣哪兒去了？妻看了也有同感，她又舉起對著陽光一照，不由得「啊」一聲，照見了一絲裂紋。再看二號，裂紋沒有，但背面出現了白點，成了柳絮池塘。人老珠黃，莫非翡翠也會在歲月中老去？八顆中間只有三號沒有變，依然是個討人喜歡的小姑娘。我們不甘心，拐了幾個彎問到一位懂行的。行家說，像翡翠這類東西作偽的方法很多，可以注射顏色，可以上油，可以激光處理，科學越來越發展，作偽也越來越專業，一定要儀器才能檢測，光靠眼睛，光憑經驗老到是絕對不行的。不過他估計我們這幾顆翡翠還不是贗品，只是加工過了，日子一久，漸漸露出了廬山真面目。除了苦笑，我們還能怎麼樣？自然也起過念頭，將翡翠帶回國，再去按諸老的門鈴，討個說法。但後來幾次回國都沒有帶，實在怕尷尬──不管是諸老騙了我們，還是諸老被別人騙了，面對翡翠都是尷尬。

不料去年回國，我還是去按了門鈴。這些年，蘇州市區街巷

改造日新月異，偏偏諸老的那條小巷彷彿被遺忘了。那天我走過這條逼仄小巷，兩輛助動車噗噗噗，擦身交馳，我趕緊退避，像壁虎一樣貼到牆上。但我發現自己貼的不是牆，而是一扇小木門，像衣櫃門，這不是諸老家嗎？我至今都不清楚當時怎麼就會伸手去按門鈴的。等聽到隱隱傳出來叮咚鈴聲就後悔起來，趕緊走吧，又覺不妥。門開了，露出一張中年婦女的臉：

「找誰？」

「諸老先生還住這裡嗎？」

「我爸爸啊，故世好幾年了。」

「是嗎？諸師母呢？」

「也走了。請問你是哪一位？」

我告訴她，我是外地回來，路過，順便想看看諸老，向他討教討教，早先諸老幫我物色過翡翠，我也沒有好好謝呢。中年婦女嘆道：

「別提什麼翡翠了。當年蘇大一位老師移居國外托我爸爸買翡翠，爸爸又托了翡翠工場的老朋友幫忙，結果拿來的翡翠是做過手腳的。爸爸沒有看出來。過了兩年才知道，就此氣出了病，老說自己這一輩子白活了，臉丟盡了。」

我道：「這也不算什麼。」

「就是啊，現在假的比真的還真，你能分得清嗎？老人家就是想不開，鬱結在心裡，人越來越瘦，一年以後就走了，肝癌。」

我的心陡地沈重起來，這翡翠怎麼引出了肝癌？如果我不買翡翠，或者不找諸老買翡翠呢？我有些遲疑，不知道該不該告訴對方我就是那個托她父親買翡翠的移居國外的蘇大老師。還是應該說明，我想，然而已經來不及了，諸老的女兒已縮回頭輕輕關上了門。

附：這已是30年前的舊事舊文——那幾粒翡翠還在小袋子裡,小袋子還在小皮夾裡,小皮夾還在小抽屜裡,30年後的今天打開一看,這幾顆翡翠還沉酣在綠色中。鏡子裡,我們夫妻快成白髮翁媼了。

陳漱意

作者簡介

　　海外華文女作協第17屆會長。近期作品包括：短篇小說集《法拉盛的紅玫瑰》（臺北：秀威出版）；散文集《口罩與接吻》（臺北：秀威出版，2023）；和長篇小說《無法超越的浪漫》（臺北：皇冠出版）等。

吃一張罰單

在紐約這樣的大城市開車,大概沒有人從未吃過罰單。我的第一張違規罰單是剛拿到駕照後一個月。那天近午時分,已經過了塞車的時段,我從百老匯大道出來轉彎,準備上西城公路,忽然一輛警車過來把我攔住。「妳剛才在紅燈裡轉彎。」白人警察說。

我看過很多人在確定兩邊沒有來車後安全轉彎,以為沒問題呢。「雖然是紅燈,已經確定安全也不能轉彎嗎?」我一邊打開皮夾一邊問。

「規定是這樣。」警察應。他一眼瞄到我皮夾裡有張「警察之友」的卡片,「咦」一聲,說:「妳有這卡片?」那是我們在新澤西州一個警察朋友送的,他說憑卡片在新澤西州吃罰單的時候多半可以過關,在其他州有時候也能適用。我卻忽然腦筋進水地不想求人,迅速把皮夾一合,寧願領罰單。警察見我勇於被罰,自然樂得完成任務。回家路上我一邊懊惱著,一邊試想:如果把「警察之友」的卡片拿出來會有怎樣的結果?警察會警告我:「以後開車小心!」然後讓我過關嗎?或者照樣給我罰單?如此一路左思右想地回到家裡,還是趕緊把罰款付了,因為恐怕擱置一邊日久忘掉。聽說超過三個月沒有繳納,車子停在外面的時候有可能被警車拖走;就算僥倖沒被拖走,也絕對法網恢恢,市政府不會把你漏掉,一定連本帶利地追查到底。

過幾年,我跟一位住得不遠也是臺灣來的朋友,提起吃第一張罰單的經過。她聽後,傳授我免吃罰單的祕招:第一,絕不開新車。她開的老爺車是他們一個日本房客回國的時候留下來的,除了車型老舊不堪,連車體原本的顏色都很模糊。第二,她有一套哀求

警察的話：「請不要給我罰單！拜託！拜託！我很窮，沒有錢。」警察看看她的車，再看她苦苦哀求的模樣，大都會無奈地對她說：「沒有錢就沒有罰單！好吧！這次放過妳，以後不可以再違規。」

　　據她說這個辦法屢試不爽，我卻認為不容易仿效。因為，我既沒有日本房客留下的老爺車，而平白哀求：「請不要給我罰單！我很窮。」未必能打動秉公辦案的警察。何況為了一張罰單不斷哭訴自己很窮沒有錢，未免令人難堪！沒有幾個人肯那麼卑屈求人吧？雖然一張罰單，確實可以把一天的好心情整個打散。

　　其實後來罰單吃得多了，發現最防不勝防的罰單是超時停車。市政府為了停車位不被霸占，使得人人有機會停車，一般停車時間是一個鐘頭，你想要付錢多停一分鐘都不可能。偶爾超過幾分鐘慌張地趕去，老遠看到車窗上壓一張罰單，那個喪氣，就像壓在車窗上的是一顆倒楣的炸彈。然而也有時候，發現逾時停車半個鐘頭、一個鐘頭，抱著必死的心走到車邊，竟令人難以置信地安然無恙。幾次之後，也就練出處變不驚的態度。人生的事其實多半如此，這裡丟落，那裡撿到，昨天運氣不好，今天運氣好；不會所有的好運被你一人占盡，也不會所有霉運全攤派在你個人頭上。凡事不要太往心裡去，儘量泰然處之便是。

　　好幾年前，紐約市吹起一陣風，憑監視錄影機裡的錄像給罰單，雷厲風行，連周邊的小城也跟上，弄得人人自危。我居住的小城尤其嚴重，幾乎人人都吃到超速罰單，大家一見面就罵那「路上的王八蛋」！我們的鄰居，至少有半數以上是超過60歲的高齡長者，那陣子，警察局裡老是擠滿了等候付罰單和記過的老先生和老太太，這些人開車都不顧死活地闖紅燈或超速？後來幾經抗議，錄影機終於一個一個取消了，總算出門不用再戰戰兢兢，又可以平常心開車。

　　開車吃罰單，雖說警察公事公辦，遇到不良警察拿著雞毛當

令箭也時有所聞。一位鄰居在高速公路出入口等待上公路，忽就上來一個警察開給他一張罰單，因為他的車輪壓到雙黃線。還好雙方都是白人，否則一定被當作種族歧視。我自己也遇過一個惡劣的警察，在百老匯大道的橫巷裡，路上正在修下水道，家家戶戶都沒水，我開車出去買來二十四瓶一箱的瓶裝水，大樓前沒地方停車，只好暫停在救火栓的前面。見一個警察正在寫罰單，我抱著好重的水趕過去告訴他：「我的車停在救火栓前面，我現在把水送到屋裡，馬上出來把車開走。」說完轉身朝大樓走去，聽警察在背後說：「我也很渴。」天氣是熱啊，我繼續笨重地朝前走。「嗨！我說我很渴！」警察大聲喊。

我這才恍然大悟地停下腳回頭，「沒問題，我給你一些水。請你拿兩瓶去吧。」我朝他邁前幾步。「我現在忙，我的車在那邊，妳放到我車裡。」年輕的警察應。

「好，我送兩瓶過去。」我忍住氣回答。把水抱到大樓門口放下，抽出兩瓶到警車旁邊，見車裡坐一位漂亮的西語裔女警，她稚嫩地衝著我笑。我總算明白是被那位警員利用了一下，讓他在年輕女子面前炫耀他的權力，給他長臉，而我自己則活生生為一張罰單折腰。

不過，警察也有多種多樣。有一次在我們隔壁小城李堡的停車場，那天週末有點擁擠，我的車子卡在那裡等待轉彎，一個看來70好幾的白人老先生一路罵罵咧咧地走過來，拍著我的車頭不住口地罵。聽不出他到底罵什麼，顯然只是宣洩情緒。一個20出頭的白人警察聞聲過來，老人忽然大喊：「她撞到我！她剛才撞到我！」更加用力拍打我的車頭。我暗想這下麻煩了！怎麼說得清啊？警察這時大聲吆喝：「她沒有撞到你！我看到她沒有撞到你！只看到你不停打她的車子！」攔住那個幾近瘋癲的老人，一邊朝我看一眼。我回過神來，趕緊趁機離開現場，總算舒一口氣！怎麼想

得到出門會遇見瘋子？如果不幸再加上有種族歧視的警察，我真不知道該怎麼辦。還好社會上有良知的人到底比較多。

2008年，歐巴馬總統剛選上的那一個秋天，11月裡一個週末下午，我和我的先生從紐約上州打完球回家，公路上靜悄悄，前後只有我們一輛車在林蔭間奔馳，忽然一輛警車鳴兩聲警笛不知從哪裡冒出來。

我們停下車，見出來一位黑人大帥哥警察，我感到不妙，荒郊野外這還是頭一次要跟黑人警察過招。他這時彎下腰，面無表情對著車窗內的我們問：「你們從哪裡來？」我直覺他問的多半關於我們的原始出處，卻不懂這關他什麼事。「我們從上州來，剛剛在奧特基爾（Otterkill）打完高爾夫球。」先生淡定地應，很羨慕他總是可以老神在在。

警察頓時露齒笑，深棕色的皮膚襯著雪白整齊的牙齒，他順著先生的意思問：「你的成績如何？」我於是放心地聽他們閒話球技，可以感覺出來雙方有一種心照不宣的好意。因為美國有了第一個黑人總統？因為這個黑人總統有中國人的親戚？總之，他最後告訴我們小心開車別再超速，然後歡喜地道別。那天覺得特別沾了歐巴馬總統的光，好像所有的有色人種都與有榮焉。那個年輕的黑人警察心情實在太好了。

大概四五年前一天傍晚，我又在百老匯那條橫巷違規停車，真是到處找不到停車位啊，我只能坐在車裡等我的先生到大樓裡辦事，他大約半個鐘頭內可以出來。我早就被訓練得很習慣這種司機的工作，只要警察一來立刻把車開走。警察也知道紐約市停車之困難，只要駕駛員識相地立刻離開，沒有聽說警察非要刁難人。我正在駕駛座上發呆，忽然過來一個50開外年紀的白人警察，我馬上發動車子準備走，他卻從車頭過來把我攔住，繞到車邊示意我開窗。我一打開車窗，立刻聽到他問：「為什麼妳一看到我就要離

開？」

　　我打起笑臉回答：「對不起，我違規停車，我現在把車子開走。」

　　「不對，妳為什麼一看到我就要離開？」他居然繼續問同樣的話。我除了立刻把車子開走，還能有什麼選擇嗎？這時見他不肯放我走，大概要給我罰單，我熄掉引擎，試探地慢慢掏皮夾，他真的接過我的證件瞄一眼後捏在手裡，卻沒有要開罰單的意思，繼續追問：「為什麼妳一看到我就要離開？」

　　沒想到會被警察糾纏這麼愚不可及的問題，我苦笑著再次道歉：「對不起，我不知道你想要聽到什麼樣的答案。」

　　「妳只要告訴我：為什麼妳立刻要離開？」他做出一副準備開罰單要公事公辦的樣子。我不想哀求他，勉強繼續打笑臉但開始悶聲不響。天已經暗下來，他不斷重複：「開罰單？不開？開？不開？」我見到我的先生從大樓出來，他到車邊聽了一下，又返回大樓。我知道他在裡面可以看到我，總算放下心，而且，我也感到他參與進來未必更好。可是已經這樣整整僵持了 20 分鐘，真是苦不堪言！警察最後也累了，繼續僵持一陣後終於放棄，他把證件還我，說：「妳看來很順眼，我不想給妳罰單，妳現在回去吧。」

　　我總算獲得大赦，趕緊謝他，在他身後發動引擎。我的先生也出來了。真是車開多了，什麼怪事都能碰到。如果吃不吃罰單只憑被權力那麼大的警察，看順眼或不順眼，那也太痛苦了吧？不知我將來還有多長時間可以開車？至少在未來的十年裡，希望不要再碰到吃罰單的事。

張鴻運

作者簡介

在紐約公共圖書館任職多年,目前出任Stavros Niarchos Foundation Library世界語言部門(World Languages Collection)主管。

大陪審團見聞

2023年6月中旬收到了法院通知，徵召為陪審團員。從7月31日開始到8月25日結束，在大陪審團室內朝九晚五整整待了21天。這是美國公民的義務，對我來說也是人生全新的體驗。過去曾有兩次被徵召的經驗，但都沒有被選為陪審團員。這次可不一樣，這是大陪審團，不是一個案件的小陪審團員，差別容我慢慢道來。

大家都知道美國是個行政、立法、司法三權分立的國家。行政權歸總統，立法權存在於國會兩院，司法權則體現在法院訴訟的系統。重大刑事案件的處理，皆有一定的步驟，並非警察抓人，法院就開庭審判。報紙上，特別是地方小報，有很多犯罪新聞的報導，但對法院正式審理案件前的處置，卻不一定清楚的交代。

在紐約起訴刑事罪犯，有一套嚴謹的程序。警方收集了種種犯罪資料，並經由科學的處理分析後，提交檢查官辦公室，多數由受理的助理檢察官承辦。助理檢察官在立案呈送法院之前，要經過「大陪審團」表決通過，才能提交法院控告罪犯。檢察官對嫌犯提出的控罪，檢察官需要傳喚證人，多數是犯罪當時的受害者、執法警察，及警政單位中的科學化驗部門，如彈道學專家、DNA專家等等在陪審團面前作證。聽證之後，檢察官需要引證法條及所控罪名，交由大陪審團表決。例如檢察官控被告五項罪名，大陪審團需要逐項表決，可能全部通過，可能只同意其中某幾項。檢察官只能在法庭上正式提告大陪審團所通過的罪項。大陪審團表決沒有通過的，則不能在法庭上起訴。

大陪審團制度始於1215年的英格蘭，到如今已有800多年的歷史。美國陪審團制度則源於美國憲法第五修正案。陪審團基本上

有兩種：小陪審團，又稱為審判陪審團（Trial Jury），另一種則是我所參與的「大陪審團」（Grand Jury）。兩者最大的不同在於：小陪審團只審理一個案子，在法庭內聽了兩造申訴之後，決定被告是否有罪。這決定必須是陪審團員 12 人全數同意。同意有罪後，法官將按照法典決定刑期。大陪審團需要決定檢察官辦理的案子是否合理，表決檢察官所控訴的各項罪名，通過後方可立案呈送法庭正式起訴。大陪審團聽取的都是刑事大案，表決時不需要全數通過，23 個陪審團員中只要有 16 人投票，12 人同意即可立案。大陪審團服務期間從兩個星期到幾個月不等，期間需要表決諸多案子。而小陪審團只聽取一個案子兩造律師的辯論，全數表決定案後即解散。

在報到之前，已經填寫並寄出問卷調查，例如是否曾犯重罪等等。報到第一天，在大廳內候召時，先觀看了影片，解釋陪審團的基本概念及運作方式。影片的主講員乃大名鼎鼎的 CBS 新聞節目 60 分鐘的主持人之一 Ms. Leslie Stahl。其言辭清晰，態度委婉認真，不愧為美國電視傳播界的大咖。唱名選出了若干人一組，帶出了大廳，進入大陪審團房間。每個人發一本「大陪審團員手冊」（Grand Juror's Handbook），以便了解大陪審團的運作功能及相關法源。填寫了若干資料後，由管理員警帶隊，徒步到一街之隔的法庭內宣誓就職大陪審團員，由法官監誓。出任陪審團員是每個公民的義務，在莊嚴肅穆的宣誓典禮後，頓時心中感到這是一種榮譽也是一種責任。法官在團員中抽出了一位領袖，稱之為 Foreperson，負責出席聽證者的宣誓工作，包括檢方召喚的證人或嫌疑人。另外還抽出了一位副領袖（Assistant Foreperson），以備領袖缺席時有所替補。在處理聽證案件後，陪審團將表決，由兩位團員志願充當書記（Secretary），負責記錄案號及表決結果。

大陪審團員每天聚集在一個教室大小的房間內等待，此房間

附帶錄像機、大螢幕。前臺的設置一如法庭,上面兩個位子,為 Foreperson 及 Assistant Foreperson。下面的桌子有兩個位子給兩位書記坐。另外還有兩個室內廁所,這就意味著大家除了午飯時間必須整天待在房裡。法院內的警察屬於紐約州警系統,因為只有州才設置有法院,市不設置法院。大陪審團的管理員警,其辦公室就在陪審團室的外面。管理員警接到案件通知後,即進入室內通知大家案件號碼、犯罪人姓名、所控多項不同罪名、證人姓名職位、處理該案的助理檢察官姓名等資料。每個人都發一本筆記本,記取必要資料做為自己投票表決時的參考。這筆記本不得帶出陪審團室。二十天的服務期間有人用了四本筆記簿,其認真的聆案態度令人佩服。

  承辦案件的助理檢察官年齡都很年輕,看上去很少有超過 40 歲的。他們帶著大捆卷宗與法庭速記員(Stenographer)一起進入,速記員的作用在於記錄聽證時任何一方所說的每一句話。助理檢察官在自我介紹後,開始引進其所邀請來的證人,多為罪案發生時的辦案員警、受害人、警方的科技化驗或彈道專家等,視案情而定。有一次比較特殊,邀請了 T-Mobile 地區網絡經理出席答問。聽證時由助理檢察官提問,證人回答。助理檢察官問完話後,陪審團員也可以提問,但不能直接詢問證人,需要先將問題告知助理檢察官,對方認為問題合理後,才向證人提出。有的問題提出後,如果助理檢察官認為與案情無關,即拒絕向證人提問。有一個案子,聽證後陪審團員提出嫌犯以往是否有犯罪記錄,因為此問題與該案件無關,助理檢察官立刻拒絕了該提問。每個案子並非一次聽證後即訴諸表決,有的案子助理檢察官在幾天之內往返兩三次,邀請不同的證人出席,方得訴諸陪審團的表決。我們第一天遇到的第一個案子,五名嫌犯中,陪審團通過了對其中四人的控訴,但對於第五人,助理檢察官一直沒有提出所訴求的罪名,一直到最後一天的下午,該助理檢察官進入了陪審團室,宣告取消了對第五人的立案

控罪。

有一個案子，警察破門而入時，有一對男女正在公寓內的床上，警方搜索公寓後發現有不同的違禁毒品及販售工具，因此控訴二人持毒及販毒。很不尋常地，被告中的女性由律師陪同出席大陪審團的聽證，此人看起來已逾花甲之年，自稱經常看顧孫輩，坦承自己與該被告男性有親密關係，但絕對沒有持毒販毒行為。最後表決時沒有將該女子列為被告。另外有一案子警官作證時表示，紐約市警局在不同的地區設置有槍聲探測儀，它能分辨槍響與鞭炮聲音的差別，並能在槍響後立刻測知其所發生的地區。

20天的大陪審團工作，讓我學習到了許多平常不容易接觸的刑法名詞和警檢用語，也豐富了我的法律知識。23位陪審團員處於一室之中，每人被給予一個數字代號。彼此之間並不討論案情，或詢問他人對案情的意見。直到表決之前，可以有一點時間彼此討論所訴求的罪名是否適當。有一位移民女子從事性服務工作，接獲電話邀約後，講好$150成交。沒想到該男子在辦完事付了錢後，反抓住了女子的頭髮，將其頭部多次撞擊陽臺上的地板，並痛毆她，同時又搶回了付出去的$150。該女子在陪審團前一面痛哭，一面通過翻譯細數當日的情況。大家在表決前，便有人提出，既然是花錢買春，便不能控訴「強姦」罪。但馬上有位仔細聆聽證詞的女陪審團員提出，該男子在搶回了$150擊打女人後，又強脫了女子的褲子「二進宮」。這個部分便是強姦無疑了。結果大家一致投票通過對該男子的強姦控罪。

有些案子，有翻譯人員的參與，翻譯工作做得極好，絲毫沒有拖泥帶水反覆解釋的現象。一位韓裔老人在地鐵上遭受暴力攻擊，出席作證由韓文翻譯員同步翻譯。另有一個案子，辦案警員出示了當日在警局裡問嫌犯的錄影。嫌犯為一華人，其英語程度，可能在他的專業內沒有問題，但回答警員的詢問時，其英語則顯得捉襟見

肘,詞不達意。我以華人的背景大概可以知道他所要表達的意思。嫌犯的口供攸關罪項的決定,大意不得。我認為最好請警方提供翻譯服務,通過翻譯使嫌犯或證人的意思能夠完整地表達出來。另外有兩個案子,嫌疑人帶著律師出席陪審團聽證,這比較少見。

　　大陪審團的所在地跟皇后區區長辦公室為同一棟樓宇,一半為區長辦公室,一半為大陪審團的聚集地。出了大陪審團的大門後,隔一條街便是法院。前所提及大陪審團的宣誓典禮,便是在法院內由法官主持的。據管理的警員告訴我,一共有三個大陪審團同時進行審案工作,其中兩個團每週工作五天,服務 20 天後解散。但有一個團需要服務 40 天,每個星期出席兩天。這位警員回答我名單上一共有 800 多位助理檢察官,我以為是全紐約州一共有 800 多位,但警員強調其所查閱的名單只涵蓋了在皇后區工作的助理檢察官。

　　每天朝九晚五,連續四個星期。在此期間,我們這 23 個人組成的大陪審團員男女人數大致相等,大家相處頗為融洽。有一位黑人男子自己買了樂透彩票,拷貝後每人發一張,意思是如果中獎了大家都有份。陪審團一共需要出席四個星期,該男子可能因為工作的緣故,只能出席兩星期,在他出席的最後一天,買來了甜點咖啡招待大家,作為告別茶會。我們大家也合資買了樂透彩票贈與他,祝他幸運。四週審案期間,不時有人帶來糖果點心與大家分享。最後一天大家合資購買了午餐,烤雞及披薩餅,作為珍重再見的臨別餐敘。23 人中有九位黑人,五位亞裔,而管理員是一位波蘭裔的紐約州警察。大家相處甚為愉快,尤其值得稱道的是這位州警,處事言談甚為得體,值得一記。

　　最後一天結束之前,每個人獲頒一紙感謝狀,載明服務於大陪審團的日期和時間。順便提一下出任陪審團員的酬勞問題。如果陪審團員沒有工作,或工作單位不付給出席陪審團期間的薪水,那麼

法院將支付 $40 的日薪。如果工作單位支付正常薪水，則法院不再支付任何費用。在下能夠入選陪審團員，大概與我的工作單位支付正常薪水有關吧！

《孫子兵法》開宗明義地指出：「兵者，國之大事，死生之地，存亡之道，不可不察也。」以我個人的瞭解，這「兵者」除了戰爭與國防的意思之外，在不同的地方也可以理解為「醫院」、「司法訴訟」等等攸關生命財產的機構。醫院中的醫事名詞與法院中的法條同樣複雜難懂，一般升斗小民沾惹上了，很可能會傾家蕩產。20 天的大陪審團服務，讓我再次瞭解到美國司法制度中對個人權利的尊重與對社會正義的維護，更加深了我對美國文化的認識。

蘇彩菁

作者簡介

　　出生成長於臺灣,紐約是來美的第一站,幸運地在這第一站,安居樂業30多年頭,並且安心地將這第一站的他鄉,快樂地成了吾鄉,並計劃在吾鄉,堅持一站到底。

　　服務於紐約市公立醫院護理工作25年。目前是半退休狀態。扛著相機,四處遊走。用照片記錄大山大海、小花小草、日出日落。用文字記錄所見所聞、人生趣事、感動之事及抒發心情。

緬懷911

911是紐約人永遠的傷痛，但正是展現紐約人歷經悲傷苦難時，努力團結浴火重生強韌的一面。

2001年9月11日，8點46分，遭劫持的美國航空公司11號航班，撞上世貿中心北塔。

9點03分，另一架遭劫持的聯合航空公司175號航班，撞擊世貿中心南塔。

9點59分，南塔倒塌。

10點28分，北塔倒塌。

兩棟摩天大樓相繼倒塌後，強大的震壓造成世貿中心其餘五座建築物亦隨之坍塌，並引發爆炸，熊熊大火燃燒。救援直升機沒法接近，在頂層等待救援的人們，無法忍受高溫，紛紛從大樓跳下身亡。每當憶及在大樓窗臺，黑壓壓一排排如螞蟻般等待救援的人們淒慘畫面，就忍不住淚流滿面。

接著黑煙似海嘯般，捲襲著曼哈頓下城，公司機關學校停擺疏散，遠離災區。地鐵公車停駛，灰頭土臉成千上萬人們湧上街頭，猶如逃亡難民潮，四處尋找回家的路，曼哈頓成了人間地獄。

當時我正服務於紐約布朗士區的市立醫院，醫院立即指示，取消當日門診，醫護人員待命。並徵求志願到最接近現場的市立表維醫院支援。我及許多同事毫不猶豫，接下使命。在焦急不安中等待，期望能派到表維醫院，盡一份心力。但近晚上11時，卻接到解散回家的命令。

當時地鐵已停駛，紐約陷入停擺狀態。有車的同事們主動擔負起送沒車的同事回家的任務。從布朗市區行經三區大橋，遙望對岸

的曼哈頓，只見下城區已陷於燃燒後的濃濃黑煙中，撲鼻焦味陣陣傳來。繁華耀眼紐約地標的雙子星大樓，剎那間竟成一片焦土。人生無常，生命脆弱，經歷了難熬的一天，我和同事相擁而泣。

　　隔日得知不需支援的原因，竟是大部分人都犧牲了。慘劇造成近 3000 人死亡和失蹤，近 400 名消防員及警察殉職。一夕間多少家庭破碎，痛失親人。奮不顧身，英勇消防人員，一批批衝入現場救援的畫面在電視上不斷播放，那卻是他們最後的身影。

　　在世貿大樓二號樓，加州銀行上班的好友潘回憶說，當日早上忽聽一聲巨響，震碎了窗戶玻璃。大家驚呼猜測，不知所措。身經越戰的上司，當機立斷，下令全體員工疏散。潘及同事們剛抵平地，大樓即開始倒塌，殘骸碎物由天而降，熊熊烈火，濃煙籠罩，幸而全部員工脫險，至今潘仍感謝這位上司的機智。

　　在另一家銀行工作的朋友，當日提早進辦公室，處理因產假堆積的公事，不幸葬身火海，留下稚兒，及悲慟的家人。

　　廢墟餘火不斷燃燒數月，世貿大樓原爆點的廢墟稱為歸零地（Ground Zero）。消防人員在惡劣環境下，犧牲自己的健康，用了近一年的時間才得以清理歸零。

　　紐約人心中的狂怒傷痛之火，雖經歲月的流逝而淡化，卻永遠無法歸零。愈挫愈勇的紐約人，在歸零地，建立了 911 博物館。紀念大水池，圍繞水池四周刻有每一位罹難者名字，供人憑弔。

　　貴氣而不失優雅的錐形自由塔從歸零地升起，以 1776 美國建國的年代，作為自由塔的高度，尖頂與自由女神手中火炬相呼應，象徵美國建國精神。

　　以翱翔飛鳥，狀如和平鴿造型的眼窗（Oculus）世界貿易中心車站，象徵鳳凰涅槃。平日吸引世界各地觀光客及紐約人來此。我常在工作壓力大而喘不過氣來時，來此一轉，獨自坐在大廳的休息椅上，看著大鳥翅膀中間，穿入浮動的光影，有飄過的白雲，有附

近大樓的倒影，隨著光線的明暗，不斷地變化。感嘆世事變化無常，不需隨之起舞，把握當下即是。心情好時，也來此一轉，浸浴在人來人往，生氣勃勃的景象中，心中頓時充滿喜悅與希望！

紐約市每年舉辦911致敬之光（Tribute in Light）。致敬之光由88盞探照燈形成為兩列巨大的光束，在911的夜晚照亮紐約市。兩道藍色光束似虛無但又極富意義，它將紐約人連接到最接近天堂的遠方。藉此緬懷逝去的人們，及向犧牲的消防隊員及警察們致敬！

每一年的911我和友人必至紀念廣場憑弔。當晚6點不到，廣場已擠滿了等待的人群。天色漸暗，近8時，象徵屹立不倒的世貿雙子星大樓的二束藍色致敬之光升起，直衝雲霄，哀悼911受難者，及向英勇消防人員及警察致敬。

我繞著紀念水池默哀行走，並且加入悼念人群中。平日看似冷漠的紐約人，此時因為911有了聯繫，彼此相互交流關懷。先遇到手中持著照片的白髮老人，他指著大理石上的名字，告訴我那是他唯一的兒子，靜靜地聽著他訴說傷痛的往事，他持著兒子的照片與我合影，接受了我溫暖的擁抱。

有一對正在獻花的母女引起我的目光，我前往致意，母親提及在懷著女兒時，在雙子星大樓上班的丈夫，失去了音訊。女兒如今已成年她也已再婚。她平靜地對我這陌生人訴說著往事。時光是流動的，傷痛已結痂，日子繼續向前行吧！

回想曾是一片廢墟的歸零地，如今一片繁榮景象。紐約人頑強拚搏精神，是打不倒的。願逝者安息，生者堅強。

原發表於2022年10月《世界日報》副刊，2023年11月部分修改。

悠　然

作者簡介

　　本名陳金蘭，廣東人氏，早年廣州讀書，北京供職，90年代移居康州、紐約，業餘讀書，偶作散文，年初退休，賦閒在家。

車內沒有收音機及其他

車內沒有收音機

某日，與靈君海聊。

靈君是我認識多年的朋友。他的診所遷址曼哈頓中城伊始，除了照應本所的患者外，還應邀到中城一家醫院擔任針灸師和布魯克林一家綜合康復中心兼任針灸醫師。康復中心生意尤為火爆，每日前來施針者逾百，忙得不亦樂乎。

一日清晨，靈君照常提前抵達康復中心，剛進更衣室就聽見祕書小姐伊萬諾娃在高聲嚷嚷，打破了診所應有的肅靜。伊萬諾娃是前蘇俄移民，身材高挑，碧眼金髮，性格率直，走起路來風風火火，長髮飄飄。她酷愛音樂，除了在家裡安了一套價格不菲的音響外，還在汽車裡配置了博士（Bose）揚聲器，那悠揚美妙的歌聲和樂聲，讓她如行雲駕霧，飄至遙遠的故鄉。

靈君趕緊過去看個究竟，只見其他醫師、助理和護士已經圍了一圈，伊萬諾娃鶴立雞群，兩臂在空中誇張地比劃著，情緒激動，急得跳腳。聽著她那急切而略帶口音的英語，終於明白，問題出在祕書小姐的坐騎上。

伊萬諾娃住的公寓樓古香古色，周遭綠蔭環抱，曲徑通幽，是個非常好的居處，美中不足就是這種老式公寓沒有停車庫，她每天把車停在周遭的林蔭道上，相當一段時間下來也相安無事。可是近期，汽車收音機成為小偷們的新寵，一個多月前，她也未能幸免。看到丟失的收音機留下的空洞，自認倒楣，沒多想，就把車開到車

行，花了一大筆錢訂了一臺重新安上了車。可是昨天，收音機又不翼而飛，這讓伊萬諾娃極為惱怒，卻也無奈。她知道，近來汽車收音機失竊率直線攀升，警員們為了那些人命關天的大案忙得團團轉，哪有時間去理會小小的收音機呢。還是她的一位哥兒們做事前瞻，在買車時就要求廠家把收音機省了。這一省，真是省錢省事又省心。伊萬諾娃思前想後，決定寧可暫時放棄一下對故鄉音樂的喜愛，也不想當冤大頭繼續為小偷們埋單了。為了防止小偷們不知情的情況下對該車再有不軌行為，她別出心裁地在一張紙上寫了友善提示，貼在擋風玻璃上。「車內沒有收音機。（There is NO radio in this car.）」她認認真真地把紙貼好，然後倒退幾步，端詳著她那曾經在小學教師書寫比賽獲獎的草書版英文字體，露出滿意的微笑。

讓她萬萬沒想到的是，此舉竟讓小偷蒙羞，覺得智商受到挑戰，人格受到侮辱，他們以實際行動宣示了「士可殺不可辱」的精神氣概。

今晨，是個萬里無雲的好天，伊萬諾娃去開車，高跟鞋蹬得噠噠響。遠遠的，她看見車的擋風玻璃被砸個稀巴爛，重錘擊處，裂紋由密到疏向四處擴散開去，在晨曦中顯得那麼猙獰，那麼慘不忍睹，她那原本輕鬆的心緒一下子又低沉下來。走近一看，玻璃上還多了一張紙，上面用大號黑色嘜頭筆寫著幾個氣勢洶洶的大字，並加上三個驚嘆號：「媽的！為什麼不安一個！！」（Damn it! Why didn't you install it!!）

眾人捧腹大笑。

首載於《大公報》2012

「香氣」十足

傑伊他們從「辣不怕」的湘江來，我提議在下榻酒店附近的一家「怕不辣」川味餐館給大家接風洗塵。傑伊高興，但他說這次我不能做東，因為隨行的款姐阿濤要面子，得給。我樂得發誓：保證白吃，絕不埋單。放下電話，我抑不住想，這位款姐將是怎樣一副芳容？

但見此人中等身材，不苟言笑；身著米色開司米長裙，腳踏米色平底半筒軟靴，肩搭紫紅香奈兒手包，頭留齊腰「清水掛麵」烏髮在後脖頸處用橡皮筋隨意攏成一把；素面朝天，刻意裸飾；餐未盡，帳已了，果然有範兒。後來得知，那素面，是每週近千元打造出來的「精品」，而裸飾，卻是另有一番心思。

阿濤首次來美，旅遊兼採購。飯後，我領眾女士夜遊曼哈頓。五大道、時報廣場、洛克菲勒中心，我說了一路，阿濤始終沒精神，我也覺得沒趣兒，心想她在調時差呢，於是領眾人匆匆往回返。路經六大道希爾頓大酒店，我靈機一動，向前臺小姐要了布魯明戴爾百貨公司的電話，知還未打烊，便匆匆打的撲將過去，直奔香奈兒。

香奈兒就是香奈兒。對著入口的那面牆上，首先吸人眼球的是一幅比真人還大的廣告，青春女模山花爛漫，「香氣」撩人，隨著她充滿活力的腳步和飄向遠方的目光，讓人遐思無限。香奈兒品牌走高端路線，崇尚「實用的華麗」風格，秉持「流行稍縱即逝，風格永存」之理念。在柔和的燈光下，木架上陳列的各式手包琳琅滿目，由繁至簡，中間一圈帶鎖的玻璃櫃櫥，讓人們近距離俯視、欣賞最新款式的精美，每一份精美，似乎都在詮釋著那位遠離塵世的南法國孤兒院女孩淒美而浪漫的人生，以及她以聰穎智慧，鍥而不

捨打造出香奈兒女兒國的動人故事。

置身香奈兒，阿濤興致勃勃，判若兩人。我們一主三僕，我充當翻譯，不停地向那位沉著幹練、不卑不亢、笑容含嗇的中年女售貨員詢價還價，用商店提供的計算機不停地折換貨幣價格和關稅數目。一陣瘋狂後，購得手袋兩款、錢包一個，信用卡已刷爆。

阿濤滿載而歸，「香氣」十足，話也多了起來。她說她身上背的紫紅色手包價值 8000 多美元，是在臺灣買的香奈兒限量版；香奈兒和路易威登同屬「一線品牌」，後者只因名氣超大，贗品巨多，有「假成真來真亦假」之嫌。見她高興，大家建議她去做個髮型，為晚會添彩。可是，她說她從來不去晚會，我愕然。想想也是，對品牌的追求本來就是帶有孤芳自賞、自我滿足因素的一種個人消費行為，與其說是「為悅己者容」，倒不如說是「為己悅容」，何須燈紅酒綠？後來，阿濤陸續購得價值數萬美元的蒂芬妮鑽戒以及高價位的鑲鑽名錶等貴重物品，不一而足。

走前，她把所有的戰利品一一取出，打開包裝，洋洋灑灑地擺了一桌，請大家觀賞。那些奇珍異鑽在燈光折射下閃著金輝，令人眼花繚亂，阿濤自然很是歡喜。

望著這些珍品的精緻與華貴，我突然想到了免稅店大亨查克·費尼，他腕上戴著那款價值五美元的塑膠殼電子錶，以及他在參見英國女王時戴著那副用膠帶固定的讓人跌破眼鏡的破眼鏡。他沒車沒房沒名牌華服，隨身拎著的標誌性的「公文包」是一個超市購物塑膠袋。他餘生的目標是在死之前把全部家產匿名捐畢，迄今已經捐了十幾億美元。要不是因為要轉售生意，人們不會提前知道他的善舉。

我還想到另一位身家數億的友人，每次見他，身上永遠穿著那套已經洗得褪色的有牌無名的夾克衫和牛仔褲。他受命於危難之時，把企業做得風生水起，令人尊敬。他身材矮小體型消瘦，笑

起來還有點羞澀，不知道的人，一準把他當成是「剛跳船的」的貨色。

首載於《大公報》2013

趙汝鐸

作者簡介

筆名冬雪，美籍華人。原為遼寧省作家協會會員、中國詩歌學會會員。現為紐約全球藝術家聯盟文學委員會主席、紐約華文作家協會會員、北美華文作家協會終身會員、海外文軒作家協會終身會員、《紐約文聯網刊》社長、總編、火鳳凰《海外頭條》榮譽顧問。曾出版詩集《雪夢》及電視長篇小說《戰火輕音》等八部專著。散文、詩歌散文曾發表於《詩潮》、《僑報》、《世界日報》等多家海內外華文報刊、雜誌，作品多次獲獎。

四月的紐約

往年四月，人們總是按捺不住萌動的心，在春雨濛濛時節攜一家老小走出家門，吸吮大自然賦予我們的清新空氣，體驗綠色生命綻放的感覺。欣賞滿樹盛開的櫻花和那透著嬰兒臉蛋般粉紅玉蘭，總讓人心曠神怡，流連忘返……。

然而，2020 年 4 月，雖然櫻花、玉蘭依舊盛開，可由於疫情瘋狂侵襲，人們再也無心欣賞她的美麗，她只能適時綻放，孤芳自賞了。在疫情肆虐下的紐約也落下了不眠惆悵……。

這場突如其來疫情，把整個世界攪得天翻地覆，紐約也沒有逃過疫情惡魔的襲擾。皇后區法拉盛居住著包括華人在內的各族裔人群，是皇后區政治、文化、商業、教育中心。疫情前，這條路上行人熙熙攘攘，車水馬龍，尤其以法拉盛圖書館為軸心貫穿南北的緬街，更是一片繁榮景象。如今，大街小巷空空蕩蕩，商家停業避疫，人們都按照政府要求居家止步，避免疫情傳播。偶爾會看到零星行人在街上戴著口罩行走，他們將自己捂得嚴嚴實實，這也許是吸取中國大陸防疫經驗吧。據媒體顯示，紐約感染人數日益劇增，就像冬天裡滾動的雪球，到目前為止感染人數已達到 20 餘萬人，嚴重困擾紐約人正常生活、學習和工作。當我從新聞中看到成千上萬人被新冠病毒奪去生命，還有那些戰鬥在抗疫第一線被感染的醫生、護士，他們就這樣在我們眼前一個一個地離去，我心非常難過。尤其聽到我多年好友紐約知青歌舞團團長王世道老師在疫情中被奪取生命，心情更加悲傷難過。

王老師在 08 奧運會和汶川 5.12 大地震期間，給予我很大幫助，不但將我大型指甲畫作品《迎奧運》義賣後把作品送交北京奧

會主委，還將義賣款項全部捐獻給四川災區。每當想起這件事，特別感激王老師對我的幫助。我們都知道世界上很多事物都是人類無法掌控的，尤其當面對疫情時，才知道生命多麼脆弱。在這不平凡的四月，本應與鮮花有約，與蝴蝶共舞，如今卻聽不到清脆的鳥鳴，也感受不到春風拂面百花香的誘人景色，更無法與友人相約。許多人在無情的疫情中寫下了生命的絕唱。不禁讓我想起唐代詩人李白的《塞下曲》中「笛中聞折柳，春色未成看」的詩句。是呀！這一年的四月雖然翠綠欲滴，粉黛花香，可在我心裡總有一種無奈的沉重感。

　　作為紐約人，此時感到活著就應好好珍惜生命。眼下我們能做的就是為那些被病毒奪取生命的人們默默祈禱，願他們靈魂在天堂得到平安。然而，面對起初的疫情，那些決策者心無良策，加之各族裔之間的文化、教育背景不同，對病毒認知程度又有差距，產生仇視華人的種族歧視現象，不少華裔移民因戴口罩而無故被毆打，造成恐懼，也給紐約社會治安籠罩一層烏雲。

　　宅家的生活，自然讓人產生煩躁不安心理。一日三餐也彷彿在煎熬中度過，生活規律被打破，生物鐘也被搞亂，晚睡晚起似乎變得正常了。我的一位朋友在花旗銀行上班，因疫情需要改為在家裡的電腦上遠距工作，她告訴我現在比去銀行上班還忙，每天要工作到接近半夜，很是辛苦。也有一些其他行業的移民，每天沒有什麼奢求，起床的第一件事就是查看手機裡資訊，白天在家用手機與朋友聯繫，相互問安，用手機來表達那份牽掛，日復一日地在寂寞無聊的生活中打發日子，手機便成為他們形影不離的「情人」了。

　　寂寞和孤獨在這人間煉獄的四月將紐約人們囚困在家。人們無時不在等待拂面春風能早日吹散疫情。可就在上一週得知，我老鄉詩人蟲二老師染上病毒，他雖然不在紐約，但也無時不在牽動我心。我們雖然沒有見過面，但他在「五洲詩軒」詩社擔任代理社

長，對詩社工作非常認真，我們經常在網上交流審稿，對詩作審核從不馬虎，這也是大家信賴他的重要原因之一，詩社的詩友們都期待著他能早日康復。

時序來到四月中旬，紐約疫情逐漸趨於平穩，隔離也初見成效。但我心突然變得有些不安。總覺得離春天還是很遙遠，疫情下的春寒依然環繞在紐約上空，口罩在人們嘴上依舊捂得嚴嚴實實。當我從網上看到許多國家援助紐約，特別是臺灣同胞無償捐獻口罩及防護用品，再次證實中華民族傳統美德，也感到臺灣同胞大愛無疆的心是多麼可貴。我一顆被壓抑的心，終於有了自豪和欣慰。

也是在四月，川普總統突然決定要提前復工，這對防疫工作初見成效的紐約來說，將會帶來什麼樣後果？難道這就是疫情中的美國？這就是資本社會的人性嗎？現在疫情還沒有完全控制，潛在病毒依然存在，如果只為經濟回升，可想而知，人口密集的地鐵交通線一旦開通，勢必造成擁擠，哪裡還可能保持人際間一米距離？多少人將受感染，尤其病毒變異後產生很多無症狀帶原者，他們在人群中自由流動，造成疫情反彈，那將給紐約帶來無法估量的後果。一想到這些，我心總是有一縷抹不去擔憂⋯⋯

紐約的四月，風雲變幻，就在上週剛剛下了一夜狂風暴雨，本應給紐約城沖去嚴冬留下的污垢，卻帶來又一場春寒。為此，我詩性大發，作了一首〈紐約的雨夜〉自由詩：「⋯⋯雨夜煩躁不安的世界／我彷彿看到這個時刻／狂風捲走宅家的困惑／暴雨沖刷侵染的心河⋯⋯」藉以抒發自己宅家感受。清晨，雨過天晴，站在窗前向外望去，一縷和煦的陽光透過百葉窗簾縫隙，照在我溫馨的屋內，讓我感到四月還是春的時節，不論疫情如何擾亂人心，也擋不住對春天的嚮往，也抑制不住賞櫻踏青的盼望。此刻，我們只能用一顆平常心面對疫情。疫情是全人類的公敵，美國又是一個強大的國家，一定有能力戰勝疫情，只要靜心等待，不給疫情當載體，居

家靜守，團結一心，一起度過這個難關。相信烏雲是遮不住太陽，瘟疫一定會在上帝面前受到末日的審判。靜守四月，期盼五月，我們既然活下來了，就要勇敢地追夢，用愛擁抱世界，等待一個自由、祥和、姹紫嫣紅的春天！

2020年4月18日寫於紐約宅

吳麗瓊

作者簡介

　　漢口出生，台北成長，定居紐約。曾在北美《世界日報》報社工作33年，於2009年退休。現在是一名喜好文藝的家庭主婦。

搶／槍

「衣服被人搶走了！哇……！」

兒子一見到我就放聲大哭淚如雨下。他七歲，每週送他去學功夫，學校離我辦公室僅兩條街，他下課走過來找我一起回家。想不到在人來人往的緬街，光天化日之下，被兩個大男孩聯手，抄下外套就飛奔而去。小兒追趕不上，新買的外套就這麼不翼而飛。學功夫的小童當街被搶，多麼諷刺又深刻的教訓！今後如何在亂幫中自保，他從小就深有體會。

*****

孩子的爸在紐約長島餐館工作，身為經理，每晚總是結帳完畢最後離開。一個陰雨秋夜，他鎖好後門正要轉身上車，一件硬物直頂脊背，冷酷命令：「不許動，拿錢來！」他掏出皮夾、鑰匙，另一人去搜他的車，兩人蒙面體形高大，英語口音聽不出地域腔調，一直逼他把錢交出來，回覆：「餐館的收入在保險箱中，可以開門進去拿。」大漢用槍柄敲頭擊胸，不斷逼問但就是不信，也不肯進餐館。

「車裡沒錢！」搜車者大聲回話，蒙面人就命令李先生爬進車子後備箱中趴下，碰的一聲蓋下車門。

李先生習慣把車泊在餐館後門邊，這才回想到，後門燈泡已經被歹人擰滅，一切都在昏暗中發生，從街邊無法看到這裡的狀況。他猛地打了個寒顫，歹人會像電影中那樣朝他開幾槍？抑或把車開去附近海邊沉車滅口？更糟的是，他們拿走了駕照鑰匙循址去家中

打劫，父母妻兒皆老弱，怎能招架？

一切彷彿靜止了，悄無聲息卻令人不寒而慄，任思緒飛轉卻不敢輕舉妄動。

也不知過了多久，覺得四週寂靜無聲，歹人真的走了？他試著從車內輕輕撥開門鎖爬出來。慢慢走到店前大路邊，夜深了，過往的車輛稀疏。在冷風中站定，方覺頭脹胸痛。一輛車竟在他面前停住，搖下窗問：「李先生，這麼晚還沒回家？」原來是家住附近的熟客人，一位猶太裔律師，真的幫了大忙，打電話給餐館老闆，過來接李先生去醫院驗傷治療，並借電話通知家人緊閉門戶注意安全。

隔天社區報載：鄰鎮一家24小時速食店被兩名高大蒙面人搶走三千元⋯⋯。

濃密的頭髮稍減傷痛，頭頂中央腫得老高，髮根瘀血已凝結，未再繼續出血，神智清醒，沒有腦震盪。胸口幾處瘀紫，肋骨未斷。可見歹人只是用槍來威嚇謀財，並不凶殘害命，算是不幸中的大幸。

*****

被樓下沉重又紛亂的腳步聲吵醒，天還未大亮，直覺不對勁，老爸一人住樓下，平日不會有這麼大的動靜，立即搖醒仍在熟睡的先生，「隔壁蓋房子工人來得這麼早嗎？」他含混地回答。急速上樓的腳步聲，緊接著床前冷冷的英語命令：「起來，面對床舖跪下！」一柄槍指著我們，當然必須照做。兒子那邊也有陌生人的聲音，這是啥情況？樓下腳步雜沓，糟了！有持槍團夥闖進我家！

我們不吱聲不躁動，也不曉得跪了多久，「起來啦！人都走了，還跪著幹嘛？」兒子站在我房門口，半開玩笑揶揄我們。

立即下樓看看老爸，他正安穩地躺臥在床。得知他見來人有槍，那人卻以手勢比劃，要老先生「別出聲，睡覺吧！」我家老太爺處變不驚，安然不動。

　　巡視一圈，剛發的薪水昨晚扔在桌上紋風未移，地下室為了次日感恩節聚餐的佈置也完好如初，家中沒有破壞痕跡，他們臨走連大門都隨手帶上關緊，這又是什麼狀況？

　　驚魂甫定立即報警，員警做了記錄卻不能解答我們的疑惑。

　　修好後窗，立刻找保全公司來安裝全屋警鈴，以免後患。家人平安，銀錢無損，僅是虛驚一場，謝天謝地！

*****

　　上世紀 70 年代的紐約華埠治安不佳，黑幫爭地盤不時在東百老匯當街拔槍火拚，我做一名公司職員，每週要去東百老匯辦事，很幸運地沒遇到危險。

　　隨波逐流，不覺時光飛逝，轉眼已經在大紐約區待了近半個世紀。回首來時路，有慶幸有感恩，兜兜轉轉，體會到平安就是福。

巫本添

作者簡介

　　1950 年生於臺灣員林,輔仁大學英文系畢業、紐約大學戲劇藝術碩士和電影電視製作碩士。曾和 Michael Kirby 合寫英文表演劇劇本和電影劇本。合創 SoHo 結構主義者工作室。曾榮獲中華民國兩屆電影金穗獎(〈夢幻與回憶〉、〈劇場情人〉)。著有《剖影》(詩集1975)、《巫本添的各種風貌》(評論／短篇小說／詩／散文1990)、《四面是畫》(詩／散文2015)、《解析經濟大衰退 2008-2009》。譯有《慾望的堅持》。2022 年 3 月由臺北唐山出版社出版四本舊作。5 月也將在臺北出版五本新書:《永遠的謝晉》、《偶遇／荒唐／即興／緬懷》、華文詩集《尚未熄滅》、英文詩集 *Love and Survival*、《書痴的文學劇本》。

覺而後知其夢

2023 年 12 月 16 日星期六下午
在美國紐約長島 Manhasset 的書局
Barnes & Noble 的星巴克 Starbucks

獨自抬頭望著牆上的作家畫像
Wells / Nabokov / Joyce / Parker / Faulkner / Steinbeck / Eliot / Singer / Kafka
要了一杯 Tall Latte 上撒 Cinnamon powder
另加一個點心 Apple Spice Cupcake
這個畫面有詩人Eliot

1969 年 12 月 16 日星期二下午
在臺灣臺北市武昌街騎樓下的
周夢蝶書攤背後
明星咖啡的二樓

轉頭望著妳如夢如幻的眼神
要了兩杯咖啡上撒巧克力粉
另加兩個點心 Apple Turnovers
桌面上文星版的周夢蝶還魂草／
新陸珍本影印的蒲松齡聊齋誌異／
線裝影印的克崇署侯官嚴氏評點莊子／
T.S. Eliot 的原版 434 行的詩 The Waste Land／

這個畫面有詩人 Eliot

昨夜／是的／就在午夜夢迴
得知妳已消逝
妳已倦於以夢幻釀蜜　倦於在鬢邊襟邊簪帶憂愁了

已經來不及再寫一首
妳鍾情的板橋浮洲里
颱風過境後的意象詩
給妳……

後註：「你已倦於以夢幻釀蜜　倦於在鬢邊襟邊簪帶憂愁了」引自周夢蝶〈還魂草〉的第2段第6和第7行。我把「你」改成「妳」1969年12月16日那天下午和周夢蝶上莊子課，並且也討論了〈還魂草〉這首詩，這兩句討論得最熱烈。

此心安處是吾鄉

語言文學類　PG3074　北美華文作家系列46

此心安處是吾鄉
——紐約華文作家協會文集

主　　編／鄭啟恭、石文珊、黎庭月
校　　對／李秀臻、吳麗瓊、陳漱意、張鴻運
責任編輯／陳彥儒
圖文排版／黃莉珊
封面設計／嚴若綾

發 行 人／宋政坤
法律顧問／毛國樑　律師
出版發行／秀威資訊科技股份有限公司
　　　　　114台北市內湖區瑞光路76巷65號1樓
　　　　　電話：+886-2-2796-3638　傳真：+886-2-2796-1377
　　　　　http://www.showwe.com.tw
劃撥帳號／19563868　戶名：秀威資訊科技股份有限公司
　　　　　讀者服務信箱：service@showwe.com.tw
展售門市／國家書店（松江門市）
　　　　　104台北市中山區松江路209號1樓
　　　　　電話：+886-2-2518-0207　傳真：+886-2-2518-0778
網路訂購／秀威網路書店：https://store.showwe.tw
　　　　　國家網路書店：https://www.govbooks.com.tw

2024年12月　BOD一版
定價：350元
版權所有　翻印必究
本書如有缺頁、破損或裝訂錯誤，請寄回更換

Copyright©2024 by Showwe Information Co., Ltd.
Printed in Taiwan
All Rights Reserved

讀者回函卡

國家圖書館出版品預行編目

此心安處是吾鄉：紐約華文作家協會文集 / 鄭啟恭, 石文珊, 黎庭月主編. -- 一版. -- 臺北市：秀威資訊科技股份有限公司, 2024.12
　面；　公分. -- (語言文學類 ; PG3074)(北美華文作家系列 ; 46)
　BOD版
　ISBN 978-626-7511-41-1(平裝)

839.9　　　　　　　　　　　　113016838